KB269456

작가 프로필.

송현우(宋炫雨) - 1973년 5월 생
중앙대학교 영화과 졸업
출간작 : 다크엘프, 거시기(巨始記), 종횡무진

연재사이트 : 문피아(www.munpia.com), 다술(www.dasool.com)
카디날 랩소디 제작노트 : http://blog.naver.com/shinyrain73
블로그 : http://blog.dasool.com/shinyrain
미니홈피 : http://www.cyworld.com/hustler

일러스트 작가 프로필.

연우 - 1982년 생
2006.8 홍익대학교 회화과 졸업
작가의 미술전공 경험을 바탕으로 만화를 기획
2007.5 네이버 〈도전! 만화가〉 코너를 통해
〈핑크레이디〉로 정식 데뷔
2008년 현재 [네이버 웹툰]에서 〈핑크레이디〉 연재 중

서나 - 1986년생
핑크레이디의 편집 겸 어시를 맡고 있음
경기대 애니메이션과 휴학 중
무림천하 일러스트제작.
롯데 오데뜨 싸이클럽에서 〈신백조의 호수 오데뜨〉 연재로 데뷔

연우&서나

예쁘고 멋진 캐릭터들을 마음껏 그릴 수 있어서 즐거운 작업이었습니다.
앞으로도 기대해 주세요!
이런 기회를 마련해주신 송현우 작가님과 청어람에 감사드립니다.

표지 디자인 : 장형준
표지 컨셉 제안 : 오안

송현우 판타지 장편 소설

카디날 랩소디

Rhapsody Of Cardinal

FANTASY FRONTIER SPIRIT

카디날 랩소디 1

송현우 판타지 장편 소설

초판 1쇄 찍은 날 § 2008년 3월 7일
초판 1쇄 펴낸 날 § 2008년 3월 17일

지은이 § 송현우
펴낸이 § 서경석

편집장 § 문혜영
편집책임 § 이재권
편집 § 조수희

펴낸곳 § 도서출판 청어람
등록번호 § 제1081-1-89호
등록일자 § 1999. 5. 31
어람번호 § 제1-0950호

주소 § 경기도 부천시 원미구 심곡1동 350-1 남성B/D 3F (우) 420-011
전화 § 032-656-4452 팩스 § 032-656-4453
http://www.chungeoram.com
E-mail § eoram99@chollian.net

ⓒ 송현우, 2008

ISBN 978-89-251-1220-6 04810
ISBN 978-89-251-1219-0 (세트)

송현우 판타지 장편 소설

1

A cardinal is a high-ranking priest in the Catholic church. N-COUNT; N-TITLE In 1448,
Nicholas was appointed a cardinal... 'Guardian They were encouraged
by a promise from Cardinal Winning. changed for Cobnild3 2
A cardinal rule or quality is the one that is considered to be...

Rhapsody Of Cardinal

FANTASY FRONTIER SPIRIT

카디날 랩소디

[바람의 전설]

도서출판 청어람

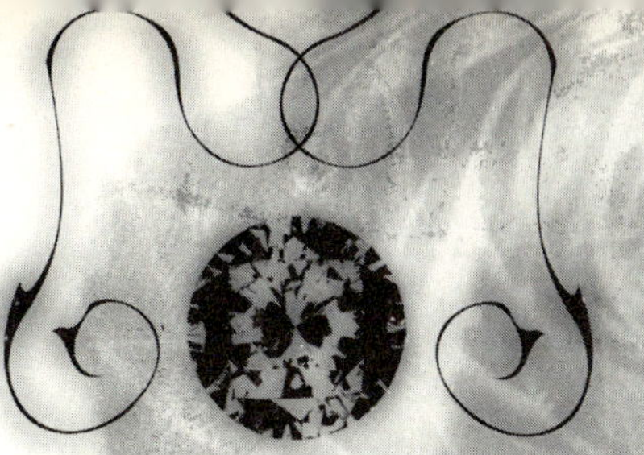

Chapter

영웅이란 놈들은 죄다 태어날 때부터 남다르지.

별자리 중 하나를 고대로 옮겨놓은 점을 가지고 태어나는 건 남다른 축에도 못 껴.

대륙의 지도를 손바닥, 혹은 등판을 도화지 삼아 그린 채 태어나는 정도는 기본이지.

말 그대로 기본일 뿐이야.

그 정도로는 턱없이 부족하다는 뜻이지.

적어도 아비 없이 임신을 하거나, 알에서 태어나는 정도는 되어야…….

아! 요놈이 세상에 나가 칼 좀 휘두르겠구나 하는 거야.

날 때부터 달랐던 그들이니 성장도 달라.

한 번 보면 모든 걸 이해하고 외우니 자랄 때부터 천재 소리를 귀에 달고 살지.

당연히 그때부터 사람들은 커서 영웅이 될 거라고 익히 짐작할 수 있는 거야.

간혹 어떤 이야기에서는 현자만이 그 자질을 알아봤다는 이야기도 있는데, 되도 않는 소리야.

그 정도의 천재 꼬마가 옆에 있으면 장님이 아닌 이상 누군들 이놈이 커서 한탕 제대로 해먹겠구나 하고 생각지 못할 사람이 있겠냐고.

안 그래?

여하튼 지금까지의 영웅이란 놈들에 관한 얘기는 전부 그랬어. 너도 수도 없이 들었으니 잘 알겠지.

하지만 그 양반은 달라.

태곳적부터 내려온 신화조차 발가락의 때처럼 보이는 거창한 태몽이나 신비한 탄생?

그 양반 모친께서 꽃밭에서 뒹구는 꿈을 꾼 게 전부라더군.

자라면서 주변을 깜짝 놀라게 하는 성적이나 검술에 대한 재능을 보여줬냐고?

푸훗! 이건 공공연한 비밀이지만 아카데미에서 낙제하는 걸 돈으로 막았을 정도야.

후우~! 억지로 남다른 점을 찾는다면…….

반반한 얼굴로 여자 후리는 데 죽여주는 재능을 보인 정도?

Chapter 1

1

"**이**번에는 불가능!"

이시스는 푸른 눈을 빛냈다.

반짝이는 금발에 갸름한 얼굴.

눈에 띄는 하얀 피부의 그는 당장 드레스만 입히면 여자로 보일 정도로 예쁘게 생긴 청년이었다.

"흐흠……!"

드리튼은 미간을 찌푸리며 신음을 흘렸다.

가무잡잡한 피부에 건장한 체구.

보통 사람보다 머리 하나는 더 큰 그였지만 순박해 보이는 눈매를 가져 험상궂다는 느낌은 조금도 들지 않았다.

이시스는 그런 드리튼을 시선으로 재촉했다.

드리튼은 결국 결심을 굳혔다.

"3일!"

말을 마친 드리튼과 재촉하던 이시스의 시선이 동시에 움직인다. 팔짱을 낀 채 의자에 깊숙이 눌러앉은 청년을 향해서다. 그가 마지막 배팅을 해야 할 순서이기 때문이다.

둘의 시선이 고정된 청년은 특징적인 외모를 가지고 있었다.

선혈을 연상시키는 붉은 머리카락, 타오르는 불꽃을 연상시키는 붉은 두 눈.

그것은 수려한 얼굴보다 더 인상적인 특징이었다.

대륙 전체를 뒤진다 해도 저토록 선명하게 붉은 머리카락과 붉은 눈동자를 가진 인간을 찾을 수 없기 때문이다.

청년의 이름은 샤를로엔.

친구들은 그를 샤렌이라 줄여 부른다. 이름이 지나치게 여성스럽기에 샤를로엔 자신도 샤렌이라 불리는 것을 더 좋아했다.

그가 입술 한쪽 끝을 말아 올려 웃었다.

"뭐, 뭐냐, 그 표정은?"

드리튼이 인상을 구겼다.

"너희가 날 너무 무시하는 거 같아서 말이야."

다소 건방진, 그러나 장난기가 엿보이는 어조로 붉은 머리, 붉은 눈의 청년이 대답했다.

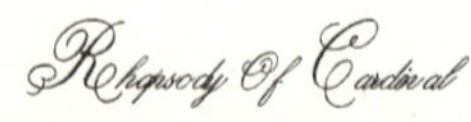

“더 짧은 시간에도 가능하다는 뜻이야?”

드리튼의 질문에 샤렌의 미소는 더욱 짙어진다.

그는 끼고 있던 팔짱을 풀더니 손바닥을 쫙 펼쳐 드리튼의 눈앞에 내밀었다.

“뭐, 뭐야? 다섯 시간?”

샤렌이 고개를 좌우로 저었다.

“50분 안에 가능하다고?”

드리튼이 두 눈을 휘둥그레 떴다.

샤렌은 또다시 고개를 저었다, 여전히 오연한 표정을 고수한 채.

“그럼 뭐야? 설마… 5분이라는 건 아니겠지?”

미심쩍은 표정의 이시스가 물었다.

이시스의 말을 듣고서야 붉은 눈의 청년은 만족한 표정 속에서 고개를 끄덕였다.

“말도 안 돼!”

드리튼이 언성을 높였다.

“자신감이 지나치시군, 샤를로엔 도련님.”

이시스가 비아냥거렸다. 일말의 가능성도 없다는 표정이 역력했다.

“자신감? 훗! 내가 누군지 몰라? 나 샤렌이라고! 이 샤렌 크라슈에게 불가능이란 존재하지 않는다는 거… 너희가 누구보다 잘 알잖아?”

"알지. 아니까 저 프……!"

드리튼은 재빨리 뒷말을 삼켰다. 이시스가 옆구리를 찔렀기 때문이다.

"아니까, 뭐?"

샤렌이 물어오자 드리튼의 표정이 굳어진다. 당황한 기색이 역력했다.

드리튼이 우물쭈물하는 모습을 보이자 이시스가 나선다.

"아니까 목표가 저렇게 '프라이드'가 넘쳐 보이는데도 성공을 전제로 내기를 진행하는 거라는 말이야."

"그, 그래."

드리튼이 급조된 웃음을 지어 보이며 머리를 끄덕였다.

샤렌이 붉은 눈을 빛낸다. 시선이 곱지 않다.

"너희… 저 여자에 대해 아무것도 모르는 거 맞아?"

의심 가득한 샤렌의 눈빛에 이시스와 드리튼이 합창하듯 대답한다.

"당연히!"

"절대 모르지!"

샤렌의 눈에 담긴 의심은 좀처럼 사라지지 않는다. 드리튼의 얼굴이 달아오르는 게 너무 확연히 보이기 때문이었다.

하지만 샤렌은 곧 날카로운 시선을 거둬들인다.

"뭐… 누구라 해도 상관없어. 어차피 이 샤렌님에게 불가능이란 없으니까. 게다가 내기가 아니더라도 저렇게나 아름다운 숙녀 분을 파티에 홀로 내버려 둘 수는 없는 일이지.”

샤렌의 입매가 다시금 호선을 그려냈다. 장난기 가득한 미소다. 그는 이 상황을 즐기고 있음이 분명했다.

더 이상 빈틈을 보이기 전에 상황을 마무리할 필요를 느낀 건 이시스였다.

“정말로 5분?”

이시스가 확인하듯 물었다.

“5분!”

샤렌이 확신에 가득한 표정으로 대답했다.

“그 정도라면 판돈을 키울 만한데?”

이시스의 입꼬리가 말려 올라간다.

“판돈을 키워? 얼마나?”

샤렌이 미간을 찌푸린다. 곤란하다는 표정이다.

이시스는 방금 전 샤렌이 그랬듯 손을 쫙 펼쳐 내밀었다.

“50골드!”

“50골드? 좀 지나치지 않아?”

샤렌의 미간에 잡힌 주름의 골이 깊어졌다. 50골드라면 역대 최고의 배팅인 것이다.

“그럼 내기를 그만두든가.”

이시스의 말에 샤렌이 손가락으로 턱을 매만진다. 갈등하는 기색이 역력해 보인다. 배팅 액수가 너무 큰 탓이리라.

그런 샤렌을 향해 이시스가 이죽거린다.

“아무리 너라 해도 5분은 무리니까. 절대로 말이야!”

팔짱을 끼고는 턱까지 치켜드는 이시스였다.

도발이었다.

샤렌은 신경을 건드릴수록 외려 덤벼드는 성격이다. 그는 좀처럼 승부에서 물러서지 않는다. 어려우면 어려울수록 더욱 강한 집념을 갖고, 무시당하면 무시당할수록 고개를 치켜드는 성품인 것이다.

따라서 지금의 발언, 표정, 태도야말로 샤렌을 내기에 끌어들이기 위한 최선임을 이시스는 알고 있었다.

이번에야말로 확실하게 샤렌을 이길 수 있는 기회다. 이시스는 어렵사리 찾아온 기회를 절대 놓치고 싶지 않았다.

“그, 그래. 샤렌, 이건 불가능한 일이야.”

드리튼은 이시스와는 다른 목적에서 샤렌을 만류했다. 내기의 대상인 여자가 누군지 잘 알고 있는 드리튼이다. 그럼에도 시치미를 떼고 있는 중이다.

그렇게 샤렌을 속이는 것만으로도 미안한 상황이다.

한데 뻔한 결과를 두고 50골드나 거는 건 친구 사이에 조금 심하다는 느낌 때문이었다.

결국 그가 샤렌을 말리는 것은 진심 어린 염려였다. 지나친 내기로 인해 자칫 친구 사이에 감정이 상할까 걱정하는 것이다.

“불가능? 진짜 그렇게 생각해? 그럼 너도 걸면 되겠네. 안 되는 쪽에 말이야.”

샤렌은 발끈하듯 말했다. 상기된 얼굴이 꽤나 자존심이 상한 듯했다.

드리튼은 잠시 주저한다. 그에게 있어서도 이번은 좋은 기회랄 수밖에 없었다. 매번 지기만 한 샤렌과의 내기에서 이길 찬스인 것이다. 문제는 내기의 대상에 대해 이미 알고 있다는 데서 오는 양심의 가책뿐이다.

하지만 드리튼의 갈등은 길게 가지 못했다. 계속해 옆구리를 찔러대는 이시스의 성화와 승리에 대한 달콤한 유혹을 이기기 힘들었던 것이다.

‘그래, 여태 잃은 돈을 생각하면 50골드 정도야 녀석도 감당해 내야지.’

결국 현실과 타협을 한 드리튼이 입을 열었다.

“좋아, 나도 50골드를 걸지.”

“내기, 성립된 거다. 후회 안 하지?”

샤렌은 조금 과장되게 위압적인 모습을 보이며 자리에서 일어선다. 하지만 이시스와 드리튼이 지금이라도 말려주길 바란다는 듯 동작은 느리고 굼뜨다.

“후회 안 하니까 최선을 다해보라고, 친구!”

이시스가 느릿한 샤렌을 재촉했다.

그는 알지 못했다. 느리게 몸을 돌린 샤렌이 만족스러운 미소를 흘리고 있다는 사실을……

샤렌은 이시스의 재촉에 자극을 받은 듯 성큼성큼 걸음을 옮겼다. 조금 전까지의 굼떴던 움직임과는 달랐다.

"짜식! 센 척하기는……. 흐흐!"

샤렌의 뒷모습을 보며 이시스가 웃었다. 샤렌을 자극해 배팅 액을 제대로 올린 것에 대한 만족감의 표현이었다.

"설마 정말로 5분 내에 해내지는 못하겠지?"

이시스와 달리 드리튼은 불안한 표정이었다.

"당연하지! 상대는 프리실라 베이라고! 천하의 샤렌이라지만 이번에는 5분이 문제가 아니라 아예 실패할지도 몰라."

이시스는 자신만만했다.

"하긴, 아무리 점령 이후 쇠락해 간다지만 옛 에슬란의 유서 깊은 공작가의 영애니까."

함부로 말해서는 안 되는 에슬란을 거론하는 드리튼의 음성은 낮았다.

"그냥 공작가가 아니지. 트라비스 침공에 끝까지 저항하던 몇 안 되는 구(舊) 에슬란 충신 후손이잖아. 지금도 반란군 측에 군자금을 대주고 있다는 소문이 돌 정도라고."

"진짜?"

드리튼은 행여 누가 듣기라도 할까 봐 주위를 두리번거리며 조심스러운 표정으로 물었다.

"뭐… 진짠지 아닌지는 나도 알 수 없지. 어쨌든 그녀가 여기에 온 것도 총독의 체면을 세워주기 위한 것일 뿐, 남자와 노닥거리기 위함이 아니라고! 말조차 못 붙이고 줄줄이 퇴짜 맞는 녀석들 못 봤어? 그런 프리실라를 5분 만에 테라스로 데리고 나가 키스를 한다는 것은 절대 불가능이야!"

"어라?"

이시스가 넘치는 자신감의 근거를 늘어놓고 있는데 드리튼이 고개를 갸웃거렸다.

"왜?"

"저 자식 카멜 액은 왜?"

카멜은 산자락에서 자라는 카멜 나무의 열매다. 갈색 껍질을 가진 카멜은 딱딱한 껍질을 벗겨 으깨면 붉은 즙이 나온다. 그 즙은 특별한 향은 없으나 매운맛과 달콤한 맛이 묘하게 조화되어 있어 식욕을 북돋게 한다. 카멜 열매의 액은 느끼한 맛을 싫어하는 사람들을 위해 언제나 식탁 위에 상비해 두는 경우가 많았다.

"응? 카멜 액?"

"방금 테이블에서 카멜 액을 집어 들었어."

드리튼의 시선은 프리실라를 향해 걸어가는 샤렌의 뒤를 쫓고 있었다.

"호호호… 뭔가 수작을 부릴 작정인가 본데……. 그래도

안 되지. 이번에는 상대를 잘못 골랐어. 네가 아무리 화류계
의 제왕을 자처한다고 해도 말이야."

이시스는 노래를 하듯 샤렌의 뒷모습을 향해 말했다.

3

틀어 올린 머리 아래로 하얗고 긴 목선을 드러낸 미모의 여
인은 무료한 표정이었다. 커다란 눈에는 표정에서처럼 지루
함만이 가득했다.

샴페인 잔을 든 준미한 청년 하나가 그녀의 옆쪽으로 접근
해 바짝 다가섰다.

"혼자 오신 모양이군요, 레이디."

다소 용기를 낸 남자의 한마디였다.

"……."

미모의 여인은 남자를 향해 고개조차 돌리지 않았다.

머쓱한 표정의 남자.

민망함을 이기지 못해 얼굴이 살짝 붉어졌지만 쉽게 포기
하진 않았다. 나름 믿는 구석이 있기 때문이다.

"저는 머독 자이먼이라고 합니다. 총독부 보건과장이신 에
이토 자이먼이 저희 부친이시죠."

여자의 시선조차 머무르지 않았음에도 스스로를 머독이라
밝힌 남자는 연신 혀를 놀렸다. 총독부의 보건과장이라는 직

책을 가진 부친을 믿는 것이다.

제아무리 도도한 여자라 해도 막강한 권력을 휘두르는 총독부 관리의 자제라면 한 수 접어주기 마련.

머독은 자신의 신분을 밝힌 이상, 이 콧대 높아 뵈는 여자가 놀란 표정으로 자신을 바라볼 것임을 믿어 의심치 않았다.

과연 그의 기대대로 여인이 고개를 돌렸다.

그리고 꽃잎 같은 입술을 벌린다.

머독이 예상했던 결과에 만족스러운 표정을 지으려는 순간,

"그런데요?"

차갑기 그지없는 여인의 목소리가 그의 귀를 자극했다.

"네?"

"총독부 보건과장께서 당신의 부친이라서 뭘 어쨌다는 거죠?"

여자는 전혀 놀란 표정이 아니었다. 외려 불쾌하다는 듯 고운 미간까지 찌푸리며 물어왔다.

"그, 그게……."

가시 돋친 여자의 목소리에 머독은 당황할 수밖에 없었다. 이런 경험이 그에게는 처음이었던 것이다.

어떻게 해서든 뭔가를 말하려는 머독의 말은 여자의 냉랭한 목소리에 가로막혔다.

"지금 제 뜻을 몰라 아직까지도 거기에 계신 건가요?"

당신과 할 말 없다.

비켜라.

이런 뜻이다.

머독은 수치심을 억누르기 위해 아랫입술을 깨물었다. 여자에게 수작을 걸다가 여의치 않게 되었다고 소란을 떨 수는 없는 일이다. 신사로서 참아야만 했다.

그는 결국 붉어진 얼굴을 숙인 채 몸을 돌렸다.

총독부 관리의 자제가 무렴을 당하고 물러나기까지의 일련의 과정을 지켜보던 샤렌.

그의 붉은 입술이 가볍게 비틀렸다.

"과연 프리실라 베이! 저런 모습이니 드리튼과 이시스 두 녀석이 안심하는 거겠지."

드리튼, 이시스의 짐작과 달리 샤렌은 내기의 대상인 여자가 누구인지 명확히 알고 있었던 것이다.

"후훗! 하지만 여자가 누구인가보다 내가 누군지부터 생각했어야지, 친구들!"

말을 마친 샤렌은 한껏 말려 올라갔던 입술을 제자리로 돌렸다.

"충신가의 후예라……. 조금만 생각을 바꾸면 외려 일이 쉽게 풀린다는 것을 녀석들은 왜 모를까?"

혼잣말을 마치고 더없이 심각한 표정을 짓는 샤렌이다. 방금 전까지의 장난 가득한 표징은 찾아볼 수가 없었다.

이어 샤렌은 빠른 걸음으로 프리실라에게 다가간다. 앞서 머독의 접근과는 달리 프리실라의 정면을 향한 큰 걸음이다. 그것은 지나칠 정도로 과감하고 급작스러운 접근이었다.

낯선 남자의 빠른 접근에 놀란 프리실라.

안 그래도 커다란 그녀의 눈이 더욱 커졌다.

"혼자 오신 모양이군요, 레이디."

위협적일 만큼 빠르게 다가온 큰 키의 남자.

눈에 띄는 머리색과 눈동자를 가진 남자는 제법 잘생겼다. 여느 여자라면 그 외모만으로도 가슴이 떨릴 정도였다.

하지만 프리실라는 남자의 외모에 현혹되는 여자가 아니었다. 당당한 태도로 자신에게 다가온 남자가 앞서의 머독이라는 자처럼 되도 않는 수작을 부리는 모습에 그녀는 외려 실망감을 느낄 뿐이었다.

그 때문일까?

지금껏 접근해 온 남자들을 무시로 일관하던 그녀가 나직한 콧방귀 소리를 내며 아예 고개를 돌려 버렸다. 이제부터는 말을 섞는 것조차 허용치 않겠다는 뜻이었다. 보통의 남자라면 민망함을 이기지 못해 스스로 물러날 정도의 차가운 태도다.

하지만 프리실라가 남자의 외모에 현혹되지 않듯, 그녀가 상대하는 남자 역시 이 정도로 포기라는 단어를 떠올리진 않았다.

그는 표정을 굳힌 채 인사를 건넬 때와는 달리 잔뜩 가라앉은 목소리로 프리실라의 귀에 속삭이듯 말했다.

"에슬란 출신이시죠? 지금 저는 동포의 도움이 필요합니다."

에슬란이라는 말에 프리실라의 눈이 다시 커졌다.

에슬란.

트라시아의 황제는 크샤트린이라는 이름으로 에슬란을 대신했다. 다시 말해 에슬란은 트라시아 점령기인 지금에 와서는 결코 입에 담아서는 안 되는 이름인 것이다.

프리실라는 외면했던 남자를 향해 고개를 돌렸다.

샤렌은 그녀가 알아차리기 쉽게 아래를 향해 살짝 눈짓을 하며 코트를 벌렸다.

프리실라는 저도 모르게 남자의 시선을 쫓아 코트 안쪽을 살폈다.

"……!"

그녀의 입이 벌어졌다.

소리없는(?) 비명이었다.

남자의 코트 안쪽이 축축하게 젖어 있다. 선명한 붉은색 액체 때문이다.

프리실라는 남자의 셔츠를 적신 액체가 피라고 단정 지었다. 은밀한 목소리, 진중한 표정, 에슬란에 대한 언급, 모든 상황이 결론을 하나로 집약시키고 있었기 때문이다.

"쫓기는 중입니다. 도와주실 수 있겠습니까?"

한껏 낮아진 남자의 음성에 다급함이 가득했다.

프리실라는 재빨리 자신의 표정을 추스렸다.

그리고는 결연한 눈빛을 드러내며 남자를 향해 고개를 끄덕여 주었다.

"잠시 연인인 척해주세요."

프리실라의 귀에 다시 한 번 속삭인 샤렌은 통증을 참아내는 기색을 드러내 보이며 살짝 미소를 지었다.

그리고는 프리실라를 향해 팔을 내민다.

프리실라는 망설임 없이 남자의 팔짱을 끼었다.

두 사람이 함께 걷기 시작한다. 테라스를 향해서다.

4

먼 곳에서 그 장면을 본 드리튼은 두 눈을 휘둥그레 떴다.

"뭐, 뭐야? 저 녀석 대체 무슨 짓을 한 거야?"

그는 도저히 믿을 수 없다는 표정이었다.

"말도 안 돼!"

이시스 역시 두 눈으로 보고도 믿지 못하겠다는 표정을 짓고 있었다. 샤렌의 절대 실패를 확신하고 있었던 만큼 그가 받은 충격은 적지 않았다.

"마법이라도 부린 걸까? 저 프리실라가 채 1분도 안 되어서 녀석을 따라나서고 있다고!"

"저 자식……!"

이시스가 이를 갈았다.

그리고는 입을 열어 단호하게 말한다.

"하지만 아직 끝난 게 아니야. 저 자식이 무슨 수작을 부렸는지는 모르겠지만 프리실라가 호락호락하게 입술을 내줄 리는 만무하잖아?"

"그, 그렇겠지? 아무리 샤렌이라도 그녀와 5분 내에 키스를 하는 건 분명 무리겠지?"

드리튼은 애써 태연한 기색을 유지하고자 노력했다.

"당연히!"

"근데… 갑자기 왜 이렇게 불안해지는 거지?"

"예상외로 저 여자가 빨리 따라나서서 그런 것뿐이야. 하지만 키스는 불가능해! 상대는 프리실라라고!"

드리튼을 향한 말이라기보다 자신에게 다시금 확신을 심어주는 듯한 이시스였다.

"그, 그렇겠지. 아니, 분명 그럴 거야!"

드리튼도 고개를 끄덕이며 이시스의 말에 동조했다.

"뭐 해, 빨리 가봐야지?"

이시스가 몸을 일으키며 고개를 끄덕이고 있는 드리튼을 재촉했다.

"어딜? 아! 테라스!"

드리튼은 황급히 일어나 이시스의 뒤를 쫓았다.

5

테라스는 한산했다. 몇 쌍의 선남선녀가 샴페인 잔을 손에 든 채 하늘의 별을 구경하거나 은밀한 대화를 나누고 있을 뿐이다.

"고맙습니다."

샤렌은 애써 통증을 참아내는 듯한 표정으로 테라스 난간에 선 프리실라에게 말했다.

"동포로서 이 정도야 당연한 일이죠."

"훌륭하시군요! 당신과 같은 애국자를 만나서 정말 다행입니다."

"애국자는 당신이죠."

프리실라가 샤렌을 바라보는 시선에는 진심 어린 존경과 감탄이 담겨져 있었다.

"조국을 위해 목숨을 바치는 일이야말로 당연한 일이 아니겠습니까?"

낮은 음성으로 말하는 샤렌은 끊임없이 눈동자를 움직여 주변을 경계하고 있는 척했다.

애국과 충정으로 가득한 샤렌의 말에 프리실라의 두 눈이 흔들리기 시작했다.

그 순간을 놓칠 샤렌이 아니었다.

"아! 놈들이……!"

급박한 샤렌의 표정을 본 프리실라는 황급히 고개를 돌리려 했다. 추적자들을 확인하기 위해서였다.

하지만 그녀는 뜻을 이룰 수 없었다.

샤렌의 두 손이 그녀의 얼굴을 감싸 쥐었기 때문이다.

"……?"

영문을 알 수 없다는 표정으로 프리실라가 두 눈을 크게 떴을 때, 샤렌이 속삭이듯 말했다.

"실례를 용서하십시오, 레이디!"

말이 끝남과 동시에 샤렌의 입술이 프리실라의 입술과 포개졌다.

"……!"

더없이 놀란 프리실라의 두 눈이 동그래졌다.

그녀는 저도 모르게 두 팔로 남자를 밀어내려 했다.

하지만 불가항력.

강한 힘으로 허리를 감싸 안은 남자를 떨쳐 낼 수는 없었다.

남자는 힘을 주어 프리실라의 몸을 돌렸다. 남자는 자연스레 파티장을 등지고 서게 되었다.

남자가 잠시 입술을 뗀다.

그리고 충격에 겨워하는 프리실라에게 재빨리 말한다.

"놈들입니다!"

남자는 다시 깊은 입맞춤을 시작했다.

눈치 빠른 프리실라는 그제야 남자의 갑작스럽고 무례한

행동을 이해할 수 있었다. 키스를 하는 척하며 추적자에게서 얼굴을 감추려는 것이다.

자신이 발버둥을 치거나 저항하는 모습을 보이면 추적자가 의심을 할 상황.

프리실라는 남자의 탄탄한 가슴을 밀어내던 손의 힘을 뺐다.

아니, 의도하지 않아도 이미 팔에는 힘이 들어가지 않았다.

습격과도 같은 키스라지만 그녀에게 있어서는 첫 경험.

촉촉하고 부드러운 그 느낌에 온몸에서 힘이 빠져 버린 것이다.

프리실라의 부챗살 같은 속눈썹이 아래로 드리워진다.

당황스러우면서도 깊고 황홀한 이 키스는 쉽게 끝나지 않을 모양이었다.

6

샤렌과 프리실라의 키스를 목격한 이시스와 드리튼은 석상처럼 굳었다.

드리튼은 벌어진 입을 다물지 못한 채였다.

"저, 저, 저… 크아아악!"

난데없이 괴성을 지르는 이시스.

그가 드리튼의 멱살을 잡고 앞뒤로 흔들기 시작했다.

"어떻게 저럴 수가 있지? 어떻게 저럴 수가 있냐고? 저게 말이 돼?”

이시스는 발작에 가까운 증세를 보였다.

드리튼도 충격이 큰 듯 멱살을 잡힌 채 마구 흔들리면서도 저항할 생각조차 하지 못했다.

그가 맥없이 말한다.

“말이 안 돼.”

“그렇지? 말이 안 되지? 그런데 왜 저 프리실라가 저 자식과 키스를 하고 있냐고? 왜? 왜! 왜!”

“아직… 5분 지나려면 멀었는데…….”

드리튼은 여전히 멍한 표정이었다.

“저 괴물 같은 자식!”

이시스가 질투와 원망, 그리고 억울함이 가득한 표정으로 샤렌을 노려보며 드리튼의 멱살을 놓았다.

드리튼은 내기에 패했고, 50골드가 날아갔다는 사실에는 별 감흥이 없어 보였다. 오히려 존경스럽다는 표정으로 샤렌을 바라보고 있었던 것이다.

“저 정도면 인간이 아니라 괴물이야, 괴물! 정말이지, 샤렌 저 자식은 여자를 유혹하는 데 있어서는 인간이 아니라고!”

힘이 쭉 빠진 드리튼의 중얼거림이었다.

육중한 문이 열린다.

그럼에도 소음은 없다. 꼼꼼한 기름칠을 한 경첩 덕이다. 문을 여는 남자, 크라슈 가(家)의 집사장인 드라이언의 세심함이 드러나는 단면이었다.

"작은도련님!"

촛대에 꽂힌 촛불 다섯 개의 일렁임 속에서 거칠게 문을 두들겼던 자를 알아본 드라이언이다. 작은도련님의 모습을 확인한 그의 표정에 복잡한 심정이 떠오른다.

붉은 안색, 비틀거리는 신형.

한눈에도 만취한 상황임을 짐작할 수 있다.

작은도련님은 취중에도 굳어진 드라이언의 표정이 무엇을 뜻하는지 알아차렸나 보다.

히죽.

멋쩍은 그 미소조차 화사하다. 평소 여자들을 의식해 웃음을 짓던 습관이 취중에도 발현된 것이다.

"드라이언, 내가 오늘 술 좀 마셨어. 내기에서 정말 크게 벌었거든."

묻지도 않은 말을 늘어놓는 작은도련님.

그는 이시스, 드리튼과의 내기를 통해 거금을 벌어들인 샤렌이었다.

평소라면 혀 꼬인 소리를 들으면서도 웃으며 작은도련님을 부축했을 드라이언이다.

하지만 지금은 다르다.

"오늘이 무슨 날인지 잊으신 겁니까?"

꾸짖음에 가까운 어조다. 주종의 관계를 고려하면 무례하달 수 있을 정도였다.

하지만 말하는 드라이언도, 듣는 샤렌도 무례를 염두에 두지 않는다. 대화가 신분을 초월한 두 사람만의 교감을 전제로 하고 있기 때문이다.

그것은 크라슈 가에서 샤렌과 드라이언만이 이해할 수 있는 특별한 감정이었다.

"알아."

샤렌은 문의 손잡이를 움켜쥐며 고개를 크게 끄덕인다. 당연히 알고 있다는 것을 취중에 과장해 표현하는 것이다.

"그런데 이렇게 술을 드셨단 말입니까?"

드라이언이 납득하기 힘들다는 표정을 지었다.

"후훗!"

샤렌의 입에서 바람 빠지는 소리가 났다. 언뜻 웃음소리 같았다.

하지만 입매가 고정되어 있다.

진짜 웃음소리였다면 예의 화사한 미소를 위해 호선을 그렸어야 할 입매다. 억지로나마 웃음을 보이고 싶지만 표정이 뒤따르지 않은 것이다. 여자들을 유혹할 때는 천변만화의 묘(妙)를 보이는 표정이지만 격한 감정을 감추기엔 아직 젊다. 그 때문에 웃음소리는 낼 수 있었지만 표정이 따로 놀았다.

"그런데… 가 아니라, '그러니까' 마신 거야."

"……!"

드라이언의 시선이 움직인다. 억지웃음을 위해 얼굴을 뒤 트는 작은도련님의 표정에서 문의 손잡이를 잡고 있는 작은 도련님의 손 쪽으로.

손잡이를 움켜쥔 샤렌의 손등에 푸른 혈관이 꿈틀거린다. 잔뜩 들어간 힘 때문에 미약하게 떨리는 손 위로 푸르고 작은 뱀이 꿈틀대고 있는 것 같다.

드라이언은 그것만으로도 작은도련님의 심정을 이해할 수 있었다. 단내가 풀풀 날리는 취기 속에서, 비틀어 웃음을 내 비치려 하는 표정 속에서, 작은도련님은 울고 있다. 자신의 말대로 오늘이 무슨 날인지 알기 때문이다.

찌푸렸던 드라이언의 표정이 풀어진다.

"안으로 들어오세요. 밤바람이 제법 찹니다."

부드러운 목소리였다.

그 부드러운 권유에도 샤렌은 안으로 들어서지 않았다. 비 틀거리는 모습이 얼핏 균형을 잡지 못해 움직이지 못하는 것 만 같다.

하지만 드라이언은 작은도련님을 부축하지도, 안으로 끌 어당기지도 않았다. 주름진 손을 들어 손잡이를 잡고 있는 작 은도련님의 손을 덮듯이 잡을 뿐이었다.

따듯한 온기가 오간다.

그제야 샤렌이 손잡이를 쥔 손에서 힘을 뺀다.

드라이언은 미소를 지었다. 손잡이를 놓은 작은도련님이 저택 안으로 움직이기 시작한 것이다.

8

"샤렌."

드라이언이 촛불로 밝혀준 복도를 따라 방문 앞에 선 샤렌.

그를 멈춰 세운 것은 낯설지 않은, 아니, 예전에는 너무나 친숙하게만 느꼈던 음성이다.

자신을 부르고 있음을 안다.

하지만 샤렌은 고개조차 돌리지 않는다.

드라이언만이 의외의 상황에 당황한 표정으로 고개를 숙인다.

"큰도련님."

드라이언은 크라슈 가의 장자를 향해 고개를 숙였다.

인사를 받은 그는 샤렌과는 달리 짙은 갈색의 머리카락을 가졌다.

하지만 한눈에도 샤렌의 형제임을 짐작할 수 있다. 이목구비가 너무도 닮았기 때문이다.

그저 생김만을 논하자면 샤렌보다 완벽한 얼굴이다. 키도 샤렌보다 컸고, 몸매도 더 단단해 보인다.

잘생겼다고밖에 표현할 수 없는 용모에 다소 아쉬움이 있다면 얼굴을 휘도는 냉랭함뿐이다. 지나칠 정도의 차가운 표정으로 인해 쉽게 접근하기 힘들게 느껴지는 게 유일한 흠인 것이다.

"수고가 많네, 드라이언."

큰도련님이라 불린 청년이 드라이언의 노고를 치하했다.

드라이언은 그렇지 않다고, 당연한 일이라고 표정으로 답했다.

덜컥.

샤렌이 손잡이를 돌려 침실의 문을 열었다. 형과 드라이언의 대화가 전혀 들리지 않는다는 듯한 행동이었다.

"샤렌."

형이 다시 한 번 그를 부른다.

샤렌은 잠시 멈칫하는 듯하다가 성큼 안으로 들어선다.

샤렌의 그런 태도에 당황한 표정을 지은 것은 드라이언이다. 그는 큰도련님의 표정을 살피며 죄송스러운 표정을 지었다.

"작은도련님께서는 지금 많이 취하셨습니다."

샤렌의 형 케이온은 드라이언의 변명에도 표정을 풀지 않았다. 얼굴에 떠오른 것은 명백한 노기다. 화가 난 것은 형의 부름을 무시하고 침실로 들어가 버린 동생의 무례함 때문이 아니었다.

“저 녀석, 오늘이 무슨 날인지 몰랐던 건가?”

원래의 냉랭함에 노기까지 더해졌다. 당장이라도 서리가 내려앉는다 해도 이상할 게 없는 표정과 말투였다.

“아닙니다.”

자신에게 한 말이 아님을 알고 있다. 그럼에도 드라이언이 샤렌을 대신해 황급히 변명했다. 이대로 오해를 키워선 안 된다는 생각에서였다.

“훙! 어머니의 기일임을 알고 있는데도 술을 퍼마셨다고?”

“그렇기 때문에 드셨답니다. 아무래도 작은도련님께 마님의 기일은…….”

드라이언이 말끝을 흐린다. 총명하기 이를 데 없는 큰도련님이다. 더 이상의 설명은 필요없었다.

“대체 언제까지……!”

억눌렸던 감정이 폭발하듯 튀어나온 케이온의 말이었다. 동생의 나약함이, 미련함이, 나태함이, 그리고 자신을 향한 옹졸함이 화를 돋운다.

하지만 드라이언이 그랬듯 케이온도 말끝을 흐렸다. 드라이언에게 말해봐야 소용이 없음을 알기 때문이다.

비단 그뿐이 아니다.

무조건 샤렌을 탓할 수만은 없다. 그날의 사건에 있어서 동생은 당사자다. 돌아가신 모친을 제외하고 그 일을 직접 겪은 것은 동생뿐이다.

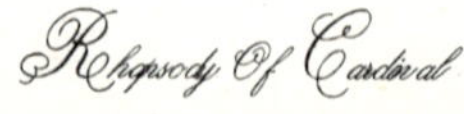

게다가 의도치 않았지만 동생이 원망할 계기를 준 건 자신이다. 어쩔 수 없는 선택이었다지만 동생은 모든 것을 이해하기에는 너무나 어렸다.

그러니 참아야 하는 건 자신의 몫이다.

케이온은 몸을 돌린다.

'언젠가는 너도 알게 될 날이 오겠지…….'

아직은 때가 아니다.

그렇게 결론을 내린 케이온이 자신의 방으로 돌아간다.

돌아서 걸어가는 큰도련님의 뒷모습과 굳게 닫힌 작은도련님의 침실 문을 번갈아 보는 드라이언의 두 눈에 수심이 걸린다.

불과 몇 년 전까지만 해도 크라슈 가의 형제는 이러지 않았다.

냉철한 큰도련님도 작은도련님에게만은 따스한 미소를 보였다.

천방지축인 작은도련님도 큰도련님에게만은 양보했다.

세상 다시없을 만큼은 아니겠지만 우애 넘치는 형제였던 것은 분명했다.

한데 지금은 철천지원수라도 된 것만 같다.

명확히 말하자면 작은도련님의 적개심이 일방적으로 큰도련님에게 향하고 있는 것이다. 수십 차례에 걸친 해명에 지친 큰도련님일 뿐이다.

그럼에도 드라이언은 작은도련님을 탓할 수가 없었다.
'그날의 일만 아니었어도…….'
크라슈 가에 심어진 불행의 씨앗을 그는 알기 때문이다.

Chapter 2

"**젠**장!"

이시스는 아직도 분한 표정이었다. 프레이안 상회를 이끄는 달튼 가의 셋째 아들이라지만 그에게도 50골드는 거금이 아닐 수 없었다.

"아으~! 1년치 용돈이 한 방에 날아가 버리다니!"

이시스는 반짝이는 금발을 손가락으로 감싸 쥐며 고개를 흔들었다.

"기분 풀어. 이미 지나간 일이잖아."

드리튼이 이시스의 어깨를 두들겼다.

"넌 분하지도 않냐? 지금까지 우리가 샤렌에게 잃은 돈이 얼만데! 게다가 이번 건… 이번 건 정말 타격이 크다고.”

이시스는 애꿎은 드리튼에게 화살을 돌렸다.

“잃은 걸 생각하면 억울하긴 한데…….”

“근데?”

“앞일을 생각하면 외려 더 나은 거 같아서.”

“앞일?”

이시스는 드리튼의 말을 쉽게 이해할 수 없었다.

“그래. 어제 일을 본 이후로 난 결심했어!”

“뭘 결심해?”

“앞으로 여자 유혹하는 데 있어서는 샤렌을 무조건 인정하기로.”

“뭐야? 지금껏 잃은 돈을 다 포기하겠다는 거야?”

“샤렌은… 여자를 유혹하는 데 있어서 신의 경지에 올랐어. 난 어제 프리실라 건을 보면서 그걸 깨달았다고.”

“샤렌, 그 자식이 여자를 잘 꼬시긴 하지만 그렇다고 내기를 이대로 포기할 수는 없잖아! 넌 본전 생각도 안 나는 거냐?”

이시스의 언성이 높아졌다.

“뭐… 그렇다고 내기를 완전히 포기하겠다는 건 아니야.”

“그렇지? 지금에 와서 포기하면 안 되지? 샤렌 녀석! 엄청 기고만장해 있을 테니 한 방에 뒤집을 날이 꼭 올 거라고.”

드리튼이 내기를 완벽히 포기하진 않았음을 알게 된 이시스는 그제야 잔뜩 찌푸렸던 표정을 풀었다.

"그게 아니라……."

"……?"

"앞으로 난 샤렌 쪽에 걸 거야. 아무래도 그게 본전을 찾는 데 훨씬 유리할 테니까."

"뭐?"

이시스의 눈 끝이 하늘을 향해 치솟았다.

"이 치사한 자식! 지금에 와서 친구를 배신하겠다는 거냐?"

당장 주먹이라도 휘두를 기세의 이시스였다.

하지만 이시스보다 머리통 하나는 더 큰 키에 건장한 체구를 가진 드리튼이었다. 이시스가 위협적인 모습을 보인다 해서 위축될 리 없었다.

"친구를 배신한 건 아니지. 내가 너하고만 친구냐?"

"이익!"

이시스는 더 이상 드리튼을 몰아붙일 수 없었다. 배신감에 분한 마음이 들긴 했지만 드리튼의 말은 틀리지 않았다. 샤렌을 포함한 세 사람은 절친한 친구들인 것이다.

따라서 배팅을 어느 쪽에 하든 드리튼이 친구를 배신한 건 아닌 셈이었다.

"이, 이… 간신배 같은 자식! 반드시 후회하게 해주마!"

아무리 친구 사이라지만 동지가 적으로 돌아선 상황이다.

이시스의 입에서 절로 독설이 튀어나왔다.

으드득.

어금니를 가는 건 드리튼에게 던진 독설의 덤이었다.

"후회는 돈을 잃은 사람이 하겠지."

드리튼은 성큼 걸어나가며 말했다.

"이 곰 같은 놈! 이젠 너도 내 적이다. 적이라고!"

이시스는 드리튼의 뒤통수를 향해 소리를 질렀다.

"가자. 앞으로의 승리를 위해 오늘은 내가 한잔 쏠 테니까."

"안 마셔, 인마!"

"진짜?"

드리튼이 고개를 돌려 이시스를 봤다.

그리고는 은근한 미소로 말했다.

"나 지금 노비아 갈 건데."

"노비아?"

노비아는 크샤트린의 수도인 레비크에서도 손꼽히는 최고급 술집이었다.

치켜 올라갔던 이시스의 눈꼬리가 제자리를 찾았다.

"응. 이번에 괜찮은 여자들이 새로 들어왔다고 하던데."

드리튼의 은근한 미소가 더욱 짙어졌다.

"새로운 애들이?"

술과 여자를 탐하는 데 있어서는 누구에게도 빠지지 않는 이시스였다. 최고급 술집에서 괜찮은 여자들과 마시는 술을 외면하기란 그에게 쉽지 않은 일이란 뜻이다.

"너 안 가면 나 혼자라도 간다."

드리튼은 당장이라도 몸을 돌려 혼자 가버릴 기세였다.

"어제 50골드나 날렸는데 노비아에 갈 돈이 남아 있단 말이야?"

이시스가 물었다. 드리튼이 괜스레 던져 본 말에 휘둘리지 않겠다는 의지였다.

"난 너처럼 돈이 생기는 대로 쓰진 않으니까. 그간 비축해둔 돈이 좀 있거든."

이시스의 두 눈이 크게 흔들렸다. 집에서 받는 용돈이야 드리튼이나 자신이나 별 차이 없다.

하지만 드리튼의 말대로 씀씀이는 확실히 다르다. 술값이야 서로 돌아가며 내니 별 차이가 없다.

그러나 멋을 부리기 위해 옷을 사거나, 마음에 드는 여자들에게 선물하는 돈의 액수는 이시스 쪽이 훨씬 많았다. 아무래도 드리튼보다는 많은 여자를 만나고 다니는 이시스인 것이다.

"아무리 그렇다고 너 혼자 노비아에 갈 수 있겠어? 언제는 민망해서 혼자는 그런 데 못 간다며?"

이시스의 음성에 담겨진 적개심이 한껏 누그러져 있었다. 배신자 운운하던 방금 전과는 사뭇 다른 목소리였다.

“정 그럴 거 같으면 샤렌이랑 같이 가지, 뭐!”

“그건 안 돼!”

이시스가 꽥 소리를 질렀다.

그리고는 재빨리 드리튼의 옆에 나란히 섰다.

“돈을 딴 건 그 자식인데… 왜 니가 술을 사? 사려면 졸지에 거지된 나를 사줘야지.”

드리튼이 웃는다. 승자의 미소였다.

“그럼 같이 가는 거지?”

잠시 머뭇거리던 이시스가 결국 입을 연다.

“…당연하지! 근데 한 가지는 분명히 하자. 내가 너랑 같이 가주는 건 날 배신한 걸 용서하는 게 아니라… 니가 샤렌 그 자식에게 술 사는 걸 막기 위한 거야. 알았어?”

“어련하시겠어.”

드리튼이 피식 웃음을 터뜨렸다.

‘역시… 이 자식, 곰의 탈을 쓴 여우라니까!’

드리튼을 보는 이시스의 속내였다.

평소 샤렌이나 자신에 비해 둔해 보이는 드리튼이다.

하지만 드리튼이 겉모습과는 다르다는 사실을 익히 알고 있었다. 샤렌이나 자신에 비해 거짓말에 능숙치 못하고 마음이 여릴 뿐, 둔한 것과는 거리가 멀었던 것이다.

“야, 야! 돈 있으면 마차 타자. 노비아까지 언제 걸어가?”

드리튼의 호주머니가 자신처럼 텅 비지 않았음을 알게 되

자 이시스가 곧바로 강짜를 부렸다. 못 이기는 척 넘어가 줬
으니 알아서 잘 모시라는 뜻이었다.

“그렇군.”

드리튼은 달리 토를 달지 않고 이시스의 말에 동의했다. 걷
는 것보다 마차를 이용하는 데 익숙한 건 그도 마찬가지였던
것이다.

두 사람이 걸음을 옮겨 서너 대의 마차가 대기하고 있는 정
거장 근처에 이르렀을 때다.

콰앙!

요란한 소리와 함께 정거장 옆에 위치한 펍, ‘새벽의 노래’
의 문에서 덩치 큰 사내 하나가 굴러 나왔다.

열린 문 안쪽에서의 시끌벅적한 소리가 길에 서 있는 드리
튼과 이시스의 귀에까지 들렸다.

둘은 서로를 마주 봤다.

“싸움이지?”

“구경하고 갈까?”

“당연하지!”

“가자!”

빠지지 않는 호사가인 두 사람은 쉽게 합의했다.

드리튼과 이시스가 새벽의 노래에서 튀어나온 자의 인근
에 이르렀을 때는 이미 많은 사람들로 북적거렸다. 길 가던
행인들이 모여드는 것은 물론이거니와 펍 안쪽에서도 구경꾼

들이 쏟아져 나왔던 것이다.

"사람을 이 정도까지 날리다니……."

이시스가 고통 속에서 몸을 일으키는 거구를 보며 중얼거렸다.

"혹시 기사를 건드린 거 아냐?"

드리튼의 추측에 이시스는 고개를 끄덕였다. 저 정도의 덩치를 문밖까지 날리는 건 보통 사람에게는 불가능한 일인 것이다. 힘 하면 빠지지 않는 드리튼이라 해도 저 정도의 거구를 던지기란 쉽지 않을 터였다.

"나왔다!"

"우와아아아!"

새벽의 노래 안쪽에서 나온 사람들의 함성이 터졌다.

길 가다 구경 온 사람들의 시선이 펍의 입구에 집중된다. 저 덩치를 날린 자의 정체가 궁금한 것이다.

드리튼과 이시스도 예외는 아니었다.

다른 이들처럼 입구를 향해 시선을 돌린 두 사람.

누가 친구 아니랄까 봐 동시에 외친다.

"뭐, 뭐야?"

"에엣! 설마……?"

등장인물은 둘의 상상에서 한참이나 벗어나 있었다. 나타난 자는 우람한 팔뚝을 드러낸 장한도 아니요, 검을 허리에 차고 철제 갑주를 두른 기사도 아닌 것이다.

두 사람만 그런 게 아니다. 펍의 내부에서 벌어진 일을 모르는 행인들 대다수가 의구심을 가졌다. 지금 나온 이가 정말로 쓰러진 거구를 날린 건지 믿지 못하는 것이다.

"이, 이 개 같은⋯⋯."

육중한 몸을 일으키며 거구의 사내가 거침없는 욕설을 입에 담았다.

그의 시선이 고정된 곳은 펍의 입구다. 아니, 입구를 나선 사람을 향한 시선이다.

드리튼과 이시스, 그리고 길에 모여든 호사가들의 의구심과 달리 이 거구의 사내를 날린 게 지금 문 앞에 선 자임을 입증하는 시선이었다.

"어떻게 여자가⋯⋯?"

드리튼의 의문은 너무도 당연했다.

입구에 선 사람은 남자가 아니었다. 윤기가 흐르는 흑발을 허리까지 기른, 아무리 봐도 분명한 여자였다.

햇볕에 잘 태운 듯한 담갈색 피부가 건강해 보이긴 했지만 그뿐이다. 팔은 얇기만 했고, 손은 여리고 섬세하게만 보인다. 드리튼의 큰 손이라면 한 줌에 쥐일 듯 가는 허리, 군살 하나 없이 쭉 빠진 다리에서 저 거구를 날릴 힘이 나왔다는 사실을 믿기 힘든 것이다.

"하는 짓뿐 아니라 입도 쓰레기군."

허리를 꼿꼿이 세운 채 턱을 치켜든 여인은 욕설과 함께 몸을 일으키는 장한에게 차가운 음성을 던졌다.

냉기가 풀풀 날리는 표정이지만 여인의 얼굴은 아름다웠다. 아니, 그 정도로 표현되기엔 부족함이 많았다.

끝이 살짝 치켜 올라간 눈은 충격적일 만큼 매혹적이었다.

곧고 오뚝한 콧날은 시원스런 느낌이었고, 도톰하고 붉은 입술은 선정적이기까지 했다.

갸름한 얼굴선은 곱디고왔고, 긴 목은 절로 우아함을 뿜어냈다.

반듯한 쇄골이 드러나 가슴을 뛰게 했으며, 풍만한 가슴과 아찔한 곡선을 그려내는 허리 라인은 남자들의 사타구니에 절로 힘이 들어가게 했다.

그뿐이 아니다.

탄력 넘치는 힙과 길고 곧게 뻗은 다리는 당장이라도 여인을 향해 달려가고 싶은 마음을 무럭무럭 피어오르게 할 정도였다.

장한이 치근댄 이유를 충분히 납득하고도 남았다. 그가 아니더라도 저 여자에게 접근하고픈 마음은 남자라면 누구나 가질 만했던 것이다.

"술 한잔 같이 하자는데 사람을 집어 던져?"

몸을 완전히 일으킨 장한이 벌게진 얼굴로 소리를 질렀다.

"말했지? 난 나보다 약한 남자에겐 흥미없다고!"

다갈색 피부의 미인이 장한을 향해 마주 외쳤다.

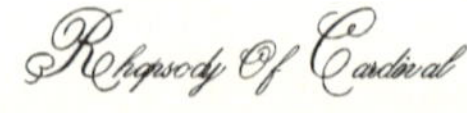

"네년보다 강하기만 하면 된다 이거지?"

장한은 한마디 한마디를 씹어뱉으며 마디가 굵은 양손을 들어 올렸다. 자신이 여인보다 강하다는 것을 증명하기 위해 당장이라도 덤벼들 기세였다.

"멈추시오!"

막 여자를 향해 움직이려던 장한의 험상궂은 얼굴이 와락 일그러진다. 자신을 막고 나선 희멀건한 녀석 때문이었다.

"저 녀석……."

드리튼이 갑작스레 등장한 인물을 알아보며 말했다.

"가스란이군. 저 자식, 언제 돌아온 거지?"

이시스 역시 싸움판에 끼어든 자를 알아봤다.

가스란 페노이.

드리튼, 이시스와 상급 아카데미 시절의 동창이었다. 노는 물이 달라 친하게 지내진 않았지만 상급 아카데미 보탄에서 샤렌 못지않게 유명했던 동창이니 모를 리 없는 것이다.

"넌 또 뭐야, 새끼야!"

끼어든 자가 새파란 애송이에 호리호리한 체형임을 확인한 장한이 위협적인 태도를 취했다.

"지금 저 아름다운 숙녀 분께 폭력을 행사하려는 거요?"

가스란은 장한의 위협에 조금도 위축되지 않은 채로 물었다.

그 모습에 구경꾼 중 일부가 한차례 술렁였다.

"어머, 저 사람, 너무 멋있다!"

"그러게. 얼굴이 완전 조각이네."

소란은 모두 여자들에게서 비롯되었다. 금발을 휘날리며 당당히 서 있는 남자의 늠름함과 준수한 모습에 감탄을 연발하는 것이다.

"남은 인생 몸 성히 걸어다니고 싶으면 좋은 말 할 때 비켜라! 너 같은 애송이가 끼어들 자리가 아니야."

장한이 으르렁대며 여인을 향해 걸음을 옮겼다. 가스란 따위는 무시하는 태도였다.

이에 가스란은 한 걸음을 옮겨 비켜가는 장한의 앞길을 가로막았다.

마주 선 두 사람의 체격 차이는 컸다. 장한의 팔뚝은 가스란의 허리 굵기와 비슷해 보였고, 키는 머리통 하나가 더 있어 보였다.

"숙녀에게 무례를 범하는 것은 신사로서 용납할 수 없는 일이지."

가스란은 장한의 두 눈을 똑바로 마주 보며 말했다.

"또 시작이군, 저 자식."

이시스가 작은 목소리로 투덜댔다.

학창 시절 샤렌을 중심으로 한 이시스, 드리튼과 가스란이 몰고 다니는 패거리와는 묘한 경쟁 관계에 있었다. 보탄 상급 아카데미의 여학생들을 두고 샤렌 패거리와 가스란 패거리가 서로 경쟁을 해왔던 것이다.

"저 재수때기, 아카데미 시절부터 멋있는 척은 혼자 다했지. 그 버릇은 여전하네."

드리튼도 못마땅하게 말을 흘렸다.

"어딜 가나 모범생 티를 낸다니까. 유학 가서 좀 달라질 줄 알았더니……."

이시스는 전혀 달라진 게 없다는 말을 미처 끝내지 못했다. 장한의 커다란 목소리 때문이었다.

"하, 이젠 별……! 개나 소나 다 덤벼드네."

장한은 팔목을 걷어붙였다. 우람한 근육과 힘줄을 자랑하듯 내보이는 것이다.

"방금 전 내 모습을 보고 헛생각을 하는 모양인데. 오냐, 이 바칸님께서 오늘 네놈 버릇부터 고쳐 주마."

여자 때문에 나뒹굴었다는 자격지심 때문인지 바칸의 노기가 폭발했다.

그는 말을 마침과 동시에 가스란을 향해 주먹을 휘둘렀다.

휘이익.

커다란 주먹 때문인지 바칸의 주먹은 굉장한 소리를 내며 허공을 갈랐다.

하지만 가스란의 얼굴을 뭉개고자 했던 바칸의 주먹은 그 뜻을 이루지 못했다.

목에서 느껴진 따가운 느낌 때문이다.

물론 따끔한 정도의 느낌이 가스란의 얼굴 앞에서 주먹을 멈춰 세운 이유의 전부는 아니었다.

작은 통증 이후 전해지는 서늘한 감촉.

그 감촉과 이어진 차가운 금속성 물체가 시퍼런 빛을 뿌려 대는 것을 본 게 사실상의 이유였다.

가스란은 가볍게 바칸의 주먹을 피하고 어느새 망토 안쪽에서 검을 뽑아 목을 겨누고 있었던 것이다.

"봐, 봤어?"

드리튼이 두 눈을 휘둥그레 떴다.

"아니!"

이시스가 고개를 저었다. 드리튼은 지금의 결과를 묻는 게 아니었다. 그의 질문은 가스란의 발검에 관한 것이었다. 두 눈을 멀쩡히 뜨고 있었음에도 가스란이 검을 뽑는 동작을 전혀 보지 못했다. 그의 발검이 엄청나게 빠르다는 뜻이었다.

"저 발검… 아카데미 시절하고는 또 다르네."

가스란은 학문에서도 검술에서도 보탄 상급 아카데미 제일이었다. 당시에도 대단했지만 지금과는 비교할 수 없었다.

드리튼과 이시스가 농땡이를 피우고 게으름을 부렸지만 그래도 샤렌과는 달리 기본적인 검술은 익혔다고 자부했다.

따라서 당시만 해도 가스란의 발검을 아예 보지 못할 정도까지는 아니었던 것이다.

"쳇! 애초부터 잘난 척하고 나선 이유가 있었군."

이시스가 미간을 찌푸리며 팔짱을 꼈다.

"자랑하고 싶었겠지. 저 정도의 여자 앞에서라면 충분히 그러고도 남을 놈이니까."

"밥만 먹고 검만 휘둘렀으니 반드시 잘난 체를 해야만 그 보람을 느낄걸, 저 자식은!"

이시스는 가스란을 인정하고픈 마음이 조금도 없었다. 내기로 인해 샤렌과도 늘 투덕거리긴 하지만 가스란과는 경우가 달랐다. 이시스에게 있어서 가스란은 '체질적'으로 싫은 상대인 것이다.

"흉한 일을 당하기 전에 조용히 물러서시오."

발검 하나로 상대방을 완벽히 제압한 가스란.

그가 짐짓 점잖은 목소리로 장한에게 말했다. 주도권을 쥔 자의 여유가 한껏 묻어나는 표정과 함께였다.

"으, 으……."

장한은 이마에 흐르는 식은땀에 퉁방울만 한 두 눈을 껌뻑이다 뒷걸음질을 쳤다. 한눈에 자신의 상대가 아님을 알아본 것이다.

그는 곧 몸을 돌려 구경꾼 사이로 뛰어들었다. 도망을 치는 것만이 그로서는 최선인 것이다.

장한이 완전하게 물러서는 장면을 확인한 가스란은 우아한 동작으로 검을 망토 안 검집에 넣었다.

그리고는 손을 들어 한차례 머리를 쓸어 올렸다.

"꺄아!"

"어쩜 좋아!"

"너무 멋있어요!"

다분히 관중을 의식한 가스란의 동작에 몇몇 여자들이 제자리에서 발을 동동 굴러대며 환호를 해댔다.

가스란은 여인들의 환호성과 중인들의 수군거림을 못 들은 척하며 다갈색 피부의 미인에게로 향했다.

"괜찮으십니까, 레이디?"

가스란이 미인에게 말을 거는 것을 보며 이시스가 말한다.

"젠장! 엄청난 미인인데 아까운걸."

"그러게. 저 정도면 크샤트린, 아니, 트라시아 전체에서도 열 손가락 안에 꼽히고도 남을 텐데 말이야."

드리튼도 입맛을 다셨다. 상황이 이렇게 된 이상 저 아름다운 여인은 가스란에게 넘어간 것과 다름이 없는 것이다.

이제 남은 것은 '도와주셔서 너무 고마워요. 성함은 어떻게 되시나요? 좋은 이름이군요. 보답으로 제가 술 한잔 살게요' 라고 말하는 것뿐이었다.

당연한 수순이고 뻔한 결과다. 가스란이 잘되는 모습을 보고 싶지 않음에도 드리튼과 이시스는 가스란과 여인의 대화를 계속 지켜봤다.

미련 때문이다. 조금이라도 저 아름다운 여인을 더 보자는

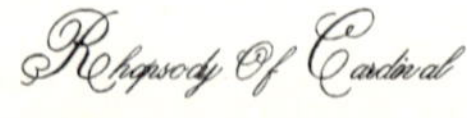

속셈이었다.

"괜찮아요."

다갈색 피부의 미인은 그렇게 짧게 대답했다.

그리고는 곧장 몸을 돌리려 했다.

"엥?"

이시스가 눈을 동그랗게 떴다. 여인의 대사도 예상과는 달랐고, 뒤이어진 행동도 예상과 전혀 달랐던 것이다.

여인의 반응은 이시스는 물론이고 가스란에게도 의외인 모양이었다.

가스란은 살짝 얼굴을 붉히며 여인에게 말했다.

"이런 싸구려 펍에 계시니 몹쓸 짓을 당하시는 겁니다. 아름다운 레이디께서는 그에 걸맞은 장소에 계셔야지요."

가스란의 말에 이시스가 몸서리를 쳤다.

"나왔다! 저 느글느글한 말투! 역시 샤렌 자식과 맞먹는 놈이라니까!"

"샤렌은 저렇게까지 느끼하지는 않지 않아?"

"그 자식이 더하지!"

"그런가?"

이시스의 말에 드리튼이 고개를 갸웃거렸다. 친구라서 그런지 샤렌이 저처럼 소름 돋을 정도는 아니라고 생각해 왔던 것이다.

"제가 아름다운 레이디께 어울릴 만한 장소를 알고 있습니다. 이렇게 만난 것도 인연인데… 어떻습니까? 저와 한잔하지 않으시겠습니까?"

계속되는 가스란의 정중한 제안이었다.

"저 위선자 같은 놈! 차라리 도와줬으니까 은혜를 갚는 셈 치고 술 한잔하자고 할 것이지."

이시스는 가스란의 모든 말이 못마땅했다.

"못 들었나 보군요."

정중하게 동행을 제안하는 가스란을 향해 여인은 한결같은 냉랭한 표정으로 말했다.

"네? 뭘 못 들었다는 건지……?"

가스란이 고개를 갸웃거렸다.

"나보다 약한 자에게 흥미없다는 이야기 말이에요."

"아하하하하핫!"

가스란은 참지 못하고 웃음을 터뜨렸다.

잠시 후 간신히 웃음을 억누르며 그가 말했다.

"아, 이거… 실례했습니다. 레이디를 비웃자는 게 아니라 남자를 고르는 기준이 너무 재밌어서요."

"……"

애써 수습하려는 가스란의 시도는 먹히지 않았다. 여인은 초지일관 냉랭한 표정이었고, 가스란에게는 제대로 시선도 주지 않고 있었다.

"전 트라시아의 황립 검술 아카데미 졸업반입니다. 아직 기사 작위도 받지 못했고, 이렇다 할 명성을 떨쳐 보지도 못했지만, 그렇다고 허약한 남자는 아니랍니다.”

잠시 말을 끌며 가스란은 표현의 방향을 바꿨다.

여인은 아까 전 장한을 쓰러뜨렸다. 검을 차고 있으니 검술도 배웠을지 모른다. 자존심이 강해 보이는 그녀이니만큼 여자에게 질 리 없다는 말은 하지 않는 게 좋을 거라 생각한 것이다.

“트라시아의 황립 검술 아카데미?”

무신경으로 일관하던 여인이 반응을 보였다.

이에 가스란의 얼굴에도 미소가 번졌다. 트라시아에서도 최고의 무재(武才)들만이 입학 가능한 곳이 황립 검술 아카데미다. 변방 중의 변방이랄 수 있는 식민지 크샤트린에서 황립 아카데미의 학생을 만나기란 하늘의 별 따기랄 수 있었다. 제아무리 도도한 여자라 해도 관심을 보이지 않을 수 없는 것이다.

“그렇습니다. 적어도 아름다운 레이디를 에스코트하기엔 부족함이 없을 겁니다.”

황립 아카데미에 대해 여인의 반응을 확인한 탓인지 가스란의 어조에는 자부심이 가득했다.

“훗!”

여인의 입술 한쪽 끝이 올라가며 바람 빠지는 소리가 났다.

“아카데미조차 졸업하지 못했다면… 결국 아직 애송이라는 소리 아닌가?”

“……!”

혼잣말처럼 중얼거린 여인의 말은 정중한 태도와 표정으로 일관하던 가스란을 뒤흔들었다. 장한에게 들은 애송이라는 말과 절세미인의 입에서 흘러나온 애송이라는 말은 무게가 달랐다.

하지만 무례함의 극치였던 장한과 가스란은 달랐다. 안색이 새파랗게 질리긴 했지만 화를 참지 못해 추태를 부리는 모습은 보이질 않는 것이다.

“레이디, 방금 전 그 말씀은 황립 검술 아카데미에 대한 모욕이랄 수 있는…….”

스윽.

가스란의 말은 여인의 손짓에 가로막혔다.

여인은 가스란에게서 시선을 거두며 말한다.

“애송이와 노닥거리고자 이곳에 온 게 아니야. 더 이상 할 말 없으니 돌아가.”

대놓고 나오는 반말이다. 명백한 무시이자 노골적인 모욕이었다.

꿈틀!

가스란의 눈썹 끝이 물결친다.

어금니를 악다물어 턱 근육도 불룩인다.

노기를 억누르기 위해 부단히도 애를 쓰는 것이다.

몇 번의 심호흡 후에 가스란이 낮은 음성을 토해낸다. 여인

의 계속되는 모욕이 자신의 심사를 거슬렀다는 사실을 드러
내기 위한 발언이다.

"레이디의 발언은 도를 지나치신… 훕!"

가스란은 말을 하던 도중 헛바람을 들이켰다.

두 눈을 찢어질 듯 부릅떴다.

벌어진 입을 다물지 못했다.

경악과 불신.

그리고 공포가 가스란의 얼굴을 물들였다.

이유는 하나.

범상치 않은 예기를 뿜어내는 여인의 검이 가스란의 목에
닿았던 것이다.

검의 블레이드가 노리는 곳은 정확히 가스란의 경동맥.

여인이 손에 조금만 더 힘을 준다면 가스란의 목에서 피가
분수처럼 솟구칠 것이다.

가스란이 장한에게 보인 장면이 여인에 의해 재연된 셈이
었다. 상황은 같지만 내용은 달랐다. 여인의 발검은 가스란의
것과 비교할 수조차 없는 속도였던 것이다.

"말했지? 난 나보다 강하지 않으면 관심없다고!"

일침을 가하듯 가스란에게 말을 하는 여인.

그녀는 검을 거둬들이고는 곧장 새벽의 노래 안으로 향했다.

펍 안쪽에서 구경을 나왔던 사람들이 반으로 갈라진다. 경
이적인 실력을 보인 여인에게 길을 양보하는 것이다.

　여인의 모습이 새벽의 노래 안으로 완전히 사라질 때까지도 가스란은 움직이지 못했다. 그가 얼마나 큰 충격을 받았는지 익히 짐작할 수 있었다.

　한편, 그 장면을 본 이시스가 작게 손뼉을 쳤다. 얼굴에는 희색이 가득했다.

　"뭐야? 저 재수없는 자식이 물먹는 거 보니까 그렇게 좋아?"

　드리튼의 질문에 이시스가 마주쳤던 손을 흔들었다.

　"아니, 그게 아니라……."

　"아니긴 뭐가 아니야. 그 헤벌쭉한 표정이나 정리하고 아니라고 말하든가."

　"아씨! 그게 아니라니까. 넌 저 모습을 보고도 아무 생각이 없어?"

　이시스가 답답한 표정으로 짜증 섞인 목소리를 냈다.

　"왜 생각이 없어. 보탄 아카데미 최고의 무재를 자랑하던 가스란이 옴짝달싹 못할 정도의 빠른 발검술을 가진 여자를 봤는데! 저 여잔 정말 엄청나다고!"

　"그래, 정말 엄청나지! 근데 그게 다야?"

　이시스는 여전히 답답한 모양이었다.

　드리튼이 미간을 찌푸렸다. 자신이 놓친 뭔가를 생각해 내려는 것이다.

　골똘히 생각하던 드리튼이 곧 미간을 폈다.

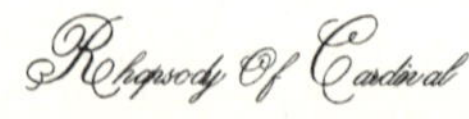

"아! 가스란이 저 정도로 당할 정도라면… 설마 저 여자, 바라카를 사용한다는 거야?"

"그게 아니고!"

이시스가 드리튼의 말을 잘랐다.

"그렇게 머리가 안 돌아가나? 잘 생각해 보라고. 보탄 시절 그나마 샤렌과 필적할 수 있던 게 누구지?"

"샤렌과 필적하는? 그러니까 샤렌만큼 여자들에게 인기있었던 게 누구냐는 이야기지?"

더 이상의 핀잔이 두려운 드리튼이 조심스레 되물었다.

"그래!"

"가스란이라고 말하고 싶은 거야?"

"사실이잖아. 승부에 있어서는 늘 샤렌에게 당하긴 했지만 그나마 겨뤄보겠다고 나섰던 놈은 가스란밖에 없으니까. 게다가 공부나 검술 쪽만으로 보자면 가스란 자식이 월등했잖아. 귀족가의 여자 애들 몇몇은 그런 가스란을 더 좋아하기도 했고 말이야."

"뭐… 맨날 정의의 사도인 척하면서 여기저기서 설쳐 대긴 했지."

아직까지도 드리튼은 가스란을 선뜻 인정하고 싶지 않은 표정이었다.

"바로 그거라고!"

이시스가 손가락으로 허공을 콕 찌르며 말했다.

"뭐가 바로 그거야?"

"지금 우리가 본 게 뭐야! 그 대단한 가스란이 제대로 물먹는 장면이잖아. 그렇다는 것은 샤렌 역시 저 여자한테는 쉽지 않다는 이야기 아니겠어?"

"……!"

"게다가 저 여자가 한 말 들었지? 자신보다 강하지 않으면 관심없다는 이야기 말이야. 생긴 것도, 말발도 샤렌에게 빠지지 않는 가스란이 찬밥이 됐어. 괜히 한 소리가 아니라는 뜻인 거잖아."

잔뜩 흥분한 이시스의 말[言]은 질주하는 말[馬]의 발굽 소리처럼 빨랐다.

"결국 저 여자를 유혹하려면 방법은 한 가지! 저 여자보다 강하다는 사실을 증명해야 한다는 것뿐! 샤렌이 저 여자를 이길 수 있다고 생각해?"

"가스란을 저 꼴로 만든 여자를 샤렌이 어떻게 이겨?"

보탄 상급 아카데미 시절에도 검술에 있어서 가스란과 상대가 안 되던 샤렌이었다. 지금의 가스란에게는 아예 비교조차 불가능했다.

"그러니까! 그러니까 이번이야말로 우리가 내기에서 샤렌에게 이길 찬스란 뜻이지."

"오옷!"

드리튼은 그제야 이시스가 말하고자 하는 바를 이해했다.

확실히 구미가 도는 발상이었다. 가스란에게도 상대가 되지 않는 샤렌이 저 미인을 이긴다는 것은 절대 불가능인 것이다.

"이제 뭔 말인지 알겠지? 자, 어때? 이래도 판 벌어지면 샤렌 쪽에 걸 거냐?"

"흐음……! 아무리 여자 유혹하기가 신의 경지에 오른 샤렌이지만 이번에는 방법이 없겠는걸. 저 여자가 남자를 고르는 기준이 너무 엉뚱하고 완고하니까 말이야."

"크헤헤헷! 그렇지? 이번에야말로 그동안 잃었던 돈을 한 방에 되찾을 기회지?"

드리튼은 고개를 끄덕였다. 앞으로는 내기에서 샤렌에게 걸기로 했지만 이번만큼은 경우가 달랐던 것이다.

드리튼의 동의에 이시스는 샤렌과의 내기에서 벌써 승리하기라도 한 듯 마냥 기뻐했다.

"아! 이럴 때가 아니지."

이시스가 허둥대기 시작했다.

"왜? 뭘 어쩌려고?"

"넌 펍에서 저 여자가 어디로 가나 지켜보고 있어. 이동하게 되면 메모 남겨두고!"

"어딜 가게?"

"어디긴, 쇠뿔도 단김에 빼랬다고 샤렌 데리러 가는 거지!"

"자, 잠깐!"

드리튼이 막 몸을 움직이려던 이시스의 팔을 잡았다.

“왜?”

이시스가 미간을 찌푸렸다.

“샤렌은 그냥 얼굴만 예쁘다고 내기에 응하지 않는다는 거 몰라? 아무리 내기라 해도 녀석은 자신이 진심으로 사랑할 ‘가능성’이 있는 여자한테만 대시한다고!”

“저 여자라면 충분해! 샤렌이 싫어하는 건 얼굴만 예쁘고 머리가 텅 빈 여자들인 거잖아. 뭔가 특별한 실력을 갖춘 여자들을 더 좋아하는 거 몰라?”

“하긴, 저렇게 아름다운 여자가 뛰어난 검술 실력까지 갖췄으니…….”

드리튼은 쉽사리 동의했다. 저 정도의 여자라면 대륙을 통틀어서도 손꼽힌다 말할 만했다. 샤렌이라고 달리 볼 리가 없는 것이다.

“그럼 갔다 올게.”

아까까지만 해도 걷기 싫다던 이시스는 바람처럼 달리기 시작했다.

Chapter 3

1

　"**형**은?"

　하루 종일 방 안에만 틀어박혀 있던 샤렌의 질문이었다. 그는 아직까지 숙취가 가시지 않았는지 손가락으로 관자놀이를 문지르고 있었다.

　"아침 일찍 총독부의 관저로 돌아가셨습니다."

　드라이언이 공손하게 대답했다.

　"뭐야? 술 마신 사람을 붙잡으려 들더니……."

　별일 아닌 걸로 귀찮게 했다는 말투였다.

　"역시 어제는 그냥 못 들은 척하신 거였군요."

　드라이언은 안타까운 표정이었다.

"그런 표정 좀 짓지 마. 이 '집구석'에서 날 보고 웃어주는 건 드라이언밖에 없는데, 웃어주진 못할망정 얼굴 찌푸리기야?"

샤렌의 말에 드라이언은 표정을 풀 수밖에 없었다. 억지로나마 웃음을 머금자니 표정이 어색해졌다.

"푸훗!"

안면에 마비가 온 듯 어색하기만 한 드라이언을 보며 샤렌은 결국 웃음을 터뜨렸다. 밝고 건강한 웃음이었다.

그 웃음을 보며 드라이언은 생각한다.

'저런 미소를 나리와 큰도련님께도 보여주시면 좋을 텐데……'

"또, 또! 인상 찌푸린다."

"아! 제가 인상을 썼나요?"

"드라이언은 감정이 얼굴에 너무 솔직히 드러난다고. 보통 그 나이쯤 되면 자기 속내를 감추는 데 익숙해질 법도 한데 말이야."

드라이언은 손을 들어 자신의 얼굴을 매만졌다. 그다지 얼굴을 찌푸린 기억이 없던 것이다.

그런 드라이언을 보며 샤렌이 다시금 웃음을 머금었다.

"뭐… 그렇게 순박한 드라이언의 모습이 좋은 거지만 말이야."

이번에는 드라이언도 웃었다. 작은도련님의 칭찬 때문이

아니다. 자신의 솔직함을 말하는 작은도련님 자신도 지금은
속내를 고스란히 비추고 있기 때문이다.

크라슈 가에서 샤렌의 진심을 볼 수 있는 것은 자신뿐.

그런 작은도련님이기에 저도 모르게 미소로 화답을 하게
되는 것이다.

쾅쾅쾅!

주종 간의 따스한 분위기는 요란스럽게 현관문을 두들기
는 소리로 인해 흐려졌다.

"응?"

깨진 분위기에 샤렌은 인상을 썼다.

드라이언은 잰걸음을 옮겨 계단을 내려갔다. 손님을 맞이
하는 것은 집사장의 몫이란 게 그의 생각이었다. 다른 하인에
게 맡길 수 없는 자신의 책무인 것이다.

드라이언이 손잡이를 돌리자 육중한 문은 이번에도 소리
없이 열렸다.

"샤렌!"

열린 문으로 황급히 들어선 것은 이시스였다. 그는 어서 오
시라는 드라이언의 인사를 뒷전으로 하고 곧바로 계단으로
향했다.

2층 난간에서 문을 내려다보던 샤렌은 고개를 갸웃거린다.
이시스의 방문이 의외였다. 평소의 이시스는 내기에서 진 다
음날만큼은 자신과 마주치길 싫어했기 때문이다.

"여~ 이시스! 무슨 일이야?"

일단 인사는 건네고 보는 샤렌이었다.

"내려와, 당장!"

계단 위쪽을 올려다보며 이시스가 소리를 질렀다.

"……?"

"어서! 오늘 크게 한번 붙어보자고!"

자신감이 충만하게 차오른 이시스의 외침이었다.

2

담갈색 피부의 미인은 사람들의 시선을 아랑곳하지 않고 술을 마시는 중이었다.

미인과 멀지 않은 좌석에는 세 청년이 있었다. 샤렌과 드리튼, 그리고 이시스였다.

"저 여잘 제대로 한번 봐봐. 그럼 알 수 있을 거야. 엄청난 미인이라고!"

이시스의 은근한 목소리였다.

"봤어. 들어오면서."

샤렌이 귀찮다는 표정으로 대답했다. 그는 아직까지도 양손의 검지와 중지로 관자놀이를 연신 문질러 댔다. 두통이 가시질 않는 것이다.

"잘 봐보라니까. 저 정도면 크샤트린, 아니, 트라비스 전체를 뒤져도 흔치 않을 정도잖아! 안 그래?”

“제법이긴 하네.”

샤렌의 시큰둥한 대답이었다.

그 무미건조한 반응에 이시스는 행여 샤렌을 내기에 끌어들이지 못할까 걱정이 되기 시작했다.

“네가 지난번에 잘 태운 피부는 건강해 보여서 좋다고 했잖아. 나도 예전에는 미처 몰랐는데 저 여자를 보니까 그 뜻을 알겠더라고. 건강미는 물론 섹시한 느낌이 절로 뿜어져 나오는 것 같더라고. 그치?”

이시스는 끊임없이 이름 모를 여자를 치켜세웠다. 가급적 샤렌이 빠져나갈 구멍을 주지 않기 위해서였다.

“저 풍만한 가슴하며… 잘록한 허리, 늘씬하고 긴 다리……. 캬! 어쨌든 저 여자와의 키스에 200골드를 걸겠어! 어때? 제대로 큰판이지?”

“이시스!”

금액을 듣고 놀라 외친 것은 드리튼이었다. 크샤트린에서 내로라하는 재력가의 후손인 그에게도 200골드는 엄청난 금액이 아닐 수 없었던 것이다.

이시스의 제안을 듣고도 샤렌은 별다른 동요를 보이지 않았다. 여전히 관자놀이를 문지르는 손가락을 부지런히 움직일 뿐이었다.

“뭐야? 미리부터 겁먹은 거야? 화류계의 제왕 샤렌 크라슈가?"

　이시스는 또다시 샤렌의 승부욕을 자극했다. 지난번에는 역으로 말려든 결과가 되었지만 이 방법이 샤렌을 끌어들이는 데 효과가 확실하다는 것을 이시스는 알고 있었다. 과정은 같지만 결과는 다르다고 확신하는 그였다.

　결국 샤렌이 입을 연다.

　"이번 내기에 그렇게 자신만만한 이유가 뭐지, 이시스?"

　"그, 그거야……."

　이시스의 두 눈동자가 좌우로 움직인다. 재빠르게 머리를 굴리고 있는 것이다.

　"저토록 뛰어난 미녀라면… 그만큼 콧대가 셀 테니까 그런 거지."

　샤렌의 시선이 이시스를 향했다.

　섬뜩할 정도로 날카로운 빛을 내는 붉은 눈이다. 그것은 대답의 진위에 대해 고심하는 시선이 아니었다. 이시스에게 제대로 된 대답을 요구하는 재촉이다. 샤렌과 함께 자라온 이시스가 그 시선의 의미를 모를 리 없었다.

　"후……!"

　이시스는 한숨과 함께 고개를 좌우로 흔들었다.

　'이 자식은 정말이지, 사람 속을 들여다보는 것 같다니까. 하지만 이번에는 그렇게 호락호락하지 않을 거다!'

　표정과는 달리 내심은 자신감 넘치는 이시스였다.

"아까 저 여자에게 대시하는 사람을 봤어."

이시스는 샤렌의 반응을 살피며 설명을 이어갔다.

"퇴짜를 맞았지. 당연히 그게 전부는 아니야. 요는 퇴짜를 맞은 게 누구냐가 중요하다 이거지."

"질질 끌지 말고 빨리 말해."

샤렌의 재촉에 이시스는 치솟는 웃음을 억눌렀다. 자신이 가진 확신의 본질은 여인을 유혹하는 데 실패한 자가 누구냐에 있지 않았다. 자신보다 강하지 않으면 관심이 없다는 저 여자의 원칙이 중요한 것이다. 그럼에도 샤렌이 말려들고 있었다.

"그게… 우리가 잘 아는 사람이야."

지금 읊는 핑계만으로도 샤렌을 끌어들일 수 있다고 생각하는 이시스는 한껏 여유를 부렸다.

샤렌의 미간이 찌푸려진다. 답답한 심정을 드러내는 것이다.

이시스의 되도 않는 화법에 답답함을 느끼는 건 샤렌뿐만이 아니었다. 참다못한 드리튼이 끼어들었다.

"가스란이야, 샤렌! 가스란이 나서서 저 여자에게 대시했다가 퇴짜를 먹었다고."

"가스란?"

샤렌이 예상치 못했던 인물인 모양이다. 관자놀이를 문지르던 손가락이 멈췄다.

"그 자식이 돌아왔어?"

"우리도 오늘 알았어. 아마도 최근에 도착했나 봐."

지금까지의 느긋한 어조와 상반되게 이시스가 재빨리 끼어들었다. 드리튼에게 설명을 맡겼다간 자칫 엉뚱한 말이 튀어나올까 봐 나선 것이다. 저 눈치 빠른 샤렌을 상대하기에 드리튼은 너무 정직했다.

"그 가스란 자식이 물을 먹었단 말이지?"

샤렌의 낮은 음성에 이시스는 또 한 번 웃음을 억눌렀다. 예상했던 대로의 진행이다. 보탄 아카데미 시절부터 가스란을 누구보다 싫어했던 샤렌인 것이다.

"이번에야말로 네가 가스란 따위와는 차원이 다르다는 것을 보여줄 기회이기도 하단 이야기지."

이시스가 노골적으로 샤렌을 부추기기 시작했다.

"후훗. 가스란, 그 자식에게 저 여자는 확실히 어려운 상대지. 보나마나 번지르르한 모습만 내세웠을 테니까 말이야."

샤렌의 혼잣말 같은 중얼거림이다.

하지만 바로 옆에서 혀를 놀려대던 이시스가 듣지 못할 정도는 아니었다.

'이, 이 자식! 뭔가 눈치 챈 건가? 그게 아니면……?'

"아는 여자인 거야?"

이시스의 목소리에 불안감이 묻어 나왔다. 여자를 안다면 샤렌이 내기를 수락하지 않을 수도 있기 때문이다.

"아니. 처음 보는 여자야. 하지만 가스란의 겉멋에 말려들 스타일은 아닌 것 같은걸."

"에헤? 그걸 어떻게 알아?"

드리튼이 두 눈을 껌뻑이며 물었다.

"일단 저 여자… 화장을 하지 않았잖아. 온몸을 뒤져 봐도 액세서리 하나 찾을 수 없고 말이야."

샤렌의 설명을 들으며 드리튼은 새삼 여인을 바라봤다. 과연 샤렌의 말대로 여인의 몸에서는 일체의 장신구를 찾아볼 수 없었다.

드리튼과 달리 이시스는 여인을 살피지 않았다. 흔들리는 그의 시선은 샤렌을 향해 있었다.

'뭐, 뭐야, 이 자식! 들어오면서 힐끗 쳐다본 것만으로 그런 것까지 파악하고 있는 거야?

샤렌은 자리에 앉은 이후로는 여자 쪽을 향해 눈길 한 번 주지 않았다. 이시스가 계속해 여자를 봐보라고 한 이유도 거기에 있었다.

한데도 샤렌은 자신들조차 제대로 살피지 못한 부분까지 알고 있다. 단 한 번 던진 시선에 이토록 세밀한 정보를 취득할 수 있다는 것은 사람을 놀라게 하기에 충분한 것이었다.

샤렌의 설명은 아직도 끝나지 않았다.

"그녀의 옆쪽을 지나올 때 향수 냄새가 나지 않더군. 기본적으로 자신을 꾸미는 데 무심한 여자야."

"뭐… 워낙 예쁘니 그럴 필요가 없는 거 아닐까?"

드리튼의 추측이었다.

"그저 꾸미지 않는 것뿐만이 아니야. 저 여자가 입고 있는 옷의 천은 대륙 남쪽 에르멘의 특산품이야. 100% 수제품이라 제법 비싸지. 그런 천으로 만들어졌음에도 화려한 장식이 없잖아? 디자인도 언뜻 후져 보이지만 움직임에는 굉장히 편하도록 되어 있어. 다시 말해 실용적인 면모를 중시 여긴 옷이라는 거지."

샤렌의 설명을 들으며 드리튼은 하마터면 네 말이 맞다고 말할 뻔했다. 가스란조차 손을 쓰지 못할 발검을 보인 그녀다. 옷이 불편해서는 불가능한 동작인 것이다.

하지만 그는 억지로 말을 삼켰다. 엄청난 거금이 걸린 내기가 자신의 말 한마디에 무산될 수 있음을 알기 때문이다.

샤렌의 설명은 계속되고 있었다.

"실용성을 중시 여기는 여자들은 남자를 판단할 때도 겉모습을 중요하게 여기지 않는 경우가 많아. 가스란 그 자식의 뺀질뺀질한 얼굴에 넘어갈 리 없었을 거야. 그게 다가 아니지. 저 여자의 신발에는 흙이 묻어 있어. 진흙이 굳은 거야."

드리튼이 다시 여자를 살폈다. 과연 여인의 신발에는 흙이 묻어 있었다.

'하! 언제 신발까지 본 거지?

드리튼이 감탄하는 동안에도 샤렌은 말을 이었다.

"테이블 옆에 세워둔 검에 박힌 보석, 범상한 것들이 아니야. 비싼 옷감과 함께 생각해 보면 저 여자가 꽤나 부유하다는 걸 알 수 있지. 그런데도 신발에 진흙이 묻어 있다는 것은 이곳 레비크까지 도보로 왔다는 뜻이잖아? 마차나 말을 이용하지 않았다는 이야기지."

이시스는 미간을 찌푸린 채 묻는다.

"가까운 거리를 이동해 왔으면 걸어올 수도 있잖아?"

"비는 3일 전에 내렸어. 진흙이 묻었다는 건 최소한 3일 전에 출발한 여정이란 뜻이야. 저 여자는 그동안 내내 걸었다는 거지."

"그래서?"

"편한 것을 추구하지 않는 성격일 거야. 게다가 자신이 정한 게 있으면 반드시 지키는 성격이랄까……. 고집이 세다고 볼 수 있지."

"……!"

이시스와 드리튼은 샤렌의 예리한 추론에 찔끔한 모습이었다. 그녀가 가진 남자에 대한 엉뚱한 기준을 알고, 그것을 지키는 모습을 봤기 때문이다.

"또… 3일 이상의 여정을 소화해 낼 체력이 있다는 건 스스로를 단련시켰다는 말. 여자로서는 쉬운 일이 아닐 테니 평소에도 자신에게 엄격했다는 증거지. 게다가 검도 폼으로 들고

다니는 게 아니야.”

“그걸 어떻게 알아? 저렇게 화려한 검이라면 액세서리 대신 장식용으로…….”

샤렌이 여자에 대해 지나치게 파악하는 게 불안한 이시스가 교란 작전을 펼쳤다.

“힐트(hilt:손잡이)에 덧댄 가죽이 많이 닳아 있어. 실제 사용하는 검이란 이야기야. 저 여자한테 일체의 허식은 없어. 외골수로 지킬 것을 지키며 살 가능성이 높아. 대체로 저런 스타일은 진짜인 무엇인가를 보여줘야 해.”

“진짜인 무엇?”

“가장 쉽게 생각할 수 있는 건 능력이지. 갈고닦인 실력 같은 거 말이야. 그런 데만 관심을 가질 가능성이 높으니까. 그런 걸 모른 채 가스란이 제아무리 설쳐 봤댔자 꿈쩍도 안 했을 테지.”

“우아! 그 모든 걸 한눈에 다 파악한 거야?”

드리튼은 감탄하지 않을 수 없었다. 한순간 여자의 머리끝에서 발끝까지 본 것도 대단하지만, 그 정보로 여자의 스타일까지 정확히 짚어내는 게 신기하기만 했던 것이다.

‘이 자식이 여자를 잘 꼬시는 데 이런 이유가 있었구나!’

이시스의 눈이 가늘어졌다. 하루 종일 지켜봐도 알아채기 쉽지 않은 부분들을 단박에 알아내는 샤렌의 눈썰미는 경이적이었던 것이다.

놀랍긴 하지만 그는 드리튼처럼 감탄만 하고 있을 수 없었다. 통쾌한 승리와 200골드가 눈앞에 아른거리고 있었기 때문이다.

이시스가 비아냥대는 듯한 어조로 말을 시작한다.

"그래서? 사설이 엄청 긴 걸 보니 이번에는 너도 자신 없나 보지? 그렇게 설명하지 않아도 저 여자가 쉽지 않다는 건 우리도 알아. 가스란이 퇴짜를 맞을 정도니까. 그렇게 힘들다면… 내기는 없던 걸로 할까?"

"아니."

샤렌은 고개를 저었다.

이시스는 터져 나오는 웃음을 억눌렀다. 기대했던 대로다. 가스란을 들먹이며 자극하는데 샤렌이 여기서 포기할 리 없었다.

사실 어려운 여자일수록 불타는 샤렌이 아니던가?

게다가 저 여자가 특별하다는 것을 스스로의 입으로도 말했다. 샤렌이 싫어하는 얼굴만 예쁜 여자가 아니니 이대로 내기가 무산될 리 만무했다.

"대신 이번에는 시간이 좀 필요해."

샤렌의 표정은 진중했다.

'이 자식, 평소라면 싼 티 팍팍 나게 웃으며 큰소리를 빵빵 쳤을 텐데 왜 이렇게 진지해?'

이시스는 긴장했다.

"얼마나 필요한데?"

이시스의 질문에 샤렌이 검지를 세워 내밀었다.

"한 시간?"

드리튼이 침을 삼키며 물었다. 200골드가 걸린 내기니 긴장감이 도는 건 당연한 일이었다.

샤렌이 고개를 젓는다.

"하루?"

"일주일?"

이시스와 드리튼이 번갈아 물었지만 샤렌은 고개를 끄덕이지 않았다.

"한 달!"

"에?"

"한 달? 천하의 샤렌 크라슈가 여자 하나 꼬시는 데 뭐 그렇게 오래 걸려?"

평소 샤렌의 말투를 흉내 내어 이시스가 불만을 제기했다.

"아까 말했잖아. 저런 여자는 외골수일 가능성이 크다고. 다시 말해, 저 여자가 관심있어 하는 부분에서 뛰어난 능력을 보여야만 넘어오는 스타일일 거야."

"너답지 않게 걱정이 너무 많은 거 아냐?"

이시스가 한마디를 던졌다. 기한을 조금이라도 줄이기 위해서였다.

"생각해 보라고. 가스란이 퇴짜를 먹었다지만 이 지저분한 펍에서 저렇게나 예쁜 여자한테 접근하는 놈이 하나도 없다는 건 이상한 일 아냐? 우리가 오기 전에 뭔가 사단이 있었던 거야. 취객들이 감히 접근하지 못할 정도의 뭔가가 있었겠지.”

“…….”

이시스도 드리튼도 입을 열지 못했다. 이 정도까지 알아낼 거라고는 둘 다 몰랐던 것이다. 그저 반반한 얼굴과 화려한 언변으로 여자를 유혹한다고 생각했을 뿐, 이 정도로 치밀하게 관찰해 계획을 세워 여자에게 접근했던 것을 미처 알지 못한 두 사람이었다.

“결국 쉽게 접근하기 어렵다는 말이야. 따라서 저 여자가 관심을 가지는 분야를 알아내는 데 시간이 좀 걸리겠지. 사실 한 달도 긴 게 아니야.”

‘무, 무서운 놈!’

힐끗 본 것만으로 난생처음 보는 여자의 모든 것을 파악하는 샤렌을 보며 이시스는 두렵다는 생각까지 들었다.

하지만 그렇다고 달라지는 것은 없었다. 샤렌이 저 여자가 관심을 가지는 부분에 대해 알아낸다 해도 방법이 없기 때문이다. 한 달 내내 죽어라 검을 휘두른다 해도 저 가스란을 단숨에 제압한 여인보다 강해질 수는 없는 법이었다.

그렇다고 덥석 수락할 수는 없었다. 귀신같은 녀석이니만큼 자신의 반응을 보고 내기를 포기할 수도 있는 것이다.

“흠… 내기의 결과를 보자고 참기엔 너무 긴 시간인데.”

이 말은 이시스의 솔직한 심정이다. 어차피 이길 내기를 한 달이나 기다려야 하는 건 이시스의 입장에서 고통에 가깝다. 진심 어린 말인만큼 눈치 빠른 샤렌이라 해도 이상한 기색을 눈치 채지 못할 터였다.

“역대 최고의 내기인만큼 역대 최고의 시간을 들여야 하지 않겠어?”

“흐음……?”

이시스는 고심하는 척 신음을 흘렸다.

드리튼은 주먹을 꼭 쥔 채 침만을 꼴딱꼴딱 삼키고 있었다.

“싫음 말고!”

샤렌이 강하게 나오자 아쉬운 건 이시스 쪽이 되었다.

“뭐… 시간이 너무 오래 걸린다는 생각이 들긴 하지만 200골드나 걸린 만큼 내가 참아주도록 하지.”

애써 여유를 부리는 이시스였다.

“그럼 내기 성립이다?”

“좋아!”

성공적인 결과였다. 이시스는 터져 나오는 웃음을 참기 위해 어금니를 악다물었다.

다행히 샤렌의 시선은 드리튼을 향해 있었다. 웃음을 억지로 참는 이시스를 보지 못한 것이다.

“드리튼, 너는?”

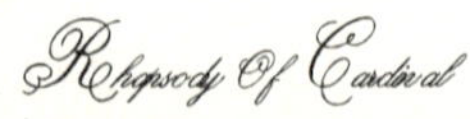

"나도 걸지. 불가능 쪽에!"

"후훗!"

샤렌은 웃음으로 드리튼의 내기 동참을 받아들였다.

그 미소에 드리튼은 금세 불안해졌다. 조금 전까지만 해도 종래에 볼 수 없던 심각한 표정을 짓던 녀석이 너무나 쉽게 웃음을 흘렸기 때문이다.

'설마 또 말려든 건 아니겠지?'

드리튼의 불안한 시선을 받은 이시스는 눈짓을 보냈다.

'절대! 이번에는 염려할 필요없다니까!'

확신에 가득 찬 이시스의 표정은 드리튼에게 커다란 위안이 되었다. 정말이지, 이번만큼은 드리튼도 안심하고 내기의 결과를 기다릴 수 있을 것만 같았다.

"흠… 제대로 된 검을 들고 있으니 관심사는 역시 검술 쪽이려나?"

여인의 관심사에 대해 중얼거리는 샤렌이었다.

그 말을 들은 드리튼의 하마터면 헉, 소리를 낼 뻔했다. 또다시 보이는 샤렌의 귀신같은 능력에 격심한 충격을 받은 것이다.

굳어진 드리튼을 향해 이시스가 눈짓을 보냈다.

'안다고 해결할 수 있는 문제가 아니잖아? 무슨 짓을 해도 샤렌이 저 여자보다 강해질 수 없으니까 말이야.'

드리튼은 이시스의 눈짓을 그렇게 해석했다.

‘하긴 그저 뛰어난 검술을 보이는 게 아니라 자기보다 강해야 한다고 했으니까. 이번에야말로 기적은 없다! 그런 거야!’

드리튼은 승리를 위해 스스로를 그렇게 다독였다.

3

자신도 모르게 내기의 대상이 된 미모의 여인.

그녀는 펍에서 한 블록 떨어진 여관으로 들어갔다. 꽤 많은 술을 마셨음에도 단 한 걸음도 흔들리지 않는 모습이었다.

샤렌과 두 친구는 그녀가 머무는 여관을 확인한 후에야 발걸음을 돌렸다. 오늘은 그것으로 되었다고 샤렌이 말한 것이다.

돌아오는 길의 샤렌은 진중했고, 이시스는 한껏 고무되어 있었으며, 드리튼은 연신 고개를 갸웃거렸다.

마차 대기소 근처에 이르러 드리튼이 갑자기 멈춰 서더니 샤렌의 소매를 잡았다.

“……?”

“저기 저 남자 보이지?”

드리튼이 손가락으로 맞은편 보도에서 걸어오는 남자를 가리켰다.

비틀거리며 걸음을 옮기는 남자.

어둠이 드리워진 지 오래였지만 가스등 아래를 지나기에 동작 하나까지 훤히 볼 수 있었다.

"응."

"저 남자는 어떤 성격인 거 같아?"

드리튼은 몰랐던 샤렌의 능력에 대해 내내 고심해 왔다. 절친한 친구가 상상을 초월할 정도의 관찰력, 분석력을 가졌는데 지금에 이르기까지 모르고 있었다는 게 납득하기 힘들었다.

이에 다시 한 번 샤렌의 기이하달 수 있는 능력을 확인하려는 것이다.

가스등 아래의 남자에게서 시선을 거둔 샤렌이 미간을 찌푸렸다.

그리고는 퉁명스레 말한다.

"내가 그걸 어떻게 알아?"

"응? 왜 몰라?"

"아씨! 처음 보는 사람 성격을 내가 어떻게 알아?"

샤렌의 목소리에 짜증이 걸렸다.

"에? 아까 그 여자는 처음 보는 거 아니었어?"

"여자와 남자가 같아?"

"……!"

드리튼은 샤렌의 말뜻을 알아들었다. 남자는 제대로 파악하기 힘든 모양이었다.

하긴 학창 시절부터 여자를 꼬시는 것만이 지상과제였던 샤렌이다. 남자에 대해서는 잘 모를 수도 있었다.

드리튼은 잠시 두리번거리다가 다시 손가락을 뻗는다.

"그럼 저 여자는?"

조금 전 자신들이 있던 펍에서 막 나온 여자였다.

짙은 화장, 그리고 시간으로 미루어 퇴근하는 웨이트리스임이 틀림없었다. 샤렌으로 인해 여자를 제대로 살피고자 하는 드리튼이었기에 그 정도까지는 짐작할 수 있었다.

하지만 샤렌은 이번에도 인상을 찌푸리며 고개를 저었다.

"몰라."

"왜 몰라? 이번엔 여자잖아!"

드리튼이 따지듯 물었다.

"아씨! 치마 입고 가슴만 달리면 다 여자냐?"

"그럼?"

"마음을 잡아끄는 데가 있어야 진짜 여자지!"

확실히 드리튼이 가리킨 여자는 뚱뚱한데다 못생겼다. 샤렌이 평소 말하는 착한(?) 쪽과는 거리가 먼 것이다.

"그, 그러니까 마음을 잡아끄는… 뭔가 매력적이지 않은 여자는 척 보고 알 수 없다는 이야기야?"

"당연하지."

샤렌은 숨도 쉬지 않고 대답했다.

"마음이 동하지 않는 여자한테는 집중할 수가 없는데 뭘 어떻게 알아내라는 거야!"

"……!"

샤렌의 어이없는 대답에 드리튼과 이시스는 동시에 다른 결론을 내렸다.

'이 자식, 아까는 제멋대로 찍어 둘러댄 거구나! 훗! 200골 드나 걸린 내기라… 요 핑계, 저 핑계 대고 시간을 벌고 싶었던 거겠지. 그러다가 우연히도 찍은 게 맞았던 거고!'

샤렌의 대답을 통해 이시스가 내린 결론이었다. 관찰력과 분석력이 여자의 외모에 따라 차이가 난다는 샤렌의 말을 믿지 못하는 것이다.

반면 드리튼은 지금까지의 고민에 대한 해답을 찾았다고 생각했다. 샤렌의 그 특출하고 엄청난 능력을 자신과 이시스가 여태 알지 못했던 이유를 찾았다 여기는 것이다.

'이 자식의 초인적인 관찰력과 분석력은 미인에게만 발휘되는 거였군. 그렇게 한정적인 능력이니 지금껏 친구인 내가 눈치 채지 못했지.'

드리튼의 결론은 이시스와는 달리 샤렌의 말 그대로를 믿는 가운데 내려졌다.

'매력적인 여자한테만 특별한 능력을 발휘하다니, 역시 이 자식은 강적이야! 보통 사람은 상상조차 할 수 없는 녀석이라고!'

드리튼은 새삼 미인에 대한 샤렌의 집념이 무섭게 느껴졌다.

그러자 예상치 못했던 불안감이 드리튼을 엄습해 왔다.

'설마 미인에게만 발휘되는 또 다른 초인적인 힘이 있는 건 아니겠지?'

여자가 매력적일수록 더욱 특별한 힘을 발휘하는 기이한 능력이 있다면 실로 곤란할 것이다. 절대 불가능을 가능하게 만드는 기적이 아예 없지만도 않다는 뜻이기 때문이다.

드리튼의 넓은 어깨는 어둠이 짙어질수록 땅으로 이끌려 내려갔다.

Chapter 4

1

"지금 시선을 끌 때가 아님을 잘 아실 텐데……?"

세월이 고스란히 드러나는 노인의 얼굴에 골 깊은 주름이 제 모습을 확연히 드러냈다. 불편한 심사에 대한 주장이다.

어디선가 지난밤의 소란에 대해 보고받은 모양이다. 자신을 향한 질책임을 알지만 여인은 표정 하나 바꾸지 않는다.

"대주교님의 그 커다란 반지가 더 사람들의 시선을 끌지 않나요?"

여인의 시선이 머무는 곳은 노인의 손이다. 알이 굵은 에메랄드 반지가 확실히 눈에 띄었다.

노인의 눈썹이 꿈틀댄다.

'감히……!'

비록 사정상 이런 싸구려 여관에 머물고 있지만 그의 공적인 신분은 성국(聖國) 홀라덴의 대주교다. 대주교는 대륙을 통틀어 채 100여 명도 되지 않는 직위다. 일국의 왕이라 할지라도 함부로 대할 수 없다는 뜻이었다. 여인의 반박은 용납하기 힘든 무례였다.

하지만 대주교 베트론은 들끓는 노기를 억눌렀다. 성국의 직급으로만 보자면 자신이 분명 상위다.

하지만 노기를 분출하기엔 상대가 좋지 않다.

여인은 보통 수위성단원(守衛聖團員)이 아니었다.

그녀는 수위성단에서도 엘리트만 모아놓았다는 성위(聖衛) 기사였다.

이는 또한 그녀가 교황의 '직속'이라는 뜻이었다.

뿐만 아니다.

여인은 홀라덴을 대표하는 사대성위(四大聖衛) 중 하나로 꼽힌다.

이오나 네이.

대륙 전체를 뒤흔드는 그녀의 이름이다.

이오나의 무력은 일국의 군사력과 비견될 정도다. 유일신 아우티카가 그녀에게 인간을 벗어난 능력의 축복을 선사한 것이다.

결론적으로 베트론이 직위로 억누를 상대가 아니었다. 애초부터 권위 세우기를 즐기는 베트론이 말을 놓지 못한 데는 이런 이유가 있었다.

"우리가 트라시아의 시선을 피해 이곳까지 왔다는 사실을 잊지 말아줬으면 하오. 트라시아는 성국에서 손꼽히는 우방이니까 말이오."

베트론은 짐짓 점잖게 타일렀다. 저 이오나 네이를 향해 호통을 지를 수 없는 일이니 어쩔 수 없는 선택이기도 했다.

"그럴 거면 애초 이곳에 오지 말았어야죠."

귀찮다는 듯 말을 흘리는 이오나였다.

"교황께서 내린 칙령이오!"

베트론의 언성이 조금 높아졌다. 교황이라는 든든한 테두리 안에서의 발언이기 때문이다.

"그러니까 여기까지 왔잖아요. 대체 뭐가 문제라는 거죠?"

이오나의 눈썹 끝이 올라갔다. 단지 그것뿐임에도 실내의 공기가 요동을 친다.

기류의 변화는 일반인도 느낄 수 있을 정도.

인간의 한계를 벗어난 능력을 발휘하게 해주는 신의 축복에서 기인한 현상이다.

신의 축복을 받은 자만이 사용할 수 있는 힘 바라카!

이오나는 그 바라카를 내부에서 움직여 스스로의 감정을 드러낸 것이다. 물리적인 폭력을 사용한 건 아니지만 폭력을 전제로 한 시위나 다름없었다.

베트론의 안색이 창백해졌다. 이오나가 손가락 하나만으로도 자신을 죽일 수 있음을 새삼 느끼는 것이다. 물론 그런 일이 벌어질 가능성은 전혀 없겠지만, 피부에 직접 느껴지는 공기의 일렁임 속에서 여유를 부릴 수는 없었다.

"흠흠! 안 그래도 뛰어난 외모로 인해 눈에 띄는 네이 성위가 아니오? 앞으로 좀 자중해 주길 바라는 것이오."

베트론은 결국 한 발짝 물러나고 말았다.

"이야기는 그게 전부인가요?"

베트론이 말한 바에 대한 대답은 없었다. 이오나는 그저 용건이 끝났는가만 확인하고픈 것이다.

베트론은 다시 한 번 심사가 뒤틀렸다. 대주교의 직위에 오른 후 누구에게도 이런 대접을 받아본 적이 없었다.

하지만 또 한 번 참는다. 눈썹은 제자리로 돌아왔지만 방 안의 공기는 아직도 위험을 예고하고 있었기 때문이다.

"그렇소."

베트론의 대답과 동시에 이오나가 몸을 돌렸다.

그리고는 곧바로 방을 나선다. 냉랭한 그녀의 태도를 봐서는 형식을 갖춘 인사를 기대하기란 요원했다.

예상대로 이오나는 한마디 말도 없이 쾅, 하고는 문을 닫아 버렸다.

실내의 공기가 정상으로 돌아왔다.

베트론의 눈 끝이 파르르 떨린다. 가늘게 떠진 눈에서는 분노가 쏟아진다. 성직자에게는 어울리지 않는 눈빛이다.

"건방진 계집. 내가 교황이 된 이후에도 그렇게 건방을 떠나 보자!"

베트론의 입에서 의미심장한 말이 흘러나왔다. 그것은 성직자로서 감히 입에 담아선 안 되는 금언(禁言)이기도 했다.

2

도트문 스트리트는 늘 혼잡하다. 마차나 말보다는 사람들 때문이다. 싸구려 펍과 바, 그리고 클럽이 줄지어 있는 거리였다. 비싼 주대를 감당키 힘든 평민들과 레비크의 대다수 시민들이 하루의 피로와 스트레스를 풀기 위해 이 거리로 몰려드는 것이다.

카페 블루문.

도트문 스트리트에 있음에도 제법 모양새를 갖춘 곳이었다.

감색 캐노피(canopy:차양)가 길게 드리워진 테라스 좌석에 준수한 청년 셋이 앉아 있었다.

그중 건장하고 피부가 가무잡잡한 한 명이 맥 빠진 음성을 흘린다.

"뭐야? 오늘은 안 나오는 건가?"

땅거미가 드리워진 지금까지 어제의 여인은 모습을 보이지 않았다.

"곤란하겠는데? 뭔가 정보를 얻어야 하는 거 아냐?"

이시스가 마치 걱정스럽다는 듯 말했다.

"정보 자체가 중요한 거니까… 급할 것 없겠지."

잉크 냄새가 채 가시지 않은 석간신문을 펼쳐 읽으며 샤렌이 대답했다.

"호오! 그 여자가 뭘 좋아하는지에 대한 정보만 알아내면 게임 끝이라는 거야? 역시 너답네."

'푸핫! 안다고 해도 넌 안 된다니까!'

이시스는 흘러나오는 웃음을 참느라 진땀이 다 흐를 지경이었다.

"그 여자다!"

드리튼이 나직이, 그러나 샤렌과 이시스에게 똑똑히 들릴 만큼의 목소리로 말했다.

사그락.

샤렌의 손에 쥐어진 신문이 구겨진다. 그의 시선이 빠르게 여관의 입구로 향한다. 지금까지 여유를 보이던 모습과는 사뭇 다른 재빠른 행동이었다.

이시스는 그런 샤렌을 보며 결국은 입꼬리를 말아 올렸다.

'크흐! 어제의 그 '찍기'는 제법 운이 좋았지만 거기까지야, 샤렌. 네가 저 여자를 어떻게 할 방법은 없다고!'

"안 쫓아가?"

드리튼이 다급한 표정으로 물었다. 여인은 맞은편 도로에서 카페 앞을 지나쳐 가고 있었다. 이대로라면 자칫 사람들에 묻혀 찾을 수 없게 될 수도 있었다. 샤렌이 이기길 바라는 건 아니지만 제대로 된 구경을 위해서는 여자를 놓쳐서는 안 되는 것이다.

"아직! 검술을 익힌 여자니까 좀 더 거리가 필요해. 누군가 뒤따르면 분명 알아챌 거라고."

재빨랐던 행동과는 달리 샤렌은 침착함을 유지했다.

'하! 이 녀석이 여자를 상대할 때는 마치 전장의 장수 같다니까.'

드리튼은 다시 한 번 샤렌에게 감탄했다.

여자와 일정한 거리가 벌어졌음을 확인한 샤렌은 몸을 일으켰다.

그리고는 카페를 나서서 길을 건너기 시작했다.

드리튼과 이시스가 샤렌의 뒤를 쫓았다.

간간이 지나가는 마차와 말을 피해 길을 건넌 세 사람이 막 맞은편 보도에 도착했을 때다.

콰앙!

갑작스레 귀를 울리는 폭음이 도트문 스트리트를 흔들었다.

"꺄아아아악!"

"으아아악!"

연이어 사람들의 비명이 터져 나온다.

콰앙! 콰앙!

연속해 폭음이 이어진다.

거리는 한순간 혼잡해진다. 비명을 지르며 주저앉는 사람, 폭음이 들려온 반대 방향으로 달리는 사람, 두려움에 떨며 어쩔 줄 몰라 하는 사람들이 한꺼번에 뒤엉킨다.

"반란군인 건가?"

난데없는 폭음.

그것은 너무도 자연스레 반란군을 연상시켰다.

인상을 찌푸린 이시스의 질문에 드리튼이 대답했다.

"아무래도 그렇겠지."

시내 한복판에서 연속적으로 들리는 폭음에 다른 이유가 있을 가능성은 적었다.

"벌쳐(vulture:대머리 독수리) 둥지에 불이 났다!"

샤렌 일행 곁을 스쳐 가는 사람의 외침에 드리튼과 이시스는 자신들의 추측이 옳다는 것을 확신했다.

벌쳐란 크샤트린 사람들이 치안대원을 깎아내리는 말이었다. 권력을 쥔 그들의 횡포가 적지 않기에 붙여진 별명이다. 썩은 고기를 탐하는 벌쳐에 빗대어 그들의 횡포를 비난하는 것이다.

'벌쳐 둥지' 란 치안대의 지역국(地域局)을 칭했다.

"반란군이 치안대를 직접 공격했다는 거야?"

드리튼이 놀란 표정을 지어 보였다.

"요새는 거의 모습을 보이지 않더니… 또 시작할 모양인가 보군. 용감하네. 반란군이 감히 치안대를 치다니!"

이시스의 비아냥거림이었다.

트라시아가 에슬란을 점령, 에슬란이 크샤트린으로 그 이름을 바꾼 지 벌써 48년이 지났다.

이시스에게 있어서 크샤트린이란 트라시아의 한 지방일 뿐이다. 그렇게 알고 태어났고 그렇게 자랐다. 트라시아에 대한 저항이 애국과 충정으로 여겨지는 건 그가 태어나기 전의 역사일 뿐이었다.

따라서 이시스는 저들이 지금에 와서까지 사회의 질서를 어지럽히고 치안을 위협하는 게 싫었다. 무엇보다 이 시대의 최상층에 근접해 부를 마음껏 누리는 그였던 것이다.

그런 이유로 이시스에게 있어서 현재의 '저항군'은 황제에게 반역하는 범죄자에 불과했다. 이시스가 저들을 저항군이 아닌 '반란군'이라 칭한 이유는 이와 같았다.

"괜히 튀는 불똥 맞지 말고 우리도 피하는 게 좋지 않을까?"

습격을 받은 치안대에서 가만히 있을 리가 없었다. 총독부의 치안본국(治安本局)에서 지원이 밀려올 것이고, 저항군과의 격전이 시작될 것이다. 혼잡한 와중에 애꿎게 다치는 사람이 나오지 말라는 법이 없었다.

“그게 좋겠다. 안전이 제일이지!”

이시스가 드리튼의 제안을 황급히 받아들였다.

하지만 샤렌은 아니었다. 그는 두 사람의 대화를 듣지 못한 듯 치안대의 지역국 쪽으로 걸음을 옮기기 시작했다.

“야, 샤렌! 구경 가려고?”

이시스가 샤렌의 뒤통수에 대고 외쳤다. 썰물처럼 거리를 벗어나는 사람들의 소란으로 인해 목소리를 높여야 했던 것이다.

듣지 못했을 리 없는데 샤렌은 뒤도 돌아보지 않고 계속 움직였다.

“에? 저 녀석이 이런 데 관심을 가질 리 없는데…….”

드리튼이 중얼거렸다. 정치와 관련된 그 어떤 일에도 관심을 내비치지 않는 샤렌이었던 것이다.

이시스가 드리튼 쪽으로 고개를 돌린다.

“젠장! 아무리 싸움 구경이 좋다지만 이건 너무 위험하지 않아?”

“위험하긴 하지.”

드리튼이 고개를 끄덕였다.

그리고는 말을 이었다.

“그만큼 재밌는 구경이기도 할 거야. 사실 신문에서나 봤지 반란군과 치안대의 싸움을 직접 본 적은 한 번도 없잖아. 최근의 소문이 사실이라면 ‘그걸’ 구경할 수도 있잖아.”

'그걸'이라는 말에 이시스의 눈이 흔들린다. 확실히 보고 싶은 마음이 들긴 했다.

"흠……! 그렇기도 하네."

"일단 가보자. 어차피 저 자식 혼자 내버려 둘 수도 없잖 아."

드리튼의 제안에 이시스는 미간을 찌푸린다.

'겁이 나서 구경도 못했다면 샤렌이 두고두고 놀려먹겠 지?'

결국 이시스도 울며 겨자 먹기 식으로 나서고야 말았다.

드리튼과 이시스가 샤렌의 옆에 나란히 섰다.

드리튼은 샤렌을 보며 물었다.

"어디서 구경해야 제일 잘 보일까?"

"안전한 장소부터 찾자고."

이시스가 재빨리 끼어들었다.

"그런데… 넌 대체 뭘 그렇게 보고 있는 거야?"

나란히 걷던 드리튼은 샤렌의 시선이 계속해 어딘가를 향 해 있음을 깨달았다. 그는 검은 연기가 치솟는 방향을 보고 있지 않았던 것이다.

드리튼이 고개를 돌린다. 샤렌의 시선을 쫓아서였다.

"……!"

드리튼의 입이 떡하니 벌어진다. 샤렌이 무엇을 보고 있는 지 확인했기 때문이다.

군중이 뛰어다니는 사이로 보이는 건 한 사람의 뒷모습이
다.

윤기가 흐르는 검은 머리, 큰 키, 아름다운 곡선의 뒤태만
으로도 가슴 뛰는 설렘을 불러일으키는 사람.

샤렌이 보고 있었던 건 내기의 대상인 '그녀'였다.

그녀는 사람들과 반대 방향, 그러니까 치안대의 지역국 쪽
으로 걸음을 옮기고 있었다. 마치 산책이라도 나온 양 여유있
게 사람들 사이를 헤쳐 가는 중이다.

'이 와중에도 저 여자를 쫓고 있었던 거야?

샤렌은 치안대와 저항군의 싸움을 구경하려던 게 아니었
다. 그저 여인이 저리로 향하니 그 뒤를 쫓는 것뿐이었다.

'어째 날이 갈수록 이 자식이 무섭다는 생각이 들지?

반대쪽으로 뛰는 사람들과 부딪친 어깨를 바로하며 드리
튼이 떠올린 생각이었다. 정말이지, 가공할 정도다 싶은 샤렌
의 집중력과 집념이 감탄스럽기만 했던 것이다.

3

샤렌 일행은 딱히 구경할 장소를 찾지 않아도 되었다.

대다수의 군중들이 뿔뿔이 흩어졌지만, 저항군과 치안대
의 싸움이라는 엄청난 구경거리를 놓치지 않으려는 사람의
숫자도 적지만은 않았던 것이다.

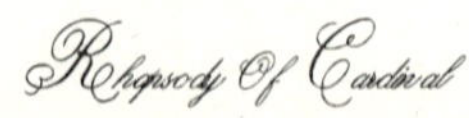

안전하다 싶을 정도의 거리에서 무리를 이룬 구경꾼들이
서성이고 있었다.

샤렌 일행은 자연스레 사람들 사이에 서 있는 여인의 근처
에 자리를 잡았다.

바로 근처에 있음에도 여인은 샤렌 일행을 의식하지 못했
다. 흑진주처럼 반짝이는 그녀의 눈은 치안대와 저항군의 교
전에 고정되어 있었던 것이다.

샤렌도 고개를 돌렸다. 사건 현장을 향해서였다.

치안대 지역국의 창문에서 한창 검은 연기가 피어오르고
있었다. 건물 내부에 불이 난 모양이었다.

먼 거리에서도 기름 냄새가 난다. 저항군이 기름통에 불을
붙여 던졌으리라.

그럼에도 소란은 건물 내부에서만 있을 뿐이다. 지역국 앞
도로는 텅 비었다.

"왜 아직까지 싸움이 벌어지지 않은 거지?"

잔뜩 긴장했던 이시스가 조금은 안도하며 의문을 꺼내들
었다. 지역국이 공격을 받았는데 교전이 없다는 사실을 이해
할 수 없었다.

"글쎄……? 그냥 사고였던 건가?"

드리튼이 머리를 긁적였다. 단순한 화재에 지레 겁먹은 사
람들이 소란을 피웠을 가능성도 있었다.

드리튼이 싱겁다는 표정을 지을 그때였다.

슈욱!

퍽!

"크흑!"

파공성과 비명이 동시에 구경꾼들의 귀에 들려왔다.

자욱한 연기 속에서 지역국 건물 바깥으로 나오려던 치안 대원 한 명이 화살에 맞은 것이다. 어깨에 화살이 꽂힌 치안 대원은 재빨리 나왔던 건물 안쪽으로 몸을 숨겼다.

화살은 지역국의 맞은편 건물에서 날아왔다. 2층의 창문에서 날아온 화살이었다.

그러고 보니 지역국 문 옆에 몇 대의 화살이 꽂혀 있다. 연기로 인해 잘 보이지 않았던 것이다.

"도심에서 화살을 쏘다니!"

이시스가 어이없어했다. 그에게 있어 활, 창, 방패 따위는 전쟁터에서나 쓰이는 물건인 것이다.

"그래서 여태 바깥으로 나오질 못하고 있나 본데?"

드리튼이 나름대로 상황을 분석했다.

"멍청한 놈들!"

샤렌의 한마디다. 냉랭하기 이를 데 없는 표정인 샤렌은 평소와 사뭇 다른 모습이었다.

'응? 이 자식, 왜 이렇게 분위기가 변한 거야?'

드리튼은 어제 이후로 샤렌의 작은 변화에도 민감해졌다. 현장을 향하는 샤렌의 붉은 눈이 평소와 달리 차갑고 날카로운 것만 같았다.

'그러고 보니 이럴 때는 케이온 형님을 보는 것 같군. 누가 형제 아니랄까 봐……'

"누구?"

이시스가 샤렌의 말에 의문을 표했다. 누구에게 멍청한 놈들이라 말한 건지 알 수 없었던 것이다.

"치안대 녀석들 말이야. 허둥대느라 정신이 없잖아. 계속 저렇게 건물 안에 있으면 결국 질식해 죽게 될 텐데 안 나오고 뭐 하는 거야?"

샤렌은 지독할 만큼 차가운 목소리로 설명했다.

"밖으로 나오면 화살이 날아오니 어쩔 수 없잖아. 지역국에 날아오는 화살을 쳐낼 검술을 가진 치안대원이 있을 리는 없고 말이야. 결국 지원이 올 때까지 버틸 수밖에 없을걸."

이시스가 당연하다는 듯 설명했다.

"쯧쯧! 저 안에도 너 같은 놈들만 득실대니 저렇게 헤매지. 방패는 뒀다 뭘 하게?"

"나~참! 여기가 전쟁터냐? 치안대 지역국에 방패 같은 게 어디 있어? 고작해야 경갑주가 다지. 아까 못 봤어? 저렇게 가까운 데서, 게다가 정면에서 화살을 쏴대면 경갑주 정도는 뻥뻥 뚫린다고."

이시스가 샤렌의 핀잔에 언성을 높였다.

그 목소리가 제법 커 이오나에게까지 들렸다. 그녀가 샤렌 일행 쪽으로 고개를 돌렸다.

샤렌은 지역국 건물에 시선을 고정한 채 이시스에게 맞섰다.

"멍청하긴. 꼭 나무판에 가죽이나 철을 덧대야 방패냐? 책상 같은 걸 앞에 내밀고 나오면 될 거 아냐."

"오! 그럼 되겠네."

드리튼이 손뼉을 쳤다. 샤렌의 말이 옳다. 건물 안에는 화살이 뚫지 못할 비품이 넘쳐 날 것이다.

샤렌의 말을 들은 이오나의 눈에 이채가 걸렸다. 그녀의 시선이 샤렌에게 잠시 머무른다.

"그, 그게……."

이시스가 무안한 표정을 지으며 말을 이었다.

"불길에 연기, 그리고 화살까지 날아드는데 누가 그렇게 차분하게 생각하겠냐? 정신없는 게 당연하지. 저들은 군인이 아니라 치안대야. 언제 화살을 이용한 공격을 당해봤겠냐고."

궁색한 변명이었다. 그런 상황 속에 있지 않으면서도 자신은 샤렌이 말한 방법을 생각하지 못했던 것이다.

"아! 저들도 이제야 방법을 찾았나 보다."

드리튼이 흥분이 묻어나는 음성으로 말했다.

"전부 바보만 있는 건 아닌가 보군."

샤렌은 입술을 비틀었다.

책상의 상판, 의자 등 사무용 가구들이 입구에 모습을 드러냈다. 이제야 가구 뒤에 몸을 숨긴 치안대원들이 나오는 것이다.

슈욱! 슈욱!

퍽! 퍽!

화살이 계속 날아들었지만 두꺼운 목재 가구에 꽂힐 뿐이었다.

일단의 안전을 확보한 치안대원들이 줄줄이 나왔다.

책상의 상판을 겹쳐 방어선을 구축한 후로 부상자까지도 건물에서 빠져나올 수 있었다.

부상당하지 않은 인원은 대략 30여 명 정도로 보였다.

"계속 움직여! 맞은편 건물로 진입한다! 2층으로 올라가!"

지휘관으로 보이는 한 명이 계속해 소리를 질러댔다.

날아오는 화살의 숫자가 한정되어 있다. 화살을 날리는 놈은 많아야 두셋이다. 적이 많지 않으니 지금의 인원으로 충분히 제압할 수 있다고 여긴 것이다.

그의 명령에 따라 치안대원들이 움직였다. 부상자 위로 책상 상판을 든 세 명을 제외하고는 모두 맞은편 건물로 향했다.

"저 상태로 진입을? 완전히 미쳤군."

지휘관의 명령을 들은 샤렌이 어처구니없다는 듯 말했다.

"왜?"

드리튼의 질문에 샤렌이 막 대답하려던 그 순간, 저항군이 자리 잡은 건물 안쪽에서 누군가 튀어나온다.

휘익.

시퍼런 블레이드를 세운 검이 공기를 가른다.

퍼억!

"으아악!"

처절한 비명과 함께 치안대원 하나가 쓰러진다. 심장 부위가 뚫린 경갑주에서 붉은 피가 솟구친다. 말린 가죽을 겹쳐 만든 갑옷은 정면에서 찔러오는 검을 막아내기엔 역부족이었다.

분수처럼 뿜어진 피를 뒤집어쓴 저항군은 곧바로 다음 목표를 향해 움직인다. 눈부시게 빠른 동작이다.

적이 자신 쪽으로 오는 것을 확인한 치안대원의 얼굴이 창백히 질린다.

"커헉!"

치안대원은 이렇다 할 반응조차 보이지 못한 채 하복부를 찔리고 말았다. 들고 있던 의자 때문이다. 화살을 막기 위해 들고 있던 의자로 인해 양손을 쓰지 못한 것이다.

쓰러진 자의 옆에 있던 치안대원이 화살이 꽂힌 책상 상판을 버린다. 동료처럼 저항조차 못하고 멍하니 서 있다 죽을 수는 없기 때문이다.

스르릉.

검은 한순간 뽑혀 나와 적을 맞이할 준비를 한다.

그리고…….

픽!

둔탁한 음향과 함께 검을 뽑아 든 치안대원의 동공이 풀린다. 미간에 화살이 박힌 탓이다. 부릅뜬 두 눈 옆으로 진한 혈선이 흐른다.

그가 썩은 나무토막처럼 쓰러지자 누군가 외쳤다.

"후퇴! 물러서!"

다급한 목소리에 치안대원들이 분분히 뒤로 물러섰다.

상대는 단 한 명뿐이다.

하지만 위로 화살이 날아드는 지금 아래쪽의 공격에 속수무책인지라 물러날 수밖에 없었던 것이다.

저항군은 치안대의 뒤를 쫓지 않았다. 그는 빠르게 몸을 돌려 다시 건물 안으로 들어갔다.

"아! 저것 때문이구나."

드리튼은 이제야 방금 전 샤렌이 저들에게 미쳤다고 한 이유를 이해할 수 있었다.

'그러고 보니 미인한테만 발휘된다던 분석력이 여기서도 나오네? 혹시 그때 그 일 때문에 저절로 집중하게 된 걸까?

아까부터 느꼈지만 표정부터가 평소랑 다르다. 이런 샤렌의 모습을 좀처럼 본 적이 없는 드리튼이다. 그는 자신의 추측이 틀리지 않을 거라 생각했다. 당시의 긴장감이 떠올랐다면 충분히 가능성이 있었다.

'아무렇지도 않게 농담거리로 삼기까지 했는데… 반란군을 실제로 보니까 느낌이 또 다른가 보군.'

드리튼이 샤렌에 대해 결론을 내리는 동안, 샤렌은 턱을 매만지며 낮은 음성을 흘렸다.

"이상하다. 몇 명은 더 죽일 수 있는 상황인데 왜 물러난 거지?"

"뭐, 무리하고 싶지 않았나 보지."

이시스는 저항군이 오죽하겠냐는 표정이었다.

그가 말하는 도중 치안대의 지휘관이 외친다.

"두 명씩 짝을 지어! 한 명은 화살을 막고 한 명은 적의 공격에 대비한다!"

명령에 따라 치안대는 재빨리 움직인다. 2인 1조가 되자 치안대가 몰려 있는 밀도가 높아졌다.

그 순간,

화그르르.

이질적인 소리가 거리의 모든 이에게 들린다. 대다수가 태어나 지금까지 한번도 들어보지 못한 소리였다.

"아, 안 돼!"

치안대원 하나가 용기를 내어 엄폐물 밖으로 고개를 내민 모양이었다. 다급한 외침을 토해낸 그의 안색은 붉은빛으로 물들어 있었다. 안색이 붉어진 게 아니다. 맞은편 건물의 창문을 확인한 그의 얼굴은 창백하게 질려 있었다.

치안대원의 얼굴을 물들인 붉은빛은 곧 범위를 넓혀 확산된다. 건물의 창 안에서 튀어나온 하나의 불덩이가 원인이었다.

맹렬히 타오르는 화염의 구(球).

그것은 밤하늘을 가르는 유성처럼 치안대를 향해 날아간다.

화염의 구가 허공을 가르는 속도가 너무나 빨라 대다수 구경꾼들에게는 그저 허공에 붉은 선이 그려지는 것처럼만 보였다.

확연이 눈에 들어온 것은 치안대에 화염의 구가 작열하는 순간뿐.

끔찍한 붉은 섬광이 구경꾼들의 시야를 가득 채웠다.

그리고 귀를 막아야 할 정도의 폭음이 울려 퍼진다.

콰아앙!

엄청난 소리와 함께 한순간 거리 전체가 붉은 일렁임에 잠긴다.

"크아아악!"

"아아아악!"

비명은 한순간 불길에 휩싸인 치안대원 20여 명의 것.

이글거리는 화염 속에서 허우적대던 그들의 비명은 짧은 시간이 흐른 후 맥없이 잦아든다. 예상조차 못했던 화마(火魔)에 생명을 빼앗기고 만 것이다.

처참한 광경이었다.

의복과 경갑주의 가죽, 엄폐물과 생살이 타는 고약한 냄새가 군중이 서 있는 곳까지 퍼졌다.

악취 속에서 샤렌이 중얼거린다.

"저거였군. 목적은 치안대원들을 한데 모으는 거였어!"

샤렌은 그제야 건물에서 튀어나온 저항군이 한 명이라도 더 죽이기 위해 덤벼들지 않은 이유를 깨달았다. 그의 목적은 치안대가 밀집 대형을 이루게 하는 데에만 있었던 것이다.

효과는 컸다. 본래는 열 명 정도에게 영향을 끼쳤을 화염의 구였으나 잔뜩 모여 있었기에 배나 되는 피해를 입은 것이다.

"마법, 마법이다! 놈들이 마법을 쓴다!"

동료의 죽음을 확인한 치안대원 하나가 자지러지는 목소리로 외친다.

안 그래도 난데없는 화염에 당황한 나머지 치안대원들의 얼굴에 공포가 떠오른다.

"적이 마법을 씁니다! 후퇴해야 합니다!"

누군가 지휘관을 향해 외쳤다.

"후퇴! 후퇴하라!"

단 한 번의 공격에 20여 명의 부하를 잃었다. 지휘관에게

도주 외에 다른 방법이 떠오를 리 없었다.

한편, 놀라운 장면을 본 드리튼의 얼굴에 흥분이 드러났다.

"역시! 마법이 맞았던 거지? 저항군이 마법을 사용한다는 말이 진짜였어!"

이곳에 오기 전 드리튼이 구경하고 싶다 말했던 '그걸'이란 바로 마법이었다.

"저런 게 정말로 가능하구나!"

저항군을 싫어하는 이시스지만 마법이란 걸 직접 눈으로 보게 되자 신기하기 이를 데 없었다.

"마법사라……. 결국은 해냈다는 건가?"

샤렌도 나직이 중얼거렸다.

트라시아에서 마법의 사용은 불법이다. 마법을 배우고 익히는 것은 트라시아의 국교인 세키나 교의 교리에 정면으로 위배되기 때문이다.

가장 기본적인 이유는 주문의 영창 때문이다.

마법은 신에 대한 찬양도 기도문도 아닌, 주문을 통해 자연의 순리에서 벗어난 힘을 발휘한다.

신의 권능과 무관한 인간의 힘.

그것이 마법이다.

유일신 아우티카를 섬기는 세키나 교가 이와 같은 현상을 인정할 리가 없었다.

세키나 교에 있어서 인간에게 허락된 신적 권능은 오직

하나.

신성력(神聖力) 바라카뿐이었다.

따라서 그들이 마법을 신과 대비되는 악마의 힘으로 규정
지은지 오래였다.

마법의 사용은 세키나 교의 수호국임을 자처하는 트라시
아가 에슬란을 침공한 명분이기도 했다.

에슬란은 종교에 관대했다. 아니, 관대할 수밖에 없었다.
선진적 과학이나 강대한 군사력이 없던 에슬란의 국방은 마
법에 의존할 수밖에 없었던 것이다. 따라서 세키나 교를 국교
로 표방하면서도 마법을 인정해 줬다.

그런 에슬란에 거룩한 아우티카의 진리를 세워야 한다는
것이 트라시아 에슬란 침공의 명분이었다.

따라서 트라시아가 에슬란을 점령한 이후, 제일 먼저 한 일
은 마법사의 처리였다. 침공 당시 상당수의 마법사가 사망했
으나 마법을 배우거나 익힌 생존자는 적지 않았다.

그런 마법사 중 수감된 자는 전무(全無).

체포된 전원이 재판과 동시에 사형을 당했던 것이다.

관련된 모든 자료, 도구 역시 무사하지 못했다. 마법에 관
한 것이라면 죄다 불태웠기 때문이다.

때문에 사람들은 한때 에슬란의 자랑이던 마법의 명맥이
끊겼다고 생각했다. 더 이상 마법을 가르치는 사람도, 마법을
배울 수 있는 서적도 존재하지 않았기 때문이다.

Rhapsody Of Cardval

그런데 어떻게 된 일인지 최근 들어 마법사가 다시 등장했다는 소문이 돌았다. 반란군 중에 마법사가 있을 것이라는 추측성 기사도 신문에 빈번히 실렸다. 반란군이 마법을 복구해 에슬란을 되찾으려 한다는 소문이 공공연히 나돈 것이다.

"하! 시내 한복판에서 마법의 사용이라니! 이건 굉장한 사건이라고!"

드리튼의 흥분은 계속되었다.

반면 이시스는 어느새 저항군을 향한 냉소적인 자세를 되찾았다.

"굉장하긴, 사회에 불만을 가진 놈들을 자극할 일일 뿐이지."

그의 말대로 에슬란 해방에 미련을 가진 자들에게 마법의 복구란 커다란 희망이 되어줄 터였다.

"일단 후퇴한다! 지원이 도착할 때까지 피해!"

샤렌을 비롯한 구경꾼들이 마법의 출현에 수군대는 사이, 치안대의 지휘관이 내린 명령이었다. 적중에 마법사가 있는 이상, 소수의 치안대만으로 어쩔 수 없음을 아는 것이다.

부상자까지 버리고 멀쩡한 치안대원들이 달리기 시작했다. 구경꾼들이 늘어선 쪽을 향해서다. 저항군이 동포들을 향해 공격을 하지 않으리라는 계산이 본능적으로 발휘된 것이다.

"비켜!"

"안 비켜, 이것들아!"

10여 명의 치안대원들이 험악하게 달려들자 구경꾼들이 분분히 물러섰다.

구경꾼들 사이를 달리며 치안대원들은 머리 위로 치켜들었던 엄폐물들을 내던진다.

아무렇게나 던진 터라 자칫 다칠 뻔한 구경꾼들이었다. 그런 치안대의 행동에 구경꾼들은 불만이 가득했다.

하지만 감히 입을 열어 불평을 하진 못했다.

치안대가 막 구경꾼 무리를 빠져나가려는 그때였다.

"꺄악!"

여린 비명이 난데없이 울린다. 동작이 굼뜬 한 여자가 도주 방향에 거치적거리자, 치안대원 하나가 거칠게 밀어젖힌 것이다.

힘없는 여자가 치안대원의 완력을 이길 수는 없는 터.

여인은 땅바닥에 나뒹굴 수밖에 없었다.

치안대원은 신음하는 여인에게 눈길 한번 주지 않고 동료들의 뒤를 쫓았다. 그녀의 방해로 인해 늦어진 것만이 억울할 뿐이었다.

몇몇 사람이 중년의 여인을 부축한다.

"많이 다쳤수?"

"아야!"

여인이 미간을 찌푸린다. 그녀의 무릎과 팔꿈치에서 피가 흘렀다.

"나쁜 놈 같으니라고!"

"저러니 벌쳐 소리를 듣지."

"저딴 놈들이 무슨 시민을 보호한다고!"

치안대원들이 듣지 못할 정도의 크기로 여기저기서 욕설이 나온다. 바로 옆에서 애꿎은 사람이 다치는 모습을 보자 화가 치민 것이다.

샤렌이 여인을 본다.

그녀가 흘린 피를 보는 것이다.

그의 눈에 홍염이 불타오른다.

이시스가 샤렌의 굳어진 표정과 불타는 눈을 발견했다.

'젠장! 일 터졌다!'

그는 안다.

샤렌의 꼭지가 돌았다.

다급한, 아니, 위험한 상태다.

입이 벌어지고 다급한 외침이 튀어나온다.

"저 자식, 말려야 해! 아니, 잡아!"

이시스가 무슨 말을 하는지 드리튼이라고 모를 리 없다.

여자가 다쳤다.

피를 흘린다.

그게 문제였다.

평소 능글능글하고 게으른 편인 샤렌은 화를 잘 내지 않는다. 그의 재능은 상대를 화나게 하는 데에 있지 자신이 화를 내는 데 있지 않았던 것이다.

하지만 이 문제에서만큼은 예외다.

그 어떤 이유에서건 힘없는 여자에게 폭력이 가해지는 것을 참지 못하는 녀석이다. 이 문제만큼은 여자의 외모도, 매력도 기준이 되지 않는다. 단련되지 않은 연약한 여자를 함부로 대한다는 사실 자체만이 중요할 뿐이었다.

그런 장면을 목격하면 샤렌은 폭발한다.

녀석의 꼭지가 돌면 대책이 없다. 말 그대로 물불을 가리지 않기 때문이다.

드리튼이 재빨리 양팔을 벌린다. 샤렌을 얼싸안으려는 것이다. 일단 힘으로 제압하는 수밖에 없는 것이다.

하지만 드리튼이 끌어안은 것은 허공뿐.

샤렌이 빠른 동작으로 허리를 숙인 탓에 드리튼의 품에서 벗어난 것이다.

용수철처럼 팅겨 올라 허리를 곧추 세운 샤렌의 손에 들린 것은 달걀만 한 짱돌이다.

"아, 안 돼!"

이시스의 외침이 터졌을 때는 짱돌을 든 샤렌의 팔이 허공에 커다란 호선을 그린 후였다.

'망했다!'

이시스는 절망적인 눈으로 짱돌이 날아가는 방향을 쫓았다.

쇄애액.

퍽!

짱돌은 쏜살처럼 날아가 여인을 밀친 치안대원의 뒤통수에 적중한다.

앞을 향해 달려가던 치안대원을 팩 하니 고꾸라진다.

그리고는 움직이지 않는다.

놈이 넘어지는 것을 보고 샤렌이 달려가려 한다.

하지만 다음 수순을 알고 있던 이시스와 드리튼이 그를 내버려 둘 리 없었다. 실패는 한 번으로 족했던 것이다.

드리튼이 뒤쪽에서 샤렌을 끌어안아 번쩍 들어 올렸고, 이시스가 앞쪽에서 가로막았다.

"이거 놔!"

샤렌이 버둥거리자 이시스가 다급히 외쳤다.

"참아, 인마!"

드리튼도 거든다.

"그래, 저걸로 충분해. 이미 뻗어버렸잖아."

그래도 샤렌은 몸부림을 친다. 아직까지 화가 풀리지 않은 것이다.

샤렌을 안고 있는 드리튼의 인상이 잔뜩 찌푸려진다. 버티기가 버거운 것이다. 평소라면 샤렌과 드리튼의 힘은 비교할 수조차 없다. 장대한 체격이 증명하듯 힘에 있어서는 누구에게도 빠지지 않는 드리튼인 것이다.

하지만 '꼭지가 돌아버린' 샤렌의 힘은 괴력 그 자체다.

누군가를 끌어안은 상태에서 깍지까지 끼고 조이는 게 안쪽에서 팔을 벌리는 것보다 쉽기 마련이다.

한데도 샤렌의 힘에 의해 드리튼의 팔이 벌어지고 있었다.

이대로 샤렌을 놓치면 쓰러진 치안대원을 향해 달려가 묵사발을 만들 게 뻔했다.

그렇게 되면 대형 사고다. 반란군과의 교전 이후이기 때문이다. 아무리 샤렌의 배경이 좋다 해도 곤란한 상황이 벌어질 것이 분명했다.

"정신 차려, 인마! 상대는 치안대원이라고!"

드리튼이 버거워하는 모습에 이시스가 외친다.

샤렌은 아랑곳하지 않고 드리튼에게서 벗어나기 위해 애를 쓴다. 이미 이성을 상실한 그에게는 이시스의 만류가 들리지 않는 것이다.

"치안대든 뭐든… 힘없는 여자를 함부로 대하는 놈은 죽도록 맞아야 해!"

샤렌의 외침에 다급해진 이시스가 다시 언성을 높였다.

"너, 반란군을 돕겠다는 거야! 그놈들을?"

"……!"

샤렌의 몸부림이 순간적으로 멎었다.

한숨 돌린 드리튼이 재빨리 말한다.

"그, 그래. 여기서 나서면 네가 저항군을 돕는 것과 다름없
다고."

드리튼의 말에 샤렌의 거친 호흡이 가라앉기 시작했다. 두
눈에 맺힌 붉은빛도 잦아든다.

치안대 쪽으로 다가가 살핀 구경꾼 하나가 이쪽을 돌아보
며 외친다.

"뒤통수가 깨졌을 뿐 죽진 않았는데? 그냥 기절한 모양이
야."

이시스와 드리튼이 안도의 한숨을 쉰다. 행여 죽기라도 했
으면 정말 큰일이었기 때문이다.

"하! 젊은이가 용감하네."

상황이 어느 정도 정리가 되자 구경꾼 중 하나가 샤렌을 칭
찬했다.

"그러게. 부잣집 도련님인 모양인데, 보통 배짱이 아니구
먼."

"벌쳐 놈이 나뒹구는 모습을 보니 내 속이 다 후련하네!"
첫 칭찬을 필두로 여기저기서 한마디씩이 나온다.

저항군과 치안대의 싸움을 구경할 때와는 반응이 달랐다.
지금은 자신들이 다칠 뻔했고, 바로 옆에서 다치는 사람이 나
왔기 때문이다. 당장의 피해에 대한 복수를 봤기에 시원하다
여기고, 절로 칭찬이 나오는 것이다.

그와 같은 심리 속에서 사람들은 힘없는 여자란 샤렌의 말

을 힘없는 서민으로 받아들였다. 자신들을 위해 분노한 것이라는 생각이 든 것이다. 저들에게 있어서는 샤렌이 고맙고 기특한 청년이 아닐 수 없었다.

그때 뒤쪽에서 누군가의 외침이 들렸다. 건물 밖으로 나온 저항군 중 검을 휘둘렀던 자의 목소리였다.

"동포 여러분! 방금 전의 승리를 보셨습니까? 이것이 에슬란의 저력입니다! 에슬란은 반드시 트라시아의 압제에서 벗어나게 될 것입니다! 해방이 멀지 않았습니다! 모두 함께합시다. 조국 해방의 그날……."

피를 뒤집어쓴 채 격정에 찬 목소리로 선동하던 그의 목소리가 뒤로 갈수록 줄어들었다. 등을 돌린 구경꾼들이 아무도 자신의 외침을 듣지 않고 있었던 것이다.

"아씨! 나 지금 누구한테 얘기하니?"

구경꾼들은 거의 다 서민이다. 그들에게 있어서 해방이니 조국이니 하는 것들은 중요치 않았다. 누구의 통치하에 있건 먹고사는 것만이 중요한 사람들인 것이다.

피부에 와 닿지 않는 해방에 대한 부르짖음보다 방금 전 통쾌한 장면을 보여준 청년에게 훨씬 관심이 가는 건 어쩔 수 없는 일이었다.

"뭐 해? 빨리 피하자고!"

저항군 하나가 선동하던 자를 잡아끌었다.

"곧 지원 병력이 도착할 거야. 어서!"

선동자는 어쩔 수 없이 끌려갔다. 고작 다섯 명이서 지원 병력이 도착한 치안대를 상대할 수는 없었다.

무엇보다 오늘의 목적은 대중의 선동이 아니었다. 성공적으로 작전을 수행한 만큼 여기서 물러나는 것이 옳았다.

저항군이 반대편 길로 사라질 때쯤 샤렌이 입을 열었다.

"이제 놔!"

정면에서 샤렌의 눈을 확인한 이시스가 고개를 끄덕였다.

드리튼이 안고 있던 샤렌을 내려놓았다.

"일단 이 자릴 피하자. 더 이상 얼굴 알려져서 좋을 것 없다고!"

이시스의 말이 옳았다.

샤렌이 먼저 움직였고, 드리튼과 이시스가 함께했다.

그들의 뒤로 사람들의 격려와 칭찬은 계속되었다. 치안대를 상대로 승리를 거둔 저항군조차 받지 못한 환호성까지 터져 나왔다. 도트문 스트리트의 소란은 그렇게 한동안 계속되었다.

Chapter 5

화려함의 극치를 달리는 실내였다.

고풍스런 소파와 테이블은 베오타 산이었고, 바닥에 깔린 양탄자는 엔살룸에서 수입한 것이다.

투명한 적색에서 향긋한 꽃향기가 물씬 풍기는 와인은 체트린의 '상레린느' 다. 대륙력 812년산이면 한 병에 1골드나 한다. 아쉽게도 테이블 위의 와인은 816년산이다.

그렇다고는 해도 술집에서 파는 가격이 50실버나 하는 고가의 와인이다.

레비크에서 열 손가락 안에 드는 클럽, '리틀 코라드' 의 VIP 룸이 아니라면 이런 장면을 쉽게 볼 수 없을 것이다.

서민들은 출입조차 상상키 힘든 클럽 리틀 코라드의 VIP 룸은 이제 막 스물을 넘긴 듯한 청년 셋이 차지하고 있었다.

샤렌, 드리튼, 이시스였다.

"아, 진짜 놀랐다!"

이시스가 가슴을 쓸어내렸다. 와인을 한모금 들이키고서야 안도하는 표정을 짓는 것이다.

있는 힘껏 뛰어 도트문 스트리트를 벗어난 이들은 마차를 타고 에비른 가(街)에 위치한 리틀 코라드로 온 것이다. 단골이자 최우수 고객이랄 수 있는 이들은 자연스럽게 VIP 룸으로 안내를 받았다.

"큰일 벌어지지 않은 게 다행이야."

드리튼도 안도하는 표정이었다.

"큰일 날 게 뭐가 있어? 그 자식, 뒤통수만 좀 깨졌을 뿐이잖아."

샤렌이 시큰둥한 표정으로 와인을 한 모금 입에 머금었다.

"야, 인마! 우리가 안 말렸으면 뒤통수 깨진 정도로 끝났겠냐? 너 보탄 시절에 데우스 자식을 박살 냈던 거 기억 안 나?"

이시스가 버럭 소리를 질렀다.

"데우스… 반년 정도나 입원했었지, 아마? 그것 때문에 우리보다 늦게 졸업했잖아. 요즘도 샤렌이랑 마주치면 슬슬 피하던데?"

드리튼은 데우스가 자신 못지않은 커다란 덩치에 잔뜩 겁먹은 표정으로 뒷걸음질치는 장면을 떠올리며 웃었다.

"술이나 마시자."

샤렌은 귀찮다는 표정이었다.

"그나저나 어쩌냐? 그 여자에 대한 정보를 얻으려다 헛걸음만 한 셈이 되었으니…… 하루를 날린 셈이잖아."

이시스가 입가에 미소를 머금었다. 무슨 일이 벌어졌든 조금이라도 내기에서 유리해졌으니 기뻐하는 것이다.

"뭐… 나름의 소득은 있었으니까."

샤렌은 소파에 등을 기대며 말했다.

"무슨 소득?"

드리튼의 몸이 샤렌 쪽으로 기울었다. 관심의 표현이다. 반란군과 치안대원의 교전을 구경했을 뿐인데 무슨 소득이 있었다는 건지 알 수 없었기 때문이다.

샤렌은 다리를 꼬며 팔을 소파의 등받이에 걸쳤다. 편안해 보이는 한편 무척이나 건방져 보이는 자세였다.

그런 행동을 도발로 받아들인 이시스 역시 팔짱을 끼며 턱을 치켜들었다. 넘어가지 않겠다는 각오였다.

'또 마구잡이로 찍기 시작하는 거냐? 어제야 운이 좋았다지만 오늘은 쉽지 않을걸?'

이시스가 마음껏 지걸여 보라는 듯 기다릴 때, 샤렌이 입을 연다.

"첫 번째 소득은 그녀가 생각했던 것보다 한참이나 단련된

무인이라는 거야. 어쩌면 이미 기사 작위를 받은 여자일지도
몰라."

치켜들었던 이시스의 턱이 제자리로 돌아왔다. 그의 얼굴
에 살짝 긴장감이 감돈다.

"여자가 기사 작위를 받는 게 얼마나 힘든지 알고나 하는
말이야?"

"작위야 모르겠지만 기사에 버금가는 실력을 가졌음이 틀
림없어."

"그걸 어떻게 아는데?"

드리튼이 물었다.

"그 여자, 우리가 구경하던 장소에 도착할 때까지 맞은편
에서 달려오던 사람들과 한 번도 안 부딪쳤어."

"에?"

"그것도 허둥대며 피하지도 않았어. 산책하듯 걸어가는데
너무나 자연스럽게 마주 달려오던 사람들을 피하더라고. 뛰
어난 실력을 가지지 않았다면 불가능한 일일걸!"

'흠……! 이번엔 제법이군. 뭐, 그런 장면을 봤으니 충분히
유추해 낼 수 있는 결과겠지.'

이시스는 애써 스스로를 추스렸다. 계속해 여자의 뒤를 쫓
았으니 사람들을 피하는 여자의 몸놀림을 봤을 수도 있는 것
이다. 정작 자신은 같은 장면을 보고도 이런 결과를 이끌어내
지 못했다는 사실은 전혀 생각지 않았다.

“한 가지 더!”

“또 있어?”

“그 여자, 호승심이 강해!”

“……!”

애써 샤렌의 능력을 끌어내리는 결론을 만들던 이시스의 눈이 흔들렸다.

자신을 능가하는 실력을 가진 남자에게만 관심을 둔다는 것.

이는 분명히 그 여자의 호승심이 강하다는 뜻이었다.

“호승심? 에이! 호기심이겠지. 남들 다 도망가는데 일부러 거기까지 가서 구경한 거 보면 호기심이 강한 거 아냐?”

드리튼이 샤렌의 말을 바로잡아 줬다.

그제야 잠시 굳었던 이시스의 표정이 풀렸다. 백발백중 여인에 대해 잘도 찍는지라 실언에도 지레 겁을 먹었다고 생각했다.

“아니. 호승심이 맞아!”

“에?”

“저항군이 마법을 썼을 때… 그 여자, 검의 힐트에 손을 얹더군. 아쉬워하는 표정을 지으며 놓았지만 말이야.”

‘뭐, 뭐야? 교전 장면에 완전히 집중해 있는 줄 알았는데 어느 틈에 여자까지 살피고 있었던 거야?’

“혹시 트라시아 출신의 기사 아닐까? 그게 아니어도 저항군을 싫어하는 사람은 꽤 많잖아?"

"계속해 치안대원이 당하고 있을 때는 아무렇지도 않은 표
정이었어. 그리고 창문을 향했던 그 시선, 분명 적개심과는
달랐어. 뭔가를 기대하는… 흥분되는 그런 표정이었으니까.
그 여자는 마법사와 맞서보고 싶었던 거야. 틀림없어!"

샤렌의 단호한 결론에 드리튼은 내심으로 또 한 번 감탄했
다. 눈빛이니 표정이니 하는 것까지는 잘 모르겠지만, 샤렌의
설명을 듣고 보니 그의 생각에도 여인은 남들보다 호승심이
강한 게 분명했다.

이시스는 다시 한 번 표정을 굳혔다. 생각보다 아무렇게나
'찍기' 의 적중률이 너무 좋았던 것이다.

하지만 그도 잠시.

이시스는 곧 평소의 표정을 되찾았다.

'그보다 더 많은 걸 알면 뭐 하냐고. 어차피 그 여자를 검
술로 이기는 게 불가능한데!'

내기의 승리를 다시 한 번 확신한 이시스는 이제 웃음까지
지어 보였다.

"역시 화류계의 제왕답네. 그래서 그 여자를 꼬실 방법을
세운 거야?"

"아직은 아냐. 좀 더 살펴……."

샤렌이 대답을 할 때, 바깥쪽에서 소란스러운 소리가 들
렸다. 리틀 코라드에서 이런 소란을 듣기란 쉬운 일이 아니

었다.

샤렌과 드리튼, 이시스의 주의가 바깥쪽으로 향했다.

그 순간, VIP 룸의 문이 벌컥 열렸다. 노크 따위는 없었다.

열린 문으로 한 남자가 들어선다.

거칠게 들어선 그로 인해 룸 안에 찬공기가 가득 채워지는 것 같았다.

한 겹 서리가 뒤덮인 것 같은 그의 표정.

그리고 찬 기운이 쌩쌩 도는 듯한 분위기 때문이었다.

"케, 케이온 형님?"

드리튼이 눈을 동그랗게 뜨며 제자리에서 벌떡 일어났다.

"형님이 이런 곳에는 어쩐 일로……?"

이시스도 재빨리 자리에서 일어서며 어색한 웃음을 흘렸다.

나타난 인물이 형이라는 사실은 샤렌에게도 의외였다. 놀란 감정을 억누른 그는 곧 형에게서 시선을 거뒀다.

그리고는 허공을 향해 말한다.

"고고한 총독부의 나리께서 이런 누추한 곳에 어인 행차신가? 접대라도 받으러 오셨나?"

가시가 돋친 샤렌의 말을 들으며 케이온은 서서히 룸 안으로 들어섰다.

"이리로 앉으십시오, 형님!"

한 겹 서리로 뒤덮인 케이온의 냉랭한 표정에 대고 드리튼이 과장된 웃음과 함께 권유했다.

케이온은 드리튼이 손으로 가리킨 자리에 묵묵히 앉았다.

"제 잔 받으십시오!"

이시스가 잰 동작으로 와인 병을 들고 케이온에게 잔을 내밀었다.

케이온은 잔을 받았다.

이시스가 술을 따를 때까지 기다린 케이온은 와인의 향을 맡은 후 한 모금을 들이켰다. 일련의 과정을 행하는 동안 케이온의 표정에는 전혀 변화가 없었다.

"헤헤, 요즘 한창 바쁘실 텐데 어쩐 일로……?"

이시스가 딴에는 귀여운 표정으로 케이온에게 말을 할 때, 샤렌이 끼어들었다.

"뭐… 접대라도 받으러 오신 건가? 아무리 높으신 양반이라 해도 월급 자체는 쥐꼬리만 하잖아. 제 돈 주고 이런 데 오기는 무릴 텐데 말이야? 아, 아! 그동안 뒷돈이라도 잔뜩 챙겨 받았을지도 모르겠군."

나른한 어조와는 달리 붉은 두 눈에는 적개심이 가득했다. 이마에는 푸른 혈관이 도드라진 채였다.

"야, 야! 형님에게 무슨 그런 실례의……."

샤렌을 나무라는 이시스의 말은 또다시 가로막혔다. 이번에는 케이온 때문이었다.

"도트문 스트리트. 반란군과 치안대 121지역국과의 교전.

마법 사용으로 인한 전력 열세로 퇴각."

사무적이고 무감정한 케이온의 음성이 계속된다.

"이후, 동조자가 퇴각 중인 치안대원 공격. 부상자 발생. 상황 종료인 현재. 레비크 전역에 반란군 및 동조자에 대한 수배령 선포."

케이온의 설명이 계속되는 동안, 이시스와 드리튼의 안색이 창백해졌다.

"목격자들의 증언에 의하면 동조자는 빨간 머리와 덜떨어진 두 명으로 구성되어 있다더군."

"아니, 어떤 놈이 우릴 보고 덜떨어졌……!"

발끈했던 이시스가 황급히 입을 막았다. 스스로 범인임을 밝힌 셈이 되었기 때문이다.

평소와는 반대로 드리튼에게 옆구리를 찔린 이시스가 목을 움츠렸다.

"그래서? 똑똑하신 총독부 특무과(特務科) 차장님께서 단박에 그 동조자가 우린 줄 알아채고 찾아오셨다는 거잖아. 왜, 이 자리에서 체포라도 하시게?"

샤렌이 입술을 비틀며 말했다.

휘익.

갑작스레 케이온의 소매에서 바람 소리가 일었다. 그가 잔을 내던진 것이다.

챙그랑!

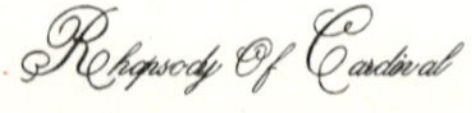

와인 잔은 샤렌의 얼굴 옆을 지나 벽에 부딪쳤다. 얇은 잔은 충격을 이기지 못하고 수십 조각이 나며 깨졌다.

이시스와 드리튼은 놀란 표정 그대로 굳어버렸다.

반면 샤렌은 조금도 놀라지 않은 모양이었다. 불타는 두 눈으로 형을 노려볼 뿐이었다. 케이온에게 고정된 그의 눈은 단 한 번의 깜빡임도 없었다.

“말조심해라!”

케이온이 폭발하듯 소리를 질렀다.

“상대는 치안대원이야! 더구나 반란군과의 교전 직후에 그런 일을 당했으니 반역죄를 적용할 수도 있는 일이라고! 알아?”

“후후훗!”

샤렌이 입술에서 바람 빠지는 소리를 냈다.

“동생이 반역죄로 체포되면 잘나가는 차장님의 승진에 지장이 생기겠군. 그래서 단숨에 달려오신 건가?”

“이 자식!”

케이온이 샤렌의 멱살을 틀어쥐어 당겼다. 샤렌은 맥없이 끌려갔다. 단련된 케이온의 힘에 저항해 봐야 소용이 없는 것이다.

“반란군을 돕는 짓을 하다니! 대체 무슨 생각인 거야?”

당장이라도 샤렌을 향해 주먹을 날릴 기세였다.

“반란군을 도와? 내가?”

지금까지와 달리 샤렌의 표정이 급격히 변했다. 코 양쪽에 주름이 잡히고, 흰 치아를 사납게 드러냈다. 사냥꾼을 마주한 맹수가 날카로운 송곳니를 드러내는 것 같은 모양이었다.

"놈이 여자를 다치게 했어."

"……!"

"그저 구경만 하던 힘없는 여자였다고! 알아? 아냐고? 15년 전 엄마가 그랬던 것처럼… 그 여자는 아무런 저항도 못했단 말이야!"

발작적인 샤렌의 외침이었다.

멱살을 틀어쥔 케이온의 손에서 힘이 빠진다. 샤렌의 날카로운 목소리가 손목의 힘줄을 끊어놓은 것만 같았다.

케이온은 잔뜩 흥분해 이곳까지 달려왔다. 평소의 냉철함을 생각하면 이례적인 일이다. 사안이 그만큼 심각했다. 무엇보다 동생의 일이었던 것이다.

하지만 조금만 생각해 봐도 정황을 짐작할 수 있었을 것이다. 동생이 반란군을 도울 리가 만무했다. 적어도 지금의 동생은 반란군에 대해 좋은 감정을 가질 수가 없었기 때문이다.

케이온의 추론은 정확했다.

샤렌이 반란군에 적개심을 갖는 데는 이유가 있었다.

15년 전 그는 반란군에게 납치되었다. 어머니와 함께였다.

반란군의 목표는 돈.

저들에게는 군자금이 필요했던 것이다.

협상은 무산되었다. 반란군에게 돌아갈 돈을 트라시아에서 용납할 리가 없었다.

이례적으로 황제까지 나섰다. 크라슈 가의 케신 철강이 트라시아뿐만 아니라 북부 대륙에서도 손꼽히는 거대 기업이기 때문만은 아니었다.

황제는 이번 일이 선례가 되는 것을 바라지 않았다. 성공 사례를 남기면 크샤트린의 친 트라시아 계 인사는 물론, 트라시아의 귀족 및 저명인사까지 반란군의 납치 대상이 될 것이기 때문이다.

샤렌의 부친은 황제의 명령을 따랐다.

반역자를 돕는 행위는 할 수 없다는 공식적 입장 표명까지 했다.

그럼에도도 불구하고 천만다행으로 어머니와 샤렌은 무사히 돌아올 수 있었다. 어쩐 이유에선지 반란군이 무사히 돌려보내 준 것이다.

하지만 크라슈 가의 불행은 그것으로 끝이 아니었다. 안 그래도 허약했던 샤렌의 어머니가 시름시름 앓다가 죽게 된 것이다. 집으로 돌아온 지 반년이 채 안 돼서의 일이었다.

샤렌은 그 책임을 저항군과 트라시아, 그리고 부친에게 돌렸다. 부친이 돈을 지불했다면, 트라시아가 몸값 지급을 막지만 않았다면, 반란군이 납치하지 않았다면, 그랬다면 어머니가 돌아가시지 않았을 것이라 생각하는 것이다.

　이후 샤렌은 힘없는 여자에게 함부로 가해지는 폭력을 참지 못했다. 병적일 정도의 반응을 보이는 것이다.

　어쩌면 여자가 폭력에 노출되는 장면 속에서 어머니의 모습이 보였기 때문일지도 모르는 일이었다. 트라시아와의 교섭이 있을 때마다 반란군의 손에 함부로 대해지는 어머니의 모습이 샤렌의 머릿속에는 아직도 선명했던 것이다.

　케이온은 손을 거둬들였다.

　"언제까지… 모두를 적으로 삼고 살 거냐?"

　"후훗! 안 그러면?"

　입매는 비틀려 올라갔으나 두 눈은 여전히 불타오르는 샤렌이었다.

　"어머니를 죽게 만든 황제의 밑이나 닦으며 꼬리를 치며 살라고? 형처럼?"

　"샤렌!"

　케이온의 두 눈이 흔들린다.

　어머니가 돌아가신 후, 샤렌은 형인 자신에게 모든 것을 의지했다. 몸값 지급을 거절했던 부친을 원망하는 동생에게 있어서 남은 가족은 자신뿐이었던 것이다.

　그렇게 일방적이고 전폭적인 동생의 애정도 한순간 흩어졌다. 자신이 총독부 관리로 임관하기로 한 때부터였다.

　형이 어머니를 죽게 한 자들을 위해 일한다는 것을 샤렌은 용납할 수가 없었던 것이다.

그토록 우애 넘치던 형제애는 그렇게 무너졌다.

지금 이 순간까지도 형과 동생에게는 씻지 못할 감정의 앙금이 두꺼운 벽이 되어 둘 사이를 가로막는 중이었다.

"크크큭, 난 동포의 피를 빨아 호의호식하는 매국노의 아들일 뿐이야. 납치를 당해도 싼… 그런 매국노의 자식이지."

"너, 너……!"

케이온은 쉽사리 뒷말을 잇지 못했다. 날카롭기 그지없는 화술을 가진 그였지만 지금의 샤렌에게는 어떤 말도 소용없음을 알고 있었다.

방금 전 샤렌의 말은 메이린에게 들은 내용을 옮긴 것이었다.

메이린은 샤렌의 유모였다. 드라이언과 더불어 샤렌이 가장 따르던 사람 중 하나였다.

그런 메이린이 납치에 가담했다. 어머니와 샤렌을 속여 저항군에게 넘긴 것이다.

메이린은 저항군에게 두 사람을 넘길 때 저와 같은 말을 했다고 한다. 어머니의 품에 안겨 오들오들 떨고 있는 샤렌은 유모의 말을 잊을 수가 없었다.

어머니와 자신이 동정받을 대상조차 못 된다고 말한 것.

이는 어린 샤렌에게는 더할 나위 없는 충격이었다. 믿고 따르던 유모에게서 들은 말이기에 더욱 그랬다.

"그러니까 이렇게 쓰레기처럼 사는 게 당연한 거지."

비아냥대듯 말을 마친 샤렌이 몸을 일으켰다.

"샤렌!"

"아, 아! 이거야 원! 높으신 양반과 함께 있으려니 부담스러워서 영 술맛이 안 나는군. 나중에 보자고, 친구들!"

샤렌은 그렇게 가볍게 말을 던지고는 룸을 나선다.

콰앙!

요란한 소리와 함께 VIP 룸의 문이 닫혔다.

잠시간의 정적.

자라처럼 목을 움츠린 드리튼과 이시스도 충혈된 눈으로 문을 바라보는 케이온도 한동안 말이 없었다.

침묵을 깬 건 이시스였다.

"저… 케이온 형님, 저 자식이 말은 저래도 내심은……."

이시스의 말은 이번에도 끝까지 이어지지 못했다.

케이온이 몸을 일으키며 이시스의 말을 잘랐던 것이다.

"너희 셋에 대한 일은 내 선에서 마무리 지었다."

"아하핫! 역시 형님께서……."

이시스가 아양 섞인 웃음을 지으며 말을 시작했다.

하지만 이번에도 예외없이 케이온에 의해 가로막혔다.

"그렇다고는 해도 조심하는 게 좋아. 목격자가 지나치게 많았으니까. 그리고 이번이 마지막이다. 또다시 반란군과 얽히는 일이 생기면 나로서도 어쩔 수 없어."

"무, 물론이죠, 형님. 저희가 다시는……."

"너희에게 책임이 없는 건 알아. 모두 샤렌 그 자식이 저지른 일이겠지. 어쨌든 너희에게는 고맙게 생각하고 있어. 저 녀석, 그나마 웃으며 사는 건 너희 덕분일 테니 말이야."

"아니, 뭐… 형님께서 굳이 저희에게……."

"그럼 앞으로도 잘 부탁한다."

말을 마친 케이온은 룸을 나섰다.

이시스는 닫힌 문을 향해 나머지 말을 했다.

"…고마워하실 필요는 없는데 말입니다."

"휘유~!"

드리튼은 케이온이 룸을 나서는 것을 확인하고서야 긴 한숨을 쉬었다.

"아씨! 내 말이 그렇게 맛있나? 뭔 놈의 형제들이 하나같이 내 말을 토막토막 잘라먹어?"

이시스는 계속해 말이 막힌 데 대해 불만이 가득했다.

"어쨌든 케이온 형님이 나서주셨으니 다행이네. 치안대 일은 넘어갈 수 있을 테니 말이야."

"얼굴도 닮았고, 내 말 잘라먹는 것도 똑같은데 왜 저렇게 툭탁거리는지. 쯧! 샤렌 자식, 이제는 그만 할 때도 되지 않았나? 저 얼음덩이 같은 케이온 형님이 우리한테 고맙다고까지 하는 걸 보면 여전히 그 자식을 챙기는 거잖아."

이시스는 고개를 설레설레 저으며 와인을 채웠다.

"샤렌 그 자식의 과거 얘기가 나와서 생각난 건데 말이야……."

드리튼이 심각한 표정으로 말을 시작했다.

"뭔 생각?"

"샤렌이 여자를 좋아하는 이유 말이야. 혹시 어머니에 대한 그리움이나 뭐 그런 걸 다른 여자한테서 찾으려는 건 아닐까?"

"흐음……."

이시스가 콧소리를 흘렸다.

잠시 눈동자를 이리저리 굴리던 그가 입을 연다.

"이럴 수도 있어."

"어떤?"

"그 자식, 솔직히 한 여자한테 안착하는 스타일이 아니잖아. 처음에는 좋다고 난리를 치다가 바로 싫증을 내고 먼저 차버리니까 말이야. 그게 단순히 싫증이 나서만은 아닐 수도 있다는 거지."

"그럼 뭔데?"

"그 왜, 유모 있잖아. 샤렌을 반란군에게 넘긴 유모. 그렇게 샤렌이 좋아했었는데 배신을 당했으니……. 그 자식에게는 세상에 믿을 여자가 없는 건 아닐까? 그러니까 배신당하기 전에 자기가 먼저 떠나는 거고 말이야."

"그것도 가능성이 없진 않네."

"에이! 샤렌 자식이 그런 쪽으로는 통 말을 안 하니 알게 뭐야."

이시스는 채워둔 와인 잔을 신경질적으로 비웠다.

"어쨌든 그 일만 아니었으면 샤렌 그 자식……."

"시끄러. 골치 아픈 얘기는 그만 하고 술이나 먹자고!"

이시스는 드리튼의 말을 가로막고는 다시 잔을 채웠다.

"넌 왜 내 말을 잘라먹어? 크라슈 가의 형제들한테 당한 걸 나한테 복수하는 거냐?"

"아, 시끄러워! 술이나 먹자니까!"

리틀 코라드의 VIP 룸은 이시스와 드리튼으로 인해 제 분위기를 찾기 시작했다.

Chapter 6

1

“어라? 일행이 저렇게 많았어?”

“그러게. 오늘은 혼자가 아니네.”

이시스와 드리튼이 순서대로 말했다.

지난 이틀과 달리 내기의 대상이 된 여인은 일행과 함께 여관을 나섰던 것이다.

선두에 한 사람이 섰고, 여인과 여섯 명의 남자가 그 뒤를 쫓았다. 여인을 제외하고는 모두 로브의 후드를 깊숙이 눌러쓰고 있었다.

“어떻게 할 거야?”

드리튼이 물었다.

"어떻게 하긴, 당연히 쫓아가 봐야지."

샤렌의 대답은 명료했다.

"후훗!"

드리튼은 웃으며 샤렌의 뒤를 쫓았다.

사실 드리튼은 어제 그 일이 있었기에 샤렌이 한동안은 내기에 집중하지 못하리라 생각했다. 일단 작지 않은 사고를 친 만큼 조심할 필요도 있었던 것이다.

하지만 샤렌은 어제의 일을 아예 기억하지 못한다는 듯 행동했다. 오히려 내기에 더 적극적인 태도를 보이며 자신과 이시스를 불러내기까지 했다.

'역시… 여자에 집착하는 건 스스로의 상처와 증오의 방향을 돌리는 방법인 건가……?'

샤렌의 행동에 대한 드리튼의 생각이었다.

2

여자의 일행은 도트문 스트리트를 벗어났다.

샤렌 일행이 그녀를 쫓기 시작한 지 벌써 한 시간여가 흘렀다.

"아씨! 대체 어디까지 가는 거야?"

이시스가 이마에 흐르는 땀을 닦으며 투덜댔다.

"이렇게 멀리 움직이면서 왜 마차를 이용하지 않는 거지?"

드리튼도 다소 거칠어진 숨결에 의문을 실었다.

"선두에 선 녀석, 일부러 돌고 있어."

"에? 일부러 돌아?"

"흐음……! 이거 또 뭔가 위험한 일에 말려드는 거 아냐?"

샤렌의 말에 드리튼과 이시스가 동시에 반응했다.

"뒤를 쫓는 것뿐이야. 별일 있겠어?"

샤렌이 이시스의 걱정을 일축했다.

"아! 저리로 들어간다!"

드리튼이 손가락으로 한 건물을 가리켰다.

여인의 일행이 들어간 곳은 커다란 건물이었다. 오래도록 손을 보지 않았는지 군데군데 칠이 벗겨져 있었고, 성한 창문보다 그렇지 않은 게 더 많았다. 건물 주변에는 잡초가 무성했고, 쓰레기 더미도 곳곳에 보였다.

"저긴 폐쇄된 공장인데……?"

드리튼은 이곳이 어딘지 아는 모양이었다.

이시스가 시선으로 묻자 드리튼이 설명을 시작한다.

"옛날 제법 잘나가던 염색 공장이라고 들었어. 트라시아에서 대량 생산된 물량이 쏟아져 들어오기 전까지만 해도 괜찮았다더군. 문을 닫고 가동 안 한 지 꽤 됐을 걸?"

"저런 곳에 무슨 볼일이 있는 거지?"

"건물을 인수하려는 건 아닐까? 사실 공장 부지로써는 여건이 나쁘지 않잖아."

"하긴 도트문 스트리트 일대에 생필품을 납품할 거리는 많으니까. 큰돈은 안 되겠지만 현금은 꽤 돌아가겠지."

여자 뒤꽁무니나 쫓는 날백수로 허송세월을 보내긴 했지만 드리튼과 이시스 두 사람 다 레비크에서 손꼽히는 재력가의 핏줄이다.

그래서인지 자연스럽게 경제적인 추론을 펼치는 것이다.

"그거야 두고 보면 알겠지. 일단 저쪽 계단으로 올라가자. 안에서 무슨 짓을 하는지 볼 수 있을 거야."

건물 왼편에 2층으로 향하는 외부 철제 계단이 있었다. 비상계단인 듯 보였는데 사람 키보다 높은 곳에서 끊긴 상태였다.

그것을 확인한 이시스가 인상을 찌푸렸다.

"저길 어떻게 올라가?"

샤렌이 턱짓을 한다.

못 쓰는 가구와 상자 등이 가득 쌓인 쓰레기 더미 쪽이다. 무슨 뜻인지 이해 못할 이시스가 아니었다.

"꼭 그렇게까지 해야 돼?"

"200골드를 날로 먹을 생각하지 마!"

샤렌의 짧은 대답이었다.

'참 나! 백날 그래 봐라. 어차피 이 내기는 우리가 이긴 거야!'

이길 수밖에 없는 내기에 무려 200골드나 걸렸다. 쓰레기

더미를 조금 나르는 정도의 수고는 대수도 아니긴 했다. 샤렌
이 고생하면 할수록 승리의 쾌감도 짙어질 것이기에 더욱 그
랬다. 이시스는 좋게 생각하기로 했다.

3

　왠지 모르게 공장 안의 분위기는 무거웠다.
　절로 긴장감을 느낀 샤렌 일행은 숨죽여 걸음을 옮겼다.
　2층은 사무 공간인 모양이었다. 직사각형인 외곽을 따라
방들이 늘어서 있고, 가운데 쪽은 난간이 설치되어 있어 공장
의 아래쪽이 훤히 보이는 구조였다.
　"저쪽에 있네."
　이시스가 잔뜩 목소리를 낮춰 손가락질을 했다.
　여인과 일행은 1층의 입구 쪽에 서 있었다.
　그녀가 도착하기 전 기다리고 있는 사람이 있었던 듯 일행
의 숫자는 배 이상으로 불어 있었다.
　기다리던 자들 중 한 명은 문 바깥쪽을 살폈고, 나머지 사
람들 모두가 무기를 소지한 채 여인 일행과 대치해 서 있는
형상이었다.
　거리가 멀어 잘 보이지 않았지만, 서로를 경계하며 긴장하
고 있음은 느낄 수 있었다.
　"좀 더 가까이 가보자."

“괜찮을까? 잘못하면 들킬지도 모르는데?”

이시스는 잔뜩 겁먹은 표정이었다.

“여기서는 무슨 이야기를 하는지 들리지 않잖아.”

그렇게 말하고선 샤렌은 몸을 낮춘 채 움직이기 시작했다.

10여 미터쯤 움직였을 때 남자들의 목소리가 들렸다. 사무실 안쪽에서 들려오는 것이었다.

샤렌은 이시스와 드리튼이 따라오는 뒤쪽으로 고개를 돌린 후 입술에 검지를 가져다 댔다.

그리고는 고개를 살짝 들어 먼지가 자욱이 낀 창문 위쪽으로 목을 살짝 내밀었다. 흐릿했지만 안쪽을 들여다보는 데는 지장이 없었다.

실내에 있는 사람은 모두 다섯.

로브에 달린 후드를 뒤집어쓴 세 명과 노인, 그리고 중년 사내가 서로를 마주 보고 서 있었다.

“이렇게 직접 나와주시리라고는 생각지 못했습니다.”

노인은 손가락에 낀 커다란 에메랄드 반지를 매만지며 웃음을 흘렸다.

“대주교께서는 제가 누군지 이미 알고 계신 것 같군요.”

대주교 베트론의 맞은편에 서 있던 자는 말을 마치고 후드를 뒤로 젖혔다.

밤갈색 머리를 단정히 빗어 넘긴 중년인의 얼굴이 드러

났다.

짙은 눈썹과 우뚝 솟은 코, 수평으로 굳게 닫힌 입매가 고집스럽게 보이는 남자였다.

샤렌과 마찬가지로 고개를 들어 올려 안쪽을 살피던 이시스가 입을 떡하니 벌렸다. 후드를 벗은 중년인을 알아본 것이다.

"저 양반이 어째서 이런 곳에……?"

"쉿!"

샤렌의 입에서 나온 바람 빠지는 소리였다. 안쪽의 소리가 훤히 들리는 상황이다. 목소리를 낮춘다 해도 역으로 들릴 가능성이 있었다.

이시스가 고개를 끄덕이는 중에도 안쪽의 대화는 계속되는 중이었다.

"생각하신 것보다 홀라덴의 눈과 귀는 밝으니까요."

"그랬었나요?"

중년인의 어조에는 불신이 녹아 있었다. 홀라덴의 대주교가 어디까지 알고 있겠냐는 식이었다.

"최근 몇 년 사이 저항군의 활동이 잠잠했다는 것을 알고 있습니다. 트라시아에서는 지속적인 진압의 결과로 판단하는 모양이지만 홀라덴의 생각은 다릅니다. 아무런 체계도 없이 각각 활동하던 저항군이 하나의 조직으로 재편되고 있다는 보고를 받았으니까요."

중년인은 굳어진 표정으로 베트론의 말을 들었다.

"서로가 다른 주장을 하며 각각의 활동을 전개해 온 저항군을 하나로 묶기란 쉬운 일이 아니죠. 트라시아에 최후까지 저항한 역사와 지난 45년간 끊임없이 저항군을 지원해 온 베이 가(家)에서 나서지 않았다면 불가능했을 일이라고 생각합니다. 안 그렇습니까, 로베른 베이 경?"

"……!"

로베른 베이의 눈이 흔들렸다. 설마 하니 홀라덴에서 이 정도까지 파악하고 있으리라고는 생각지도 못했다.

잠시간의 침묵 후 로베른이 입을 연다.

"성국에서 이 척박한 에슬란 땅에 그렇게까지 관심을 가지고 있었는지 미처 알지 못했군요."

다소의 비아냥거림이다.

애초 트라시아의 에슬란 정복은 성국 홀라덴의 전폭적인 지원하에 이루어졌다.

그것은 비단 교리 확립을 위한 전쟁으로써의 명분에 대한 지지뿐만이 아니었다.

홀라덴은 많은 수의 성위 기사와 수위성단을 직접 파견했다. 마법에 대항하기 위해서는 아우티카의 권능 바라카가 필요했기 때문이다. 성국에는 대륙 북방의 그 어떤 국가보다 바라카를 운용할 수 있는 기사의 수가 많았던 것이다.

국방을 전폭적으로 마법에 의지했던 에슬란이 손쉽게 무

너진 이유가 바로 거기에 있었다. 홀라덴의 성위 기사들이 마법사를 제거함으로써 전력에 치명적인 손실이 발생했던 것이다.

"거룩하신 아우티카의 품 안에서 모두가 한 백성이 아니겠습니까? 관심을 갖는 것은 당연한 일이지요. 게다가……."

베트론은 자애롭기 그지없는 표정을 유지하다가 갑작스레 표정을 굳혔다.

"에슬란이 척박하기만 한 땅은 아니지요. 농토는 부족하지만 대륙 전체에서도 손꼽히는 광물의 산지가 아니겠습니까?"

"흐음……?"

로베른의 눈에 이채가 걸렸다. 홀라덴의 사제가 이처럼 속내를 정직하게 드러낸다는 사실이 의외였던 것이다.

"무엇보다 중요한 건 역시나 에슬란이 성지(聖地) 엔살룸으로 향하는 요충지이기도 하고 말이죠."

"……!"

베트론의 발언은 트라시아가 자행한 에슬란 침공의 실제적인 핵심이다.

마법의 남용이란 표면상의 핑계일 뿐.

트라시아와 성국 홀라덴의 목적은 엔살룸 탈환을 위한 전략적 교두보의 확립이었던 것이다.

"대주교께서는 일반적인 사제 분들과 많이 다르시군요."

홀라덴은 대외적으로 단 한 번도 저와 같은 사실을 인정하지 않았다.

그런데 베트론이 속내를 밝히고 나오니 로베른으로서는 의외인 상황인 것이다.

"또한 작금에 와서 에슬란의 가치는 더욱 중요해졌소. 아니, 앞으로 더 중요해질 것이오."

"더 중요해진다……? 그 말인즉슨……?"

"짐작하신 대로입니다. 엔살룸이 지나치게 오랜 세월 동안 이교도에 의해 더럽혀진 게 사실 아니겠습니까?"

"저, 정말 성전(聖戰)을 벌일 생각이란 말이오?"

로베른의 언성이 높아졌다.

그간 성전이 벌어질 거라는 보고를 수도 없이 받아왔다.

하지만 벌써 수년째 성전은 발발하지 않았다.

그러다 보니 이제는 혼란을 틈타 저항군이 본격적인 활동을 하도록 하기 위한 트라시아의 기만이라 여겨 버린 로베른이었다.

한데 지금에 와서 성전이 벌어진다고 하니 저도 모르게 언성을 높인 것이다.

베트론은 커다란 에메랄드 반지를 낀 손을 들어 앞으로 살짝 흔들었다. 로베른에게 진정을 하라는 뜻이었다.

"그, 그런 정보를 왜 우리에게 알려주는 것이오?"

로베른은 불신에 찬 시선으로 베트론을 보며 물었다.

"말씀드린 대로 이곳 에슬란이 중요하기 때문입니다. 엔살

룸을 찾기 위해 연합군은 반드시 이곳을 거쳐 갈 수밖에 없고, 군수와 보급 모두 이곳에서 이뤄지지 않겠습니까?"

베트론은 계속해 단도직입적인 화법으로 이야기를 진행했다.

두 눈을 가늘게 뜬 로베른이 그의 속내를 유추해 냈다.

"우리가 본격적으로 활동하게 되면 성전에 지대한 차질이 생길 수 있다는 뜻이군요."

베트론이 만족스러운 미소로 고개를 끄덕였다.

"교황께서는 그 점을 염려하고 계십니다."

"성전이 벌어지는 동안 우리보고 잠자코 있으란 말이오? 트라시아의 군대를 먹여 살리기 위한 보급 창고로 사용되는 에슬란을 구경만 하란 거요?"

로베른의 음성에 노기가 배어 나왔다.

"성국은 그에 합당한 대가를 치를 용의가 있습니다."

"대가?"

로베른이 동요했다. 베트론이 말하는 대가를 짐작할 수 있었기 때문이다.

"에슬란의 독립을 지원하겠다는 말이오?"

"물론, 그저 방해를 하지 않았다는 정도만으로 에슬란 독립 인정과 지원은 다소 무리일 것입니다."

"지금 우릴 희롱하는 것이오?"

독립에 대한 희망을 던졌다가 곧바로 발을 뺀다. 이는 아쉬운 쪽인 저항군을 농락하는 것에 다르지 않았다.

"그럴 리가 있겠습니까!"

베트론은 단박에 부정하고는 설명을 이었다.

"에슬란의 마법은 예로부터 유명했지요. 에슬란의 그 마법이 세키나 교의 성지를 되찾는 데 큰 힘이 되어준다면 어떨 것 같습니까?"

로베른은 홀라덴의 정보력에 다시 한 번 놀랐다.

그간 소문만 무성했을 뿐 저항군이 본격적으로 마법을 사용한 건 최근의 일이다.

한데 그 정보가 벌써 홀라덴에까지 흘러들어 간 것이다.

"악마의 힘이라며 탄압할 때는 언제고 이제 와서 마법의 힘을 빌리겠단 말이오?"

"후후훗! 베이 경답지 않게 순박한 말씀을 하십니다. 엔살룸 탈환이 단지 성지 수복에만 있다고 생각하시는 겁니까?"

베트론이 의미심장한 웃음을 흘렸다.

"막대한 매장량을 자랑하는 엔살룸의 다이아몬드를 탐내는 것이겠지."

혼잣말처럼 중얼거리는 로베른의 얼굴에 경멸의 감정이 떠올랐다. 겉으로는 신을 위함이라 주장하며 실제로는 세속의 이익만을 추구한다. 그것이 로베른이 바라보는 성국 홀라덴의 실체였다.

"후훗! 이제야 이야기가 조금 통하는군요. 성지의 탈환에 그와 같은 배경이 있을진대 마법의 사용이 큰 대수겠습니까?
어떤 대상에 대한 인식이란 상황에 따라 달라지는 법입니다.
마법이 성지의 탈환을 위해 사용된다면 그때부터는 더 이상
악마의 힘이 아닌 것이지요.”

“정말로 엔살룸 탈환에 일조하면 에슬란 독립을 보장하겠
다는 말이오? 그런 약조를 알게 된 트라시아가 가만히 있을
것 같소?”

여전히 의심을 버리지 못하는 로베른이었다.

“성전의 중심에는 트라시아가 설 것입니다.”

다소 뜬금없는 것 같은 베트론의 대답이었다.

하지만 로베른은 그 속에 담긴 뜻을 읽어냈다.

카르마탄 교를 신봉하는 남부 연합의 전력은 막강하다. 남
북 간의 승패를 쉽사리 장담하기 어려울 정도다.

이는 곧 성전의 중심에 선 트라시아가 막대한 타격을 입게
될 것이라는 말이기도 했다. 그 심각한 피해를 입은 트라시아
는 성국에서 지원하는 에슬란 독립을 인정할 수밖에 없는 것
이다.

“지금의 내용을 서면으로 약조하실 수 있겠소?”

“물론입니다!”

베트론은 숨도 쉬지 않고 대답했다. 득의한 미소와 함께.

한편, 사무실 바깥쪽에 웅크리고 있던 샤렌은 드리튼과 이
시스에게 손짓을 했다. 움직이자는 뜻이다. 계속해 저런 복잡

한 이야기를 듣고 있을 필요가 없었던 것이다.

하지만 세 사람은 그 뜻을 이루지 못했다.

복도의 앞뒤를 가로막고 있는 사람들 때문이었다.

검을 뽑아 셋을 겨눈 그들의 시선에는 적의가 가득했다.

날카로운 검이 자신들의 목을 겨누고 있음을 확인한 드리튼과 이시스는 약속이라도 한 듯 동시에 움직였다.

번쩍.

두 사람이 양팔을 높이 들어 올린 것이다.

샤렌만이 붉은 눈을 빛내며 서서히 몸을 일으켰다.

휘익.

검 하나가 샤렌의 목에 머문다.

"뭐 하는 놈들이냐?"

목에 검이 겨눠졌음에도 샤렌은 눈 하나 깜짝하지 않는다.

외려 입가에 미소까지 머금고는 말한다.

"아, 아! 이미 폐쇄된 지 오래된 공장에까지 경비원을 배치했을 줄은 몰랐소."

"경비원……?"

"미안하오. 미리 양해를 구했어야 하는데……. 솔직히 말해서 매수 의사가 전해지면 괜스레 값이 올라갈 것 같아서…… 하핫!"

아예 넉살 좋게 웃음까지 터뜨리는 샤렌이었다.

"대체 무슨 소리를 하는 거냐?"

샤렌에게 검을 겨눈 자가 험상궂은 얼굴로 소리쳤다.

"아, 아! 너무 빡빡하게 굴지 맙시다. 원래 이런 일에는……."

"무슨 일인가?"

소란 때문에 로베른이 사무실 밖으로 나왔다. 후드를 눈 아래까지 깊숙이 눌러쓴 채였다.

"수상한 놈들을 발견했습니다."

한 명의 보고에 샤렌이 반갑다는 듯이 나섰다.

"귀하가 이곳의 주인이신가 보군요. 만나서 반갑습니다."

샤렌은 성큼 걸음을 옮겨 로베른의 앞으로 다가가려 했지만 곧 저지당했다. 목을 겨눈 검이 길을 열어주질 않는 것이다.

"이거 참! 아무리 사전에 양해를 구하지 않았다고 해도 손님 대접이 너무 거치네요."

샤렌은 뒤통수를 긁적이며 민망하다는 표정을 지었다. 여자들을 유혹하기 위해 연마한 그의 표정 연기가 빛을 발하고 있었다. 위기의 상황이건만 완벽에 가까운 연기를 보여주는 것이다.

"안쪽에서의 대화, 어디까지 들었나?"

로베른이 무거운 음성으로 물었다.

샤렌은 로베른의 말을 듣고서야 힐끗 창문 안쪽을 살피는 척을 했다.

그리고는 입을 연다.

"아, 아! 우리는 치사한 방법으로 정보를 얻어 거래를 하는 타입이 아닙니다. 안쪽에 다른 매수자가 있다는 건 지금 알았네요."

"매수자……?"

"그렇습니다. 저희가 이번에 이 공장 부지를 인수해 작은 사업을 좀 해볼까 하는데… 가격은 후하게 쳐드리겠습니다. 그러니 저쪽 분 말고 저희의 제안도 한번 들어보시는 게 어떻겠습니까?"

샤렌의 능청스런 연기였다. 그는 앞서 드리튼과 이시스가 말했던 내용을 핑계 삼아 지금의 위기를 모면하려는 것이었다.

"이곳에서 새롭게 사업을 하려 했다는 건가?"

로베른이 고개를 갸웃거릴 때, 검을 든 한 명이 외치듯 말했다.

"밀담(密談)의 내용을 들었을 수도 있습니다!"

쉽사리 믿을 수 없다는 말이었다.

샤렌은 입을 연 사람 쪽으로 고개를 휙 돌렸다.

그리고는 짐짓 화가 난 표정으로 외친다.

"우린 그런 스타일이 아니라니까! 난 크라슈 가 샤를로엔이라고 하오. 이 친구는 프레이안 상회를 이끄는 달튼 가의 이시스, 그리고 데이슨 운송의 드리튼이오. 우리 셋이 공장 부지를 매입하고자 하는데 남의 얘기나 엿들을 것 같소?”

샤렌의 외침에 로베른의 미간이 찌푸려진다. 세 청년 모두가 레비크에서 내로라하는 재력가의 후손들이다. 저항군에게 있어서는 매국노의 후손들이라는 뜻이다.

하지만 단순히 감정만으로 이들을 처리할 수는 없다. 이들에게 문제가 생기면 레비크는 물론 트라시아 전체가 들썩일 것이기 때문이다.

그렇다고 해서 눈앞의 청년의 말을 액면 그대로 믿어줄 수도 없었다. 이대로 돌려보내기엔 리스크가 너무 컸던 것이다. 로베른이 갈등하는 이유가 여기에 있었다.

“그러니까… 이곳에 온 이유가 이 건물을 매입하기 위해서라는 건가?”

“이제야 얘기가 좀 통하는군요. 어떻습니까? 값은 후하게 쳐드릴 테니 우리와 거래를 하시는 게……?”

“크라슈 가의 장남이 총독부의 특무대 차장입니다.”

로베른 공작 옆에 있던 한 명의 말이었다.

총독부라는 말에 모두의 눈에서 증오가 배어 나온다.

확연하게 느껴지는 증오의 시선 속에서도 샤렌은 태연히 웃음을 터뜨렸다.

“하핫! 형에게 기대어 압력을 넣는다거나 하는 식으로 가격 협상을 하진 않습니다. 그러니 걱정하지 마십시오.”

모든 말의 결론을 오직 공장의 거래로만 이끄는 샤렌이었다. 그 모양새가 너무도 태연하기에 사람들을 헛갈리게 했다. 저도 모르게 샤렌 일행이 사무실 안쪽에서의 밀담을 정말로 못 들었을 수도 있다고 생각하게 되는 것이다.

"위험이 너무 큽니다. 밀담이 저자의 형에게 새어나가거나 우리 정체라도 드러난다면……."

로베른 옆에 선 사내의 말이었다.

내용은 곧 샤렌 일행을 이대로 보내서는 안 된다는 뜻이었다.

로베른은 살짝 고개를 끄덕였다. 트라시아 전체가 들썩인 다 해도 밀담이 유출되거나 자신들의 신분이 드러나서는 안 된다. 위험을 감수하고서라도 이들의 처리는 확실히 할 필요 가 있는 것이다.

로베른의 두 눈에 확고한 결심이 드러났다.

"자네들에게는 미안하지만……."

"그 사람, 아군이에요."

'여기서 죽어줘야겠네' 라는 로베른의 말은 끝을 맺지 못 했다. 고운 목소리 하나가 끼어들었기 때문이다.

사무실 안에서 나온 또 한 명의 인물이 한 말이었다. 다른 사람들처럼 로브의 후드를 깊숙이 눌러썼지만, 목소리로 보 나 체형으로 보나 한눈에 여자임을 알 수 있었다.

"그게 무슨……?"

"그가 이곳에서의 일을 밀고할 리 없어요. 그는 에슬란 독립을 위해 목숨을 바친 투사니까요.”

“……!”

복도에 선 자들이 모두 두 눈을 휘둥그레 떴다. 트라시아에 빌붙어 막대한 부를 축적하고, 총독부의 관리까지 배출한 가문에 에슬란 독립을 위해 애쓰는 자가 있다는 사실이 놀랍기만 한 것이다.

놀라운 건 샤렌도 마찬가지였다. 자신이 언제 에슬란 독립을 위해 목숨을 건 투사가 된 건지 모르는 것이다.

그는 애써 감정을 추스르며 로브의 여인을 봤다.

로브의 여인은 양손으로 후드를 뒤로 젖히며 미소를 지었다.

“오랜만이네요, 샤를로엔님!”

“프리실라?”

드러난 얼굴을 샤렌은 한눈에 알아볼 수 있었다. 그녀는 지난번 총독부 파티에서 내기의 대상이 되었던 프리실라 베이였던 것이다.

프리실라는 샤렌에게 가볍게 목례를 하고는 사람들에게 말한다.

“지난번 저분이 쫓기는 것을 목격했어요. 부상까지 입었지만 혁명에 불타는 의지를 보여주더군요.”

사람들이 모두 새삼스러운 눈으로 샤렌을 바라볼 때였다.

"아가씨께 접근하기 위한 간계일 수도 있습니다. 특무대의 케이온 차장은 교활하기 짝이 없는 인물이니까요. 베이가는 오래전부터 특무대의 의심을 사온 터. 아가씨를 통해 군자금의 흐름 추적의 발판을 삼으려 했을 가능성도 있습니다."

로베른의 우측에 선 자는 여전히 샤렌을 믿지 않았다.

그의 말에 사람들은 다시 한 번 흔들렸다. 크라슈 가는 대표적인 친 트라시아 계(系)다. 그 안에서 애국자가 나왔다는 쪽보다는 스파이가 나왔다는 쪽에 신뢰가 더 가는 것이다.

샤렌은 진실이 밝혀지면 이 자리에서 목이 날아간다는 사실을 잘 알고 있었다. 아무렇게나 살아왔다지만 이렇게 허무하게 죽을 수는 없었다.

무엇보다 어머니의 유언을 지켜야만 했다. 어떤 상황 속에서도 목숨만은 지키라는 어머니의 마지막 말씀이 있었던 것이다.

다급해진 그가 막 변명을 늘어놓으려 할 때였다.

"어제 그자로군."

나직하지만 아름다운 노랫소리처럼 고운 목소리였다. 기이한 매력을 지닌 그 목소리는 신기하게도 한순간 사람들의 흥분을 가라앉혔다.

사람들의 시선이 한 방향에 집중되었다. 목소리가 들려온

쪽이었다.

그곳에는 눈이 번쩍 뜨일 정도의 미인이 서 있었다. 검은 머리를 길게 기르고 육감적인 몸매를 드러낸 미녀였다. 그녀는 베트론의 일행이었다.

살짝 치켜 올라간 매혹적인 눈으로 샤렌을 바라보며 여인이 꽃잎 같은 입술을 나풀거린다.

"저항군에 밀려 퇴각하던 치안대원에게 돌을 던져 쓰러뜨리더군. 저자가 말이야."

많은 사람들을 앞에 두고 던져진 반말이다.

하지만 누구도 불쾌하다는 생각을 갖지 않았다. 황홀한 외모에 아름다운 목소리가 불쾌감을 넘어섰던 것이다.

"아! 어제 습격 이후, 시민 중 하나가 치안대원에게 돌을 날렸다는 이야기를 들었는데……?"

"그게 바로 이 친굽니다."

어느새 몸을 일으킨 이시스가 재빨리 나섰다. 그 역시 지금 상황이 얼마나 위험한지 잘 알고 있었다. 정황상으로 미루어 샤렌이 독립투사로 오해를 받는 것만이 유일한 활로임을 파악한 것이다.

"흐음……."

로베른이 신음을 흘렸다. 사람들의 시선을 아랑곳하지 않고 치안대원을 공격한다는 것은 여간 용기가 필요한 일이 아니었다. 에슬란을 위한 진실된 충정이 없으면 불가능한 일인 것이다.

"그럼 공장 부지 얘기는 또 뭡니까?"

로베른 우측의 남자가 새로운 의문을 제기했다. 샤렌 일행이 우연히 이곳에 와서 공장 부지를 살폈다는 게 의심스러운 것이다.

남자의 말에 이시스의 안색이 창백해졌다. 긴장하는 것이다. 여기서 제대로 된 답변을 못한다면 한 걸음 물러섰던 죽음의 위기가 두 발자국 다가설 것이 분명했다.

하지만 샤렌은 동요치 않았다. 그는 눈부시게 하얀 치아를 드러내며 여유만만한 미소를 흘렸다. 손가락을 벌려 머리카락을 쓸어 올린 후 그가 말한다.

"사실 철제 가구나 식기 따위를 만드는 공장을 차릴 생각이었습니다. 아버지 회사에서 빼내온 물량만으로도 충분히 공장은 돌릴 수 있지요. 물론 표면상일 뿐입니다."

"그럼……?"

"저항군은 항시 부족한 바가 있지 않습니까? 비밀리에 소량이나마 무기를 제조할 생각이었습니다. 설마하니 레비크 외곽에서 저항군에게 공급할 무기 제조가 이루어지리라고는 아무도 생각하지 못할 테니까요."

"오오……!"

"아!"

사람들의 탄성이 여기저기서 튀어나왔다.

진심 어린 감탄이었다. 샤렌의 말은 처음부터 지금까지 앞뒤가 딱 들어맞았다. 누구도 이 자리에서 지어낸 이야기라고는 생각지 못할 정도였다.

'샤렌! 넌 인마, 진정한 잔머리의 천재야!'

지금껏 샤렌을 제대로 인정해 오지 않은 이시스조차 감탄을 금치 못했다. 지금 발휘된 샤렌의 기지가 아니었으면 목이 날아갔을 판이다. 그러니 지금만큼은 가증스럽고 뻔뻔하기만 한 샤렌의 연기력과 임기응변이 반갑기만 한 것이다.

프리실라와 이오나의 증언, 그리고 샤렌의 말이 합쳐지자 더 이상 의심할 바가 없어졌다. 샤렌이라는 청년은 열혈의 충정을 가진 애국투사가 분명했던 것이다.

"그런 가정환경에서 애국심을 키우기란 쉽지 않았을 텐데……!"

로베른도 감동을 한 표정이었다.

샤렌 일행을 향해 겨눠졌던 검의 끝이 아래로 향해졌다. 더 이상 이들을 경계할 필요가 없다는 뜻이었다.

"우연이지만 이렇게 만나게 되어 반갑네. 난 로베른 베이일세."

로베른이 샤렌을 향해 손을 내밀었다.

"아! 공작 각하! 이렇게 만나뵙게 되어 영광입니다."

샤렌은 로베른의 손을 마주 잡았다. 한껏 목을 조여왔던 죽음의 그림자가 저 멀리 떠나는 게 보였다.

"이들은······?"

"제 친구들입니다. 아까 말씀드린 대로 이시스와 드리튼이죠."

"이시스 달튼입니다. 평소에도 존경해 오던 분을 뵙게 되어 정말 영광입니다."

이시스가 재빨리 로베른의 손을 잡고 위아래로 크게 흔들었다. 이 악수가 자신의 구명줄임을 잘 알고 있는 것이다. 예정에도 없이 샤렌의 동료로서 저항군인 척해야 하는 상황이지만 죽는 것보다는 수천 배 나았다.

"드리튼 데이슨입니다."

드리튼까지 로베른 공작과 악수를 마치자 긴장감은 모두 사라졌다. 로베른 공작의 우측에 선 남자만 표정을 굳혔을 뿐, 사람들은 새로운 동료가 생겼다 여기며 샤렌 일행을 진심으로 환영했다.

그런 광경을 보며 이오나는 입가에 묘한 웃음을 흘렸다.

급박한 상황이 그렇게 종결되는가 싶을 때였다.

"잠깐!"

로베른 우측의 사내가 한마디 외침으로 달뜬 분위기를 깼다.

"샤렌 크라슈! 저자는 어린 시절 저항군에게 납치를 당한 적이 있습니다. 그런 자가 과연 저희와 함께하려 할까요?"

"······!"

사내의 말은 한순간 분위기를 뒤엎었다.

크라슈 가의 납치 사건은 비록 오래된 일이지만 온 나라를 떠들썩하게 만든 사건이었다. 따라서 이 자리에 있는 대부분은 그 사건을 기억하고 있었다.

지금껏 달아올랐던 환영의 시선이 다시금 의심과 경계의 시선으로 바뀌었다. 몇몇은 검의 힐트를 쥔 손에 힘을 불어넣기까지 했다.

급변한 분위기에 이시스와 드리튼은 마른침을 삼켰다.

'제발……!'

두 사람은 샤렌이 다시 한 번 기지를 발휘해 주길 바랐다. 그것만이 이 폐공장에서 두 다리로 멀쩡히 걸어나갈 수 있는 유일한 길이기 때문이다. 두 사람의 말아 쥔 주먹에서는 땀이 절로 솟았다.

샤렌은 잠시간 침묵했다. 침묵 속에 그의 얼굴이 달아오른다. 얼굴이 붉어지는 것이다.

납치 사실을 거론한 사내의 입매에 미소가 걸렸다. 자신의 발언이 정곡을 찔렀음을 확신하는 것이다. 샤렌이란 자가 얼굴을 붉힌 것은 그 탓이라 여겼다.

"사실……."

드디어 샤렌이 입을 열었다. 어딘가 처연한 느낌이 드는 목소리로 말문을 연 것이다.

"제가 어렸던 시절에는 저항군을 무던히도 원망했었습니

다. 병약하셨던 모친께서 그 고초를 겪으신 뒤 반년도 안 되어 돌아가셨으니까요. 철없던 제게 그 모든 책임은 저항군에 있는 것만 같았습니다.”

“샤렌!”

당황한 이시스가 낮은 목소리로 샤렌을 불렀다. 절대 저항군에 감정이 없다고 우겨도 될까 말까 한 상황이었다.

한데 저렇게 속내를 털어놓으면 섶을 지고 불에 뛰어드는 것에 다르지 않은 것이다.

샤렌은 그런 이시스의 반응에 개의치 않고 자신의 말을 이어갔다.

“하지만 어머님께서 임종을 앞두고 말씀하셨습니다. ‘원망하지 마라! 그 일로 누구든 원망해서는 안 된다’ 라고 말입니다.”

“아!”

“그런 일이······!”

몇몇이 샤렌의 말에 반응을 보였다. 죽음 앞에서 모든 이를 용서하는 어머니의 뜻이 숭고했기 때문이다.

더구나 샤렌의 두 눈은 충혈되어 있었고, 당장이라도 눈물이 뚝뚝 떨어질 것만 같았다. 돌아가신 어머니를 그리워하는 그의 처연한 얼굴은 사람들에게 가슴 뭉클한 감상을 불러일으키기에 충분했다.

한순간 동요하는 사람들에게 로베른 공작 우측의 사내가

일침을 가했다.

"흥! 그 말 한마디에 어머니의 죽음에 책임이 있던 자들을 용서했단 말인가? 아니, 용서할 뿐만 아니라 오히려 그들과 함께 독립투쟁을 한다는 게 말이 된다고 생각하나?"

"당신의 말이 맞습니다. 그것만으로는 부족하지요."

샤렌은 가라앉아 끓는 목소리를 냈다. 눈물을 억지로 삼키느라 버겁게 느껴지는 음성이었다.

"어머니께서 말씀하셨습니다. 동족끼리, 동포끼리 서로에게 상처를 입히는 건 이 시대가 가져온 아픔이라고! 애초 에 슬란이 트라시아의 지배하에 있지 않았다면 이런 일은 벌어지지도 않았을 거라는 말씀이신 겁니다. 저희를 납치한 저항군이 저와 어머니 개인에게 무슨 감정이 있었겠습니까? 잃어버린 나라를 되찾기 위해 피치 못할 선택을 한 그들이 더 가슴 아팠을 것입니다."

'잘한다, 샤렌! 조금만 더!'

이시스와 드리튼은 내심 샤렌을 죽어라 응원했다. 발군이랄 수 있는 샤렌의 연기는 많은 사람들을 감동시키고 있었다.

본래 대성통곡보다 감정을 억지로 억누르는 것이 더 많은 감동을 일으킨다. 그런 면에서 울먹이면서도 태연을 가장한 목소리와 눈물을 참기 위해 연신 눈을 깜빡이는 모습은 진정 일품이랄 수 있었다.

"그렇다고는 해도 만약 어머니의 유언뿐이었다면 저는 여전히 저항군을 원망했을 것입니다. 어린 제게 애국이니 매국이니 하는 개념은 와 닿지 않았기 때문입니다. 하지만 저는…한 가지만은 분명히 알고 있었습니다."

샤렌은 잠시 말을 끊었다.

모두의 시선이 자신에게 향해 있고, 다음 말을 기다리고 있음을 확신한 후에야 그는 입을 열었다. 응축된 에너지를 한껏 담은 발언이 시작된 것이다.

"그것은 바로 어머니와 제 몸값 지급을 못하게 가로막은 자가 누구인가 하는 것입니다!"

"……!"

그의 말을 못 알아들을 자는 아무도 없었다.

크라슈 가의 재력은 막강하다. 저항군이 엄청난 금액을 요구했다 해도 지불하면 그뿐이다. 그 정도의 액수에 흔들릴 케신 철강이 아닌 것이다.

하지만 결과는 그렇지 않았다. 크라슈 가는 끝내 몸값 지급을 거절했다. 트라시아의, 아니, 황제의 명령 때문이었다.

그로 인해 샤렌은 어머니를 잃었다.

슬픔 속에서 그는 원망의 대상을 찾아야 했을 것이다. 나이 어린 샤렌에게 이것은 논리의 문제도 아니요, 이념의 문제도 아니었다. 누가 옳았고, 누가 더 큰 책임이 있는가에 대한 정리보다 즉각적으로 떠오른 원인 제공자에게 원망과 분노가 집중되는 것이다.

만약 샤렌의 부친이 몸값을 지급했다면 최악의 상황은 모면했을 터.

부친에게 모든 죗값을 떠넘길 수 없는 상황이니만큼 샤렌의 분노가 트라시아를 향할 가능성은 충분했다.

'샤렌, 정말이지… 너의 혓바닥은 최고야! 1,000만 골드로도 살 수 없는 보물이라고!'

샤렌이 해냈다고 여기는 이시스의 내심과 달리 샤렌은 부족하다고 생각했다.

'아직이야! 아직은 약해!'

트라시아를 향한 원망에 대한 논리가 취약했다. 저들에게 있어서는 자신이 선택할 수 있는 여러 가지 가능성의 하나만을 인정하게 할 수 있을 뿐이다. 그 정도로는 저들에게 정체가 드러나고 목숨까지 걸 위험을 감내할 만큼의 결정을 내리게 할 수 없다.

차라리 자신들을 죽이고 마는 게 훨씬 안전하리라.

특히 로베른의 옆에 서 있는 사내가 문제였다.

그는 만만치 않다.

방금 전의 발언을 고스란히 받아들일 리가 없다. 자신이 말한 가능성보다 저항군과 트라시아 양측을 다 원망하는 쪽이 더 가능성이 높다는 것을 지적하고도 남을 인물이다.

그로 인해 샤렌은 결정적인 한 수가 더 필요하다는 것을 느꼈다.

본능적인 느낌이었다.

이는 여자를 유혹하며 체득한 감각이랄 수 있었다. 여인을 품 안에 안기게 하고 스스로 입술을 벌리게 하는 것은 언제나 최후의 한 수다. 어려운 상대를 만날수록 마음을 움직이는 이 한 수가 중요했던 것이다.

"여러분이 저희를 믿지 못하는 것은 충분히 이해합니다. 지난 수십 년간 그 얼마나 많은 배신과 밀고에 시달리셨겠습니까? 그런데 난데없이 나타난 자를 믿는다는 건 불가능한 일이겠지요. 좋습니다."

샤렌이 저들 모두가 공감할 수 있는 이야기를 꺼낸 것은 히든카드를 위한 포석이었다. 사람이란 의외로 단순해 앞에서의 공감이 뒤에 나오는 말에까지 연결되는 경우가 많다. 샤렌이 노리는 바가 바로 그 점이었다.

성공적인 포석 이후 샤렌은 붉은 눈에 힘을 주고 단호하면서도 결연한 표정으로 최후의 카드를 내밀었다.

"만약 '도저히' 믿지 못하겠다면 이 자리에서 저희를 죽이십시오! 저와 친구들은 저승에서나마 에슬란의 해방을 응원하겠습니다!"

조금도 흔들림 없는 시선으로 로베른 공작을 바라보며 샤렌이 말했다. 침착하고 차분한 어조였지만 그 안에 담겨진 엄청난 에너지는 로베른뿐 아니라 복도의 전원이 느낄 수 있었다. 그것은 진심을 주장하는 자의 힘이었다.

나를 죽여라.

비록 여기서 죽는다 해도 에슬란의 해방을 응원하겠다.

이와 같은 샤렌의 발언은 논리적 설득이라기보다는 사람의 감성을 자극하기 위한 내용이랄 수 있었다.

감정의 동요.

그것이야말로 여자의 마음을 움직이며 샤렌이 체득한 비장의 한 수인 것이다.

그는 최선을 다했다.

이제 남은 것은 상대의 반응뿐.

긴장된 심정이야 주체할 수 없었지만 샤렌은 끊임없이 스스로에게 되뇌었다.

나는 진심을 말했다.

내게 있는 진실은 오직 이것뿐이다!

그렇게 샤렌은 내심 외치고 또 외쳤다.

이는 샤렌이 여자들에게 멘트를 날릴 때 사용하던 방법이었다.

여자의 동물적 관찰력이란 늘 남자의 상상을 초월한다.

고대로부터 남자는 사냥을 위해 하나의 대상을 정확히 볼 수 있어야만 했다. 사냥감을 쫓기 위해서다.

반면 여자에게는 넓은 시야가 필요했다. 자신과 아이들을 보호하기 위해 주변을 경계해야 하기 때문이다.

시야뿐만이 아니다. 사위를 경계하면서도 아이들을 보살

펴야 하는 여자들은 동시에 많은 감각기관의 정보를 받아들일 수 있었다.

따라서 한 부분만을 보며 집중하는 남자와 달리 여자들은 넓은 시야와 다양한 감각에서 취득한 정보를 빠르게 분석한다.

그와 같은 능력은 남자들이 거짓말을 할 때 무의식적으로 보이는 행동을 정확히 포착해 낸다. 목소리의 변화, 눈동자의 움직임, 손가락이나 동작의 변화 등등을 통해 남자의 말에 담긴 진위를 가려내는 것이다.

남자들이 흔히 여자의 육감이 발달했다고 여기는 것은 이런 이유에서였다. 자신들이 드러낸 무의식적인 징후는 의식하지 못하고 여자들에게는 특별한 능력이 있다고 여기는 것이다.

그와 같이 관찰력이 뛰어난 여자들을 속이기 위한 방법은 한 가지다.

어떤 말이든 진심이라고 스스로 믿는 방법뿐이다. 본인 스스로까지 속고 있는 상황이라면 아무리 섬세한 여자라도 진실과 거짓을 밝혀낼 수 없다. 거짓말을 하는 동안 나타나는 징후가 없기 때문이다.

지금 샤렌은 평소 단련해 온 그 방법을 사용하고 있는 것이다.

그리고 샤렌의 필살기는 효과를 드러냈다.

저항군 중 누구도 그가 거짓말을 하고 있다고 생각지 않은 것이다.

로베른 공작은 상기된 표정으로 한 걸음을 성큼 나섰다.

손을 들어 올린 그가 샤렌의 어깨를 두들긴다.

"자네처럼 죽음을 두려워하지 않는 자가 거짓말을 할 리 없지. 쉽지 않은 상황 속에서 사리에 맞는 결론을 내렸군. 정말이지, 자넨 훌륭한 청년일세."

상황의 종결을 알리는 한마디였다. 저항군의 수장인 로베른 공작이 이렇게 나선 이상 이견이 있을 수 없는 것이다.

'멋지다, 샤렌!'

'사, 살았다!'

이시스와 드리튼은 안도의 한숨을 쉬었다.

프리실라는 소매로 눈을 훔치는 중이었다. 어머니의 죽음으로 인한 슬픔과 분노를 애국과 충정으로 승화시킨 샤렌에게 감동했기 때문이다.

"천만의 말씀입니다. 에슬란의 국민이라면 당연한 일이지요."

끝까지 한마디 던지는 것을 잊지 않는 샤렌이었다.

Chapter 7

"**하**아!"

골목을 돌자마자 깊은 곳에서 쏟아진 숨결이 땅에까지 닿는다. 그야말로 사지에서 생환했기에 절로 튀어나온 한숨이다.

샤렌은 그저 미소를 지을 뿐이었다. 방금 전의 상황은 그에게 있어서 또 하나의 승부였다. 저들을 완벽히 속였으니 그는 승부에서 이긴 셈이었다.

목숨을 걸었기에 외려 숨 막히는 긴장감이 감돌았던 승부.

샤렌은 그와 같은 승부에서 이긴 짜릿한 쾌감을 만끽하는 것이다.

반면 드리튼과 이시스는 아예 땅바닥에 털썩 주저앉고 말았다. 두 사람이 한 일이라고는 주먹을 꼭 쥐고 내심으로 한 응원뿐이었지만 떨리는 심정은 비할 바가 없었던 것이다.

"난… 이번엔 정말 죽었구나 생각했다."

이시스의 맥 빠진 소리였다. 풀린 눈은 아직도 자신이 살아 있음을 실감하지 못하는 듯했다.

"그러게. 샤렌의 실감나는 연기가 아니었으면 우릴 절대 내버려 두지 않았을걸!"

드리튼의 말에 이시스가 샤렌을 올려다봤다.

"너! 정말 최고였다! 레비크, 아니, 대륙 역사상 최고의 연기였어!"

엄지손가락을 곧추세우며 샤렌을 띄우는 이시스였다. 평소 샤렌을 인정하는 데 박한 그였지만 지금은 다르다. 지금껏 숨을 쉴 수 있는 것은 모두가 샤렌의 연기 덕이기 때문이다.

"맞아! 난 무서워서 숨도 못 쉬겠더만… 땀 한 방울 흘리지 않고 그런 연기를 해내다니. 정말 대단하다, 대단해!"

드리튼이 열심히 맞장구를 쳤다. 이제는 정말 살았다는 생각에 점차 활기를 되찾아가는 것이다.

"그러게. 난 저 자식이 화날 때 눈 돌아가는 건 알았지만 저렇게나 대담한 줄 미처 몰랐어. 목에 칼이 닿아 있는데 줄줄이 '썰' 을 풀다니 말이야!"

평소와는 달리 침을 튀겨가며 자신을 칭찬하는 이시스를

보며 샤렌이 피식 웃음을 터뜨렸다.

"대담 좋아하네. 나도 엄청 떨었다고."

"그게 떤 거야? 눈 하나 깜빡 안 한 것 같은데?"

"난 경험이 있잖아. 목에 칼을 대본 경험 말이야. 덕분에 좀 더 버틴 것뿐이야."

어릴 때의 이야기였다.

사실 목에 시퍼런 칼날이 닿아 있는데 태연할 사람은 거의 없다. 머릿속으로 상상할 때와 차가운 블레이드가 목을 겨눌 때와는 완연히 다른 것이다.

그럼에도 샤렌이 버틸 수 있었던 건 경험 때문이다. 상처가 된 어린 시절의 경험이 오늘날 그를 죽음의 그림자에서 벗어나게 한 것이다.

"말이 쉽지. 그게 한 번 경험했다고 될 일이냐?"

"그럼, 그럼. 대단한 거지, 대단한 거야. 난 백 번을 경험해도 백 번 다 떨었을 거야, 아마!"

드리튼의 칭찬을 이시스가 거들었다.

"여하튼 거기서 어머니 유언을 지어내다니! 네 잔머리에 정말 감탄했다, 정말! 어머니 이야기라면 사람들이 감동을 먹지 않을 수 없으니까 말이야."

덧붙여진 이시스의 말에 입가에 걸려 있던 샤렌의 미소가 씁쓸해진다.

"그거… 거짓말한 게 아냐."

"응? 어머니 유언은 언제나 너 자신을 소중히 하라는 거 아니었어?"

"그 직전에 하신 말씀이야."

누구든 원망해서는 안 된다는 어머니의 유언은 거짓이 아니었다.

사실 그와 같은 유언에는 앞으로 살아갈 자신에 대한 어머니의 염려가 담겨 있었다.

기본적으로 시대의 아픔을 말씀하신 건 사실상 트라시아나 저항군보다는 아버지를 염두에 두고 한 말일 것이다. 몸값 지불을 거절한 아버지를 자신이 원망하지 않기를 바랐으리라.

더불어 어머니는 자신이 장성한 후 섣부른 행동을 할 것까지 걱정하셨음이 틀림없었다.

트라시아든 저항군이든 어머니의 죽음에 책임을 묻고자 한다면 반드시 목숨을 걸어야 할 터.

어머니는 자신이 위험에 처하는 것을 원치 않았던 것이다.

"그, 그랬구나. 난 또 네가 지어낸 말인 줄만 알았지. 너희 어머니께 감사해야겠다. 어머니의 말씀 덕분에 살았으니까 말이야."

이시스가 미안한 표정으로 자신의 말을 수습했다.

"그나저나 일단 위기는 모면했는데… 앞으로가 문제네. 이걸 어쩌지?"

어느덧 현실 감각을 되찾은 드리튼이 말했다.

당장 죽을 뻔한 위기에서는 벗어났지만 문제가 끝난 건 아니었다. 저들에게 지금까지 독립투쟁을 해온 것처럼 행세했으니 앞으로가 더 큰 문제였다. 잘못하다가는 엉뚱하게 반란군과 휩쓸려 다녀야 할 판인 것이다.

"신고는 힘들겠지? 그 자식 때문에?"

이시스도 울상을 지었다. 샤렌의 말에 계속해 의문을 제기하던 자가 문제였다. 로베른의 우측에 서 있던 그는 건물을 나서는 샤렌 일행에게 경고했다. 조금이라도 수상한 눈치가 보이면 본인은 물론 가족들까지 몰살시키겠다고.

"방법이 없는 건 아니지."

드리튼의 말에 이시스가 눈을 동그랗게 떴다. 둔해 보이는 드리튼이 사실상 여우 같은 본모습을 가졌다는 것을 알고 있다. 따라서 그가 떠올린 방법에 기대를 거는 것이다.

드리튼은 대답 대신 턱짓을 했다. 샤렌을 가리키는 동작이었다.

"……?"

이시스는 샤렌이 방법이라는 드리튼의 동작을 쉽사리 이해하지 못했다.

"케이온 형님!"

샤렌과 케이온은 형제다. 감시하에 있더라도 자연스럽게 접촉이 가능하다. 가족이니까 둘의 만남에 문제를 제기할 수는 없는 것이다.

"오!"

감탄사와 함께하는 이시스의 기대 어린 시선에 샤렌은 고개를 좌우로 저었다.

"안 해!"

"샤렌!"

"두 번 말하게 하지 마! 안 해! 트라시아든 반란군이든 어느 쪽에도 도움이 되는 일을 하고 싶은 마음 없으니까!"

샤렌은 단호했다.

"그럼 우린 어떻게 하라고? 이대로라면 우린 반란군하고 한 배를 타야 한다고!"

이시스가 발이라도 동동 구를 기세였다.

"요첸이라고 했던가? 계속 시비 걸던 그 자식? 하여튼 그 자식이 우릴 못 믿으니 당장 무슨 일이 생기진 않을 거야. 우린 그저 평소대로 살면 된다고."

"그러다가 진짜 반역과 관련된 어떤 일을 턱하니 맡겨오면?"

샤렌의 말에 분명 일리가 있지만 그것만으로는 안심이 되지 않는 이시스였다.

"미리 걱정한들 무슨 소용 있겠나? 그건 그때 가서 생각하자고."

샤렌이 별일 아니라는 듯 말했다.

그 태연한 표정에 이시스가 인상을 썼다.

"그때까지 등에 기름통을 얹고 불가에 앉은 기분으로 살아가라고? 언제 불똥이 튀면 펑! 하고 터질지도 모른다는 불안감 속에서?"

이시스가 언성을 높이자 드리튼이 나섰다.

"샤렌, 혹시… 무슨 방법이라도 생각해 둔 게 있는 거야?"

"아니. 내가 무슨 천재냐, 필요할 때마다 묘책을 번쩍번쩍 내놓게?"

샤렌의 시큰둥한 대답이었다.

그 대답에 질문한 드리튼보다 이시스의 얼굴에 더 큰 실망감이 깃들었다.

"일단… 샤렌 말대로 시간이 있을 테니까 이 문제는 좀 더 생각해 보자. 그 사람들이 아무리 생각이 없어도 우리 같은 놈들에게 무슨 큰일이라도 맡기겠어?"

드리튼이 애써 상황을 좋은 쪽으로 생각하려 노력했다.

"난 그 문제보다 그 여자가 더 마음에 걸려."

샤렌이 불쑥 내뱉은 말이었다.

"그 여자? 프리실라 말하는 거야?"

"아니, 우리가 내기 건 그 여자 말이야."

"참! 그 여자의 증언이 한몫했었지! 근데… 그게 왜 신경 쓰여? 이렇다 할 정보도 얻기 전에 미리 얼굴이 알려져서?"

이시스는 어이없는 표정을 지었다. 지금 이 상황에서까지 여자 문제를 고민하고 있다고 생각한 것이다.

"그게 아니고! 그 여자, 어제 도트문 스트리트에서 있었던 일을 처음부터 끝까지 지켜봤단 말이야. 다시 말해 너희가 반란군을 들먹이며 나를 말렸고, 그 말을 들은 내가 화를 삭이는 모습도 봤다는 이야기지. 그 정도라면 내가 반란군 측에 감정이 좋지 않다는 걸 충분히 유추할 수 있지 않겠어?"

"헛! 그러고 보니 그러네!"

만약 아까 그 자리에서 그녀가 의문을 제기했다면?

생각만 해도 끔찍한 상황이 벌어졌을 것이다. 드리튼은 저도 모르게 몸을 부르르 떨었다.

"왜 그녀가 우릴 도운 건지 이유를 당최 알 수가 없단 말이지."

"흠, 너 혹시 우리도 모르는 새에 작업을 걸었던 것 아냐?"

"아니."

드리튼의 질문을 샤렌은 간단히 부정했다.

"아무래도 저항군이 아니라 협상을 하러 온 자와 일행인 것 같은데……."

이시스도 샤렌이 제기한 의문에 막 동참하려는 그때였다.

"그렇게까지 깊이 생각할 필요없어."

난데없는 목소리가 끼어들었다.

제자리에서 벌떡 일어서는 이시스와 드리튼의 안색이 새파래진다. 방금 전 대화는 누구도 들어서는 안 되는 내용이었던 것이다.

놀란 눈으로 나타난 자를 살핀 두 사람의 눈이 더욱 커진다. 예상치 못했던 인물의 등장이었기 때문이다.

골목을 돌아서 모습을 드러낸 사람은 방금 전까지 자신들이 도마에 올려놓았던 그 여자였던 것이다.

샤렌도 짧은 순간 의외의 상황에 놀라는 표정을 지었으나 곧 원래의 신색을 회복했다.

그리고는 정중한 어조로 말을 시작했다.

"아까 전… 도와주신 데 대해 감사드립니다. 안 그래도 찾아뵙고 인사를 드리러 했는데 마침 이렇게 만나게 되는군요."

"별달리 그대를 도운 기억은 없는데? 없는 말을 지어낸 것도 아니잖아."

여자는 나른하면서도 묘한 높낮이를 가진 어조로 말을 했다. 그 때문인지 고혹적인 느낌이 물씬 풍겨 반말을 하고 있다는 사실조차 인식하기 어려울 정도였다.

"하지만……."

"뭐, 전체가 아닌 일부만 이야기한 게 도움이 되었다는 건가?"

여인이 피식 웃었다. 단지 웃었을 뿐인데 골목 안이 환해지는 느낌이었다.

그 황홀한 미소에 드리튼과 이시스의 벌어진 입이 다물릴

줄 몰랐다. 현재의 상황을 잊기에 충분할 정도로 아름다운 미소였던 것이다.

"큰 도움이었죠. 덕분에 목숨을 건질 수 있었으니까요. 사실… 저희로서는 그렇게 말씀해 주신 이유가 궁금합니다."

"뭐, 별다른 이유는 없어. 그대에게 뭔가 물어보고 싶은 게 있었을 뿐이니까."

여인은 긴 손가락으로 삼단 같은 머리카락을 쓸어 올렸다.

"물어보고 싶은 것?"

여인은 고개를 한 번 끄덕인 후 붉은 입술을 열었다.

"응. 죽어버리면 물을 수가 없잖아. 그래서 말의 앞뒤를 자른 것뿐이야."

"대체 어떤 질문이기에 그런 위험을 감수하신 겁니까?"

"위험?"

여인이 고개를 갸웃거렸다.

"저희로 인해 밀담의 내용이 유출되거나 저항군의 신분이 알려지면……."

"아, 아!"

여인은 손을 내밀어 샤렌의 말을 막았다.

그녀는 고운 미간을 살짝 찌푸리며 말한다.

"밀담이니 저항군이니 하는 거 난 관심없어. 그리고 설령 그대가 오늘 본 일을 여기저기 떠벌리고 다닌다고 해도 나 자신이 위험해질 일은 없고 말이야."

샤렌의 눈동자는 말을 마치는 여인의 동작을 놓치지 않는다. 스스로 위험해질 일이 없다고 말하는 그녀의 손은 어느새 검의 힐트에 얹어져 있었다.

이에 샤렌은 확신했다.

다소 오연하다 싶을 정도인 그녀의 표정과 여유.

또한 어떤 위기감도 찾기 힘든 그녀의 어조는 분명 성국 홀라덴의 비호를 믿는 게 아니었다.

샤렌의 판단에 있어서 그것은 자신감의 표출이다. 가진바 실력에 대한 확신인 것이다.

'이 여자, 대체 얼마만큼 강한 걸까? 이 정도의 일을 대수롭게 여기지 않을 정도라면……?'

샤렌이 의아해하는 동안 여인이 말을 한다.

"본론으로 들어가지. 그대에게 형이 있다고 들었는데 몇이나 되지?"

뜬금없는 질문이었다.

하지만 샤렌은 성심껏 대답한다. 일단 그녀에게는 빚이 있기 때문이다.

"하나뿐입니다."

"하나? 트라시아의 관리라던 그 사람 말인가?"

여인의 미간에 다시 한 번 주름이 잡힌다. 얼굴에 실망의 기색이 스쳐 간다.

"네. 총독부에서 근무합니다."

“흐음……!”

여인은 팔짱을 꼈다.

그리고는 혼잣말처럼 중얼거린다.

“어제 봤을 때는 눈빛과 분위기가 굉장히 흡사하다고 여겼는데…….”

“네?”

여인의 말을 명확히 듣지 못한 샤렌이 물었다.

“아니, 신경 쓸 거 없어. 그리고 한 가지만 더 물을게.”

샤렌은 묵묵히 여인의 질문을 기다렸다.

“혹시… 형이 마법을 배웠다는 이야기를 들은 적 있어?”

“네?”

샤렌은 어처구니없는 표정을 지었다.

여인은 그런 샤렌의 반응을 놓치지 않았다.

“역시… 그럴 리는 없겠지? 트라시아의 관리니까 말이야.”

당연한 이야기라고 샤렌은 생각했다.

그런 샤렌의 표정을 읽은 여인은 스스로 답을 찾아냈다.

“대답해 줘서 고마워. 이걸로 아까 전 계산은 끝난 걸로 하지.”

볼일을 다 봤다는 듯 몸을 돌리려 하는 여자였다.

평소 샤렌은 감정 동요의 폭이 작다. 어지간한 일에는 놀라지도 않는다. 스스로는 게으른 탓이라 말한다. 게으르기에 호들갑을 떠는 게 귀찮다는 것이다.

그런 샤렌이건만 여인의 행동은 가히 충격적이었다. 저항군 전체를 위험에 노출시키고, 엄청난 밀담이 유출될 가능성을 만드는 데 일조한 그녀였다. 그 이유가 고작 방금 전의 질문이라는 것을 이해하기 힘들었던 것이다.

"저기요!"

"……?"

막 몸을 돌리려던 여인을 샤렌이 멈춰 세웠다.

그가 묻는다.

"당신… 이름이 뭐죠?"

그녀의 행동에 대한 이해는 둘째다. 이렇게 인연을 맺게 된 것은 그녀와 가까워질 수 있는 계기랄 수 있다. 샤렌은 그 기회를 놓치고 싶지 않았다.

"이름?"

"계산이 끝났다… 라는 건 그쪽 생각일 뿐입니다. 빚을 진 제 생각에는 아직 부족하니까요."

"후훗! 이름을 기억하고, 훗날 보상을 하겠다 이건가? 하지만 보상은 그 대답으로 충분하다고 말했잖아."

이름을 말해줄 필요를 못 느끼는 여인이었다.

샤렌의 눈이 은밀하게 빛을 발했다.

"혹시… 신분을 감춰야 할 상황이기에 이름을 밝히지 못하는 것이라면 더 이상 묻지 않겠습니다. 은인을 위험에 처하게 할 수는 없으니까요."

샤렌의 말에 여인의 눈썹 한쪽이 살짝 들렸다.

"흥! 이 대륙에 내가 이름을 말하지 못할 정도의 위험이 있다고 생각하는 건가?"

여인에게서 느껴지던 지금까지의 권태와 여유가 희미해졌다.

그와 같은 반응에 샤렌은 내심 만족스러운 웃음을 터뜨렸다. 생각했던 이상으로 강한 자존심과 호승심을 가진 여인이었다. 분명 어떤 일이 벌어져도 위험하지 않다고 말했는데 위험에 대한 배려를 해준다니 외려 발끈하고 나선 것이다.

"원한다면 알려주지. 내 이름은 이오나! 이오나 네이야!"

"……!"

그녀가 스스로 밝힌 이름에 드리튼과 이시스는 입을 떡하니 벌렸다.

더불어 얼굴색이 변하기 시작했다.

이오나 네이.

성국 홀라덴의 사대성위 중 한 명이며 대륙 최강자를 거론할 때 빠지지 않는 이름이다.

전설처럼 회자되는 엄청난 인물이 눈앞에 있으니 두 사람은 기함을 하지 않을 수 없었다.

더구나 저 이오나 네이를 두고 내기를 해버렸다는 것에 지레 찔리는 드리튼과 이시스였다.

만약 내기에 대한 내용이 알려지면 자신들은 이 세상에 존재했다는 흔적조차 남지 않을 것이 분명했다.

"이제… 됐나?"

스스로 잠시 흥분했다는 것을 깨달은 이오나는 한 템포를 건너뛰어 물었다.

"아직 한 가지가 남았습니다."

"한 가지가 남았다고?"

이오나가 고개를 갸웃거린다.

됐냐고 묻긴 했지만 실제 질문은 아니었다. 이름을 말해줬으니 이제 자리를 끝내자는 말일 뿐이었다.

한데 사내가 자신을 붙잡고 나선다. 그녀로서는 이 남자와 더 이상 남아 있을 문제가 무엇인지 알 수 없었던 것이다.

"우리에게 큰 도움을 주신 것은 잘 알고 있습니다. 질문에 대한 답변만으로 보상은 충분하다 하시니 그것도 받아들이겠습니다. 그러고 나니 문제가 하나 남는군요."

"무슨 문제가 남았다는 거야?"

이오나는 초승달처럼 휘어진 눈썹을 상큼 치켜 올렸다. 자꾸만 쓸데없이 말을 주고받는 것에 슬슬 짜증이 치미는 것이다.

그런 이오나를 정면으로 마주 보며 샤렌이 입을 열었다.

"아까부터 왜 계속 반말을 하는 겁니까?"

"샤, 샤렌!"

"야, 야! 너 지금 무슨 소릴 하는 거야?"

드리튼이 눈을 동그랗게 뜬 채 놀라 외치고, 이시스가 새파랗게 질린 안색으로 샤렌을 나무랐다. 그들의 눈에는 샤렌이 방금 전 빠져나온 사지에 다시 기어들어 가는 것으로 보인 것이다.

이시스는 재빨리 이오나에게 웃음을 내보이며 샤렌을 대신해 변명을 시작했다.

"아하핫, 저기… 이오나님, 얘가 지금 좀 정신이 없……."

하지만 이오나는 그의 변명을 들을 생각이 전혀 없었다.

"억울하면 그대도 반말을 하지 그랬어!"

말을 마친 이오나는 휙하니 몸을 돌려 버렸다. 볼일을 다 봤으니 더 이상 쓸데없는 대화를 나누고 싶지 않다는 뜻이었다.

하지만 그녀는 채 한 걸음을 옮길 수 없었다.

귓가에 들려온 한마디 말 때문이었다.

"앞으로는 그렇게 하지!"

우뚝.

내딛던 걸음을 멈추고 앞으로 기울었던 중심을 되돌렸다.

스윽.

천천히 고개를 돌린다.

그곳에는 적발화안(赤髮火眼)이라 불릴 수 있는 특징적인 머리카락과 눈을 가진 한 사내와 그 사내를 찢어질 듯 부릅뜬 두 눈으로 바라보는 두 명이 있었다. 사내를 바라보는 두 사람의 눈에 담긴 것은 불신이다. 그리고 의구심이다.

마치 방금 전 자신들이 들은 말이 환청이길 바라는 것만 같은 표정이다. 두 귀로 똑똑히 듣고도 믿지 못하는 것 같다. 그만큼 부정하고픈 것이다.

당연한 일이다.

이오나 자신도 잘못 들은 게 아닌가 싶은 정도이니까.

대륙 북부에서 감히 누가 있어 자신에게 저와 같은 말을 한단 말인가!

적발화안인 사내의 모습이 새삼 눈에 들어온다.

엄청난 말을 해놓고도 태연하다. 자신이 얼마나 위험한 발언을 한 건지 모를 리가 없다.

그럼에도 눈빛조차 흔들림이 없다.

이오나는 저와 같은 태도에 대해 두 가지 가능성을 떠올렸다.

대담하기 짝이 없거나 미쳤거나.

분명 사내는 전자에 속한 듯 보인다.

그런 모습 속에서 이오나는 다시금 그를 떠올린다.

스스로를 '염안(炎眼)의 술사(術士)'라 밝혔던 그!

대륙에서 찾아볼 수 없는 붉은 머리카락과 붉은 두 눈이 눈앞의 사내와 너무도 흡사했다. 복면 위로 드러났던 그의 눈매와는 차이가 있지만 지금 사내가 보이는 기세와 분위기마저 비슷해 보였다.

하지만 그저 닮았을 뿐이다. 머리카락과 눈, 분위기나 기세가 닮았다고 해서 두 사람을 억지로 연관 지을 수는 없는 것이다.

한데도 이오나는 싱긋 웃었다.

"그대……."

그녀는 샤렌에게 시선을 고정시킨 채 말을 시작했다.

"재밌군."

샤렌이 대답을 대신해 미소를 짓는다.

이오나가 묻는다.

"이름이 뭐라고 했지? 그대의 이름을 제대로 알고 싶군."

"내 이름은 샤를로엔 크라슈! 그냥 샤렌이라고 부르면 돼."

샤렌은 당당하게 자신의 이름을 밝혔다. 대륙 최강의 여검사를 눈앞에 두었지만 조금의 위축된 모습도 찾아볼 수 없는 그였다.

Chapter 8

1

 "**큰** 문제는 없는 것 같군. 요첸, 자네가 좀 더 세심하게 살펴봐 주게."

 로베른이 마호가니 책상 위에 놓인 서류를 내밀었다.

 책상 앞에 서 있던 요첸은 흐트러짐 없는 자세로 서류를 받아 들었다. 서류는 성전에 대한 에슬란의 지원과 그 대가로 홀라덴이 약속하는 것에 대한 내용이 적혀 있는 약정서였다.

 요첸은 받아 든 서류를 옆구리에 끼워 넣은 후 입을 연다.

 "아무래도 그 청년의 일이 마음에 걸립니다."

 "그자? 아! 크라슈 가의 차남 말이군. 샤를로엔이라고 했던가?"

서류를 검토하느라 온 신경을 곤두세웠던 로베른은 뻐근해진 뒷목을 주물렀다.

"뭐가 마음에 걸린다는 거지? 내 눈에는 훌륭한 청년으로 보이던데! 혹시 아직도 자넨 그 청년이 거짓말을 했다고 생각하는 건가?"

"신경이 쓰이는 부분은 있지만 그가 거짓말을 했다는 생각은 들지 않습니다. 사실 홀라덴의 성위 기사나 아가씨의 증언만으로도 그자가 독립투쟁을 해왔다는 사실은 믿을 수 있습니다."

"그런데……? 출신 성분이 걸린다는 건가?"

로베른의 어조에 못마땅한 기색이 드러났다. 애국충정에 있어서 출신 성분이 뭐가 문제냐는 것이다.

요첸은 곧바로 고개를 저었다.

"출신 성분 때문이 아니라 그의 형 때문입니다."

"형? 총독부의 관리라던……?"

"현재 27세. 특무과의 차장인 케이온 크라슈입니다."

"27살이 차장이라고? 아! 그 친구였군. 트라시아 황민화(皇民化) 정책의 선전 도구라던……."

트라시아는 약 20여 년 전, 제국 전체에 황민화 정책을 발표했다.

이는 식민지의 백성도 황제의 백성으로 받아들이겠다는 내용이었다. 본국인과 식민지인의 차별을 없애고 균등한 기회를 제공하겠다는 것이다.

저항군 측에 있어서 이와 같은 정책은 회유와 기만의 수단일 뿐이었다. 식민지인의 성공 사례를 만들고 그것을 널리 알려 동포에게 헛된 희망을 꿈꾸게 하고자 하는 음모인 것이다.

따라서 로베른과 저항군들은 케이온의 초고속 승진 역시 정책 성공 모델 제시의 일환이라 여겼다.

"공작께서 말씀하신 대로 그가 선전 도구로 이용되고 있을 수도 있습니다. 그의 빠른 진급에 대해서는 제국에서까지 여러모로 말이 많으니까요. 몇몇 이들은 크라슈 가가 저항군에 몸값을 지불하지 않았던 보상을 지금에 와서 받는 것이라고까지 말할 정도입니다. 물론 크라슈 가의 막강한 재력을 고려하면 재정적 후원만으로도 그의 진급에 대한 설명이 가능할 것입니다. 하지만 제 생각은 조금 다릅니다."

"뭐가 다르다는 건가?"

"저는 케이온이라는 자의 능력이 진짜라고 생각합니다."

"흐음……?"

"그자의 무위까지는 알 수 없지만 최소한 정보의 처리, 분석이 무척 뛰어납니다. 특히 공작에 의해 제공된 정보의 허실을 가려내는 능력은 발군이랄 수 있습니다. 최근 10여 차례에 이른 공작이 전부 그의 손에 의해 간파되었습니다. 아군이 고작 치안대 지역국이나 습격할 수밖에 없는 원인 중 하나입니다."

남을 평가하는 데 후한 요첸이 아니다. 그가 저리 말하는 이상, 케이온이라는 인물의 능력은 대단한 것이 분명했다.

하지만 좋지 않은 환경에서 애국심을 키워왔고 죽음 앞에서 초연한 태도를 보이던 젊은 청년에 대한 호감은 쉽게 사그라지지 않았다.

로베른은 이전에 비해 신중한 표정으로 입을 열었다.

"흐음……! 그런 자의 동생인만큼 아군에서의 활약을 기대해 볼 수 있지 않겠나? 형만 한 아우가 없다지만 제 몫을 못할 정도는 아니겠지."

"쉽게 생각하실 일이 아닙니다. 케이온이라는 자의 능력을 생각하면 갓 스무 살을 넘은 동생의 수상한 행동쯤은 쉽게 간파할 수 있을 것입니다."

"……!"

"물론 동생이니만큼 직접 체포하거나 하진 않겠죠. 하지만 케이온 정도라면 역정보를 흘리거나 감시를 통한 조직 파악 등 다양한 방식으로 저희를 위협할 수 있습니다."

샤를로엔이라는 청년과 그 친구 둘로 인해 저항군 전체가 위험해질 수 있다는 이야기다.

그 이야기를 들은 이상, 로베른 역시 호감만으로 샤를로엔을 대할 수 없었다.

성전이 벌어져 일정 기간이 지나면 평생의 염원인 에슬란 독립이 이뤄진다. 성공을 목전에 두고 조직을 위태롭게 할 요소를 남겨둘 수는 없는 것이다.

"그 친구에게는 거리를 둬야겠군. 조직의 주요 정보를 차단하는 것은 물론 거사에 직접적인 동참도 막아두게."

"단순히 거리를 두기에는 너무 많은 것을 보고 들었습니다."

요첸의 말에 로베른은 인상을 썼다.

"그럼 어쩌자는 말인가? 애국충정에 불타는 청년을, 우리와 뜻을 함께하는 그를 우리 손으로 제거라도 하자는 건가?"

다소 격앙된 로베른의 어조였다.

요첸은 상기된 로베른의 얼굴을 보고도 조금도 위축되지 않았다.

"저는 그에게 곧바로 주요 임무를 주었으면 합니다."

"그게 무슨 소린가?"

지금까지의 주장에 반하는 요첸의 말에 로베른이 되물었다.

"이미 알고 계시겠지만 저희에게는 불확실하면서도 구미가 당기는 정보가 있습니다."

"불확실하면서도 구미가 당기는 정보……? 대체 뭘 말하는 건가?"

"얼마 전부터 은연중에 나도는 이야기 있잖습니까? '순정(純正) 하온'이 발견되었다는 소문 말입니다!"

"아! 그 이야기였군! 하지만 그 일은……?"

"지극히 위험하지요! 그래서 지금껏 탈취 기도를 하지 못했습니다. 적이 퍼뜨린 헛소문일지도 모를 정보에 아군을 희생시킬 수는 없으니까요."

"그러니까… 자네 말은 그 청년에게 이 임무를 맡기자는 건가?"

"트라시아의 반응을 살필 수 있는 좋은 기회입니다. 탈취가 불가능하다는 건 기정사실입니다. 하나 최소한 진위라도 파악할 수 있으면 좋은 일이고, 실패한다면……."

"그 청년이 목숨을 잃을 테니 조직은 안전해진다… 이 말인 건가?"

"그렇습니다."

요첸은 한차례 고개를 끄덕인 다음 부연 설명을 이어간다.

"저희는 정보 제공 및 사전 작업까지만 도움을 주게 될 것입니다. 즉, 실제 개입은 전무하다는 것이지요."

로베른은 마주 잡은 손에 힘을 불어넣었다. 동포이자 같은 뜻을 가진 동지인 청년이다. 그를 죽음으로 몰고 가자는 제안을 들었으니 갈등하지 않을 수 없는 것이다.

"그가 체포된다면 우리로서도 곤란하지 않나?"

"위험한 에너지와 관련된 업무는 총독부의 치안대가 아니라 군부가 다룹니다. 트라시아의 군부는 자비가 없죠. 게다가 물증이 될 만한 그 어떤 것도 남기지 않을 것입니다. 만의 하나 누군가 살아남는다 해도 트라시아에서 얻을 수 있는 건 증언밖에 없습니다."

"그 증언을 조작된 모함으로 몰고 가겠다는 뜻인가?"

"공작 각하와 저항군의 연루설은 어제오늘의 일이 아니지 않습니까? 결정적인 증거를 제시하지 못하는 한 트라시아에서도 어쩔 수 없을 것입니다."

요첸의 말은 이치에 맞았다.

뿌리 깊은 귀족가일 뿐만 아니라 수많은 크샤트린 백성에게 인망을 쌓아온 베이 가문이다. 심증과 증언만으로 체포를 한다는 것은 불가능한 일이었다. 그것이 지금까지 베이 가가 트라시아의 통치하에서도 건재할 수 있는 이유이기도 했다.

"거기에 더해 사건 직후, 베이 가의 이름으로 불미스러운 사건에 대한 성명을 발표할 예정입니다. 공존과 평화를 무시한 도발 행위에 대한 유감을 표하는 걸로 사건은 마무리 지을 수 있습니다. 그 청년과 친구들은 평소 소문이 좋지 않습니다. 결국 철부지들의 무모한 호기심 정도로 치부하겠죠."

"꼭 이렇게까지 해야 하는 건가?"

요첸이 제안한 작전에 문제가 없음은 안다.

하지만 선뜻 마음이 움직이질 않는 로베른이었다.

"에슬란의 운명이 걸린 일입니다. 사소한 인정에 휘둘려서는 대업을 치르지 못합니다. 작은 구멍 하나가 제방을 무너뜨릴 수 있음을 잘 아시지 않습니까!"

요첸의 뜻은 확고했다. 조국 해방을 위해 지금까지의 그가 바쳐 온 인생의 무게만 해도 두셋의 철부지 목숨보다 더 중요하다는 확신이 그를 가득 채우고 있는 것이다.

"안타깝지만… 선택의 여지가 없군."

로베른의 목소리는 무겁게 가라앉았다. 대의를 위한 희생이라지만 무고한 죽음을 허락하고 말았기 때문이다.

"큰일에는 희생이 필요한 법. 모든 건 대의를 위해서이니 심려를 거두십시오. 그럼 전 이만 서류를 검토하러 가겠습니다."

요첸은 허리를 깊숙이 숙여 인사를 한 후, 서재의 문을 열었다.

문 앞에는 한 명이 서 있었다.

"아가씨?"

트레이를 들고 있는 프리실라였다. 트레이 위에는 찻주전자와 찻잔이 놓여 있었다.

"버, 벌써 가는 거예요? 전 차라도 한 잔 드리려고……."

프리실라는 어딘가 모를 어색한 미소를 지으며 말했다.

"하핫! 아가씨께서 손수 내다 주신 차를 맛볼 기회를 놓치고 말았군요. 죄송하지만 중요한 업무가 있어서 빨리 가봐야 할 것 같습니다. 차는 다음 기회에 마시도록 하죠."

"아… 네."

"그럼 다음에 뵙겠습니다, 아가씨."

요첸은 예를 갖춘 후 몸을 돌렸다.

평소 날카로운 안목을 자랑하는 요첸이었다.

하지만 프리실라가 들고 온 찻주전자에서 김이 피어오르지 않고 있음은 미처 알아차리지 못했다. 공작의 영애에게 딱히 주의를 기울여야 할 이유가 없었기 때문이다.

주전자에 담긴 차가 식었다는 것.

이는 프리실라가 찻주전자를 들고 서 있은 지 꽤 오랜 시간이 지났음을 의미했다.

2

에비른 가(街)에 위치한 카페 플로랑스의 내부는 썰렁했다. 고급스러운 실내장식과 품격있는 서비스로 인해 분주하던 평소의 모습은 찾기 힘들었다.

며칠 전 다시 등장한 저항군 때문이다.

에비른 가는 서민들을 위한 도트문 스트리트와 달리 상류층에 속하는 이들이 모여드는 곳이다. 거리를 오가는 대다수가 트라시아 인이거나 귀족, 혹은 부유한 상인들이었다.

다시 말해 저항군을 위협으로 느끼는 사람들인 것이다.

백주대로에서 마법과 화살을 쏘아대고 검을 휘둘러 피를 뿌린 사건이 발생한지라 그들은 몸을 사리기에 여념이 없었다.

에비른 가 자체가 한산했으니 플로랑스 역시 고작 한 테이블의 손님밖에 받지 못한 것이다.

유일한 손님 일행은 방금 전 두 명이 늘었다. 홀로 차를 마시고 있던 붉은 머리의 청년 옆에 두 청년이 앉은 것이다.

"어제 집에 가서 곰곰이 생각해 봤는데, 샤렌."

말을 꺼낸 이시스는 두 눈이 퀭했다. 어제의 일로 밤새 잠을 설쳤음이 분명한 얼굴이었다.

"……?"

점심을 마치고 입가심으로 커피를 홀짝이던 샤렌이 이시스를 돌아봤다.

"저… 우리 내기 말이야. 그거 없던 일로 하는 게 좋지 않을까?"

"그, 그래, 샤렌. 이번 내기는 없던 걸로 하자고."

드리튼까지 나서서 이시스의 말에 동조했다.

"갑자기 왜?"

샤렌이 이해를 할 수 없다는 표정을 지었다.

"왜냐니? 그걸 몰라서 물어?"

"알면 내가 왜 물어보겠어?"

"나 참! 너도 어제 들었잖아."

거기까지 말을 마친 이시스가 언성을 낮췄다. 손님이라고는 자신들뿐임을 알면서도 조심하는 것이다.

"그 여자가 이오나 네이란 거 말이야."

"그런데?"

"아, 진짜! 어쩌다 이오나 네이에게 들이대고도 무사했다고 간이 배 밖으로 나왔냐? 세상에 그 어떤 미친놈이 홀라덴의 사대성위를 두고 그딴 내기를 하겠냐고?"

이시스는 잔뜩 목소리를 낮춘 채 답답하다는 표정을 지었다.

"그래, 샤렌. 나도 어제 그 여자에 대해 조금 알아봤는데… 성격이 완전 제멋대로래. 교황조차 컨트롤하기 힘들어할 정도라더군. 그러니까 내기는 그냥 포기하는 게 좋을 것 같아."

"싫어! 포기 안 해!"

샤렌이 단호하게 말했다.

"하아~! 이 자식, 어제 나간 정신이 아직도 안 돌아왔나 보네."

이시스가 급기야 한숨까지 내쉬었다.

"샤렌, 우리는 이미 네가 대단하다는 걸 인정했다고. 일단 이오나 네이와 반말로 통성명했다는 것만으로도 넌 정말 대단한 거니까 말이야. 내기는 우리가 진 걸로 할게. 그러니 여기서 그만 포기하자."

드리튼이 샤렌의 어깨를 두들겼다. 이제 좀 진정하라는 뜻이었다.

"그래. 나도 졌다고 인정할게. 지금 목숨이 왔다 갔다 하는 판에 200골드가 문제냐?"

이시스도 마지못해 패배를 인정하고 나섰다. 200골드를 잃게 되면 그 타격이 얼마나 큰지 그도 잘 안다.

하지만 천하의 이오나 네이를 내기의 대상으로 삼은 멍청한 행동으로 인해 목이 날아가고 싶지는 않았다.

샤렌과의 승부도, 200골드라는 거금도 장수에 차질이 생긴다면 이시스는 얼마든지 포기할 수 있었다.

"그건 너희 맘대로 해! 하지만 난 그 여자, 포기 안 해!"

"뭐라고? 야, 인마! 왜 포길 안 해? 지금 안 그래도 저항군인지 반란군인지 하는 놈들 때문에 골이 빠개지는 것 같은데, 거기에 이오나 네이까지 끌어들이겠단 말이야?"

이시스는 치미는 감정을 억누르며 언성을 낮추느라 얼굴까지 새빨개졌다.

그런 이시스를 보며 샤렌은 한쪽 입술을 당겨 웃었다.

"그러니까 더 그녀를 잡아야지."

"응? 그러니까라고?"

"그게 무슨 말이야?"

이시스와 드리튼이 동시에 물었다.

"지금 우리 입장이 어떤 상황이냐? 트라시아도 저항군도 둘 다 위협이 되는 처지잖아. 한순간의 실수에 목이 날아갈……! 맞지?"

드리튼과 이시스가 고개를 끄덕였다. 자신들이 딱 그 처지인 것이다.

"하지만 무력이 한 국가와 맞먹는다는 이오나 네이가 우리를 보호해 준다면 어떨까? 그 상황에서도 과연 트라시아나 저항군이 우릴 건드릴 수 있을까?"

"……!"

드리튼과 이시스는 입을 떡하니 벌리고는 그대로 굳어버렸다. 충격적으로 다가온 각자의 생각 때문이었다.

'대체… 이 자식 머릿속에는 뭐가 들은 걸까? 대체 어떻게 하면 저따위 사고방식이 가능한 거냐고?'

'세상에! 저 이오나 네이를 방패로 삼을 작정이라는 거야?'

잠시 멍해 있던 드리튼과 이시스가 고개를 흔들며 제정신을 되찾았다.

먼저 입을 연 것은 이시스였다.

"샤렌, 정말로 그럴 수만 있다면 좋겠지만 역시 너무 위험하다고. 자칫 잘못하다간 홀라덴까지 적으로 만들어 버릴 상황이 된단 말이야."

침착하기 위해 나름 노력한 이시스가 논리적인 의견을 내놓았다.

본래 성위 기사는 세키나 교를 수호하는 임무를 맡고 있다. 그런 성위 기사를 개인의 방패막이로 삼겠다는 데 성국에서 가만히 있을 리가 없는 것이다.

더구나 다른 사람도 아닌 이오나 네이를 그런 식으로 이용해 먹는다면 홀라덴이 발칵 뒤집히고도 남을 일이었다.

"나도 이시스의 생각이 옳은 것 같아. 트라시아나 저항군을 상대하는 것보다 더 큰 위험이라고. 게다가……."

드리튼은 잠시 멍실이며 생각을 정리했다.

어차피 내기는 무산되었다. 더 이상 감추고 있을 필요가 없는 문제였다.

더구나 상대가 이오나 네이란 걸 안 이상, 아무것도 모르는 친구를 죽음으로 내몰 수는 없는 일이었다.

결국 드리튼은 말을 이어간다.

"그녀는 자신보다 강한 남자가 아니면 관심이 없대. 네가 분석한 그대로니까 절대 그 기준이 바뀌진 않을 거야. 그러니까 헛된 일에 목숨 걸지 말자. 응?"

"자신보다 강한 남자가 아니면 관심이 없다고?"

샤렌은 붉은 두 눈을 빛냈다. 마치 재밌는 장난감을 발견한 어린아이와 같은 눈이었다.

"그래, 인마! 네가 백 번을 죽었다 깨어나 봐라. 이오나 네이보다 강해질 방법이 있겠냐? 그녀를 유혹하는 건 위험은 둘째 치고 아예 불가능한 일이니까 일찌감치 포기해!"

이시스도 노골적으로 반대 의사를 표명했다.

"후훗! 어차피 우린 목숨이 간당간당한 상황이야. 더 나빠질 게 없잖아. 그리고 아무리 강한 힘을 가졌다고 해도 상대는 여자라고! 내가 누군지 몰라?"

샤렌이 스스로의 가슴을 두들기며 자신감 넘치는 미소를 흘렸다.

평소라면 한번쯤 기대를 해볼 만한 태도였지만 드리튼도 이시스도 결코 희망을 품지 못했다. 그들에게 있어서 상대는 단순한 여자가 아니라 성국 홀라덴의 사대성위 기사 중 하나인 이오나 네이였던 것이다.

"나 샤렌이야, 샤렌 크라슈! 그러니까 걱정 붙들어 매고 이 일은 내게 맡겨."

재차 반복되는 샤렌의 자신감 넘치는 말에 이시스는 고개를 푹 숙여 버렸다.

'미쳤어! 이 자식, 제대로 미쳤다고!'

반면 드리튼의 눈에는 때아닌 의혹이 떠오른다.

'어쩌면 이 자식, 방패막이가 아니라 그저 이오나 네이를 꼬셔보고 싶다는 생각에 불타고 있을 수도…….'

유혹하기 힘든 여자일수록 강하게 집착하는 샤렌이다.

제멋대로인 성격과 막강한 무력, 게다가 가공할 배경에 되도 않는 기준까지.

이오나 네이는 샤렌의 엉뚱한 집착에 불을 지필 만한 요소를 두루 갖추고 있었다.

게다가 이오나 네이는 엄청나다고밖에 표현할 수 있는 미인이다.

얼굴은 물론 몸매나 목소리까지!

어느 하나 환상적이지 않은 부분이 없는 그녀다.

결국 이오나 네이는 지금껏 샤렌이 정복(?)한 그 어떤 여자보다 매력적인 타깃이 아닐 수 없었다.

저 샤렌이라면 목숨 따위는 개의치 않고 덤벼들 만한 도전인 것이다.

'결국… 이 꽃다운 나이에 죽어야 하는 건가?'

그렇게 드리튼이 자신의 청춘과 목숨을 포기할 때였다.

"저자가 여길 왜?"

카페 플로랑스의 입구에 들어서는 한 남자를 발견한 샤렌이 의아한 목소리를 흘렸다.

그의 목소리에 입구로 눈을 돌린 드리튼과 이시스의 얼굴이 딱딱하게 굳었다. 나타난 자의 얼굴을 알아봤기 때문이다.

자신들 쪽으로 성큼성큼 걸어오는 자는 로베른 베이 공작의 우측에 서 있던 요첸 바탈이었다.

3

카페 플로랑스를 나서는 요첸의 뒷모습을 바라보는 샤렌 일행의 안색은 어두웠다. 확실한 신뢰가 없는 한 일을 맡기려 들지 않을 거라는 예상이 완벽하게 무너진 것이다.

요첸은 폐 공장에서와는 달리 친근하면서도 정중하게 임무를 부탁해 왔다.

이에 한 발짝 뒤로 물러서 임무를 떠맡지 않으려던 샤렌의 시도는 무산되었다. 임무를 맡지 않으면 동지임을 의심할 수밖에 없다는 식으로 몰아붙이는 요첸 때문이었다.

샤렌 일행은 협박과 우격다짐에 의해 어쩔 수 없이 임무를 떠안게 된 것이다.

"아, 진짜 미치겠네! 우리가 무슨 도둑이야? 이딴 걸 어떻게 훔쳐 내라는 거야?"

이시스가 테이블 위의 달걀만 한 푸른 구슬과 두꺼운 서류철을 보며 죽을상을 지었다.

푸른 구슬은 '순정의 하온'이라는 물건의 모조품이었고, 서류는 국방연구소에 관한 자료였다. 모두 임무에 필요한 사전 지원이라며 요첸이 두고 간 것들이다.

샤렌도 좀처럼 인상을 펴지 못했다. 진퇴양난의 상황 속에서 어쩔 수 없이 떠안은 임무가 달가울 리 없는 것이다.

"아무리 생각해 봐도 시험이라고밖에는 안 여겨지는걸."

침중한 표정인 샤렌의 말이었다.

"시험?"

"그래. 이게 얼마나 값이 나가는 보석인지는 모르겠지만 이딴 걸 훔쳐 오는 일을 맡긴다는 거 웃기지 않아? 아까부터 우릴 믿는다느니 기대가 크다느니 하는 말도 신경 쓰이고 말이야."

"그러니까 일단 우리가 임무를 맡는지, 제대로 수행하는지를 살핀 후에야 신뢰하겠다, 이런 식의 테스트라고?"

샤렌이 고개를 끄덕였다.

“일리가 있네.”

드리튼도 샤렌의 말에 동의했다. 달리 해석할 여지가 없는 것이다.

“일리고 이리고 간에 우리보고 어쩌라고? 연구소를 터는 건 엄연한 범죄잖아! 현행범으로 걸리면 아무리 우리라 해도 감옥으로 직행한다고.”

이시스는 제 손으로 머리카락을 헝클어뜨리며 말했다.

“흠! 어쩔 수 없잖아. 저들이 원하는 대로 하지 않으면 우리뿐만 아니라 가족까지 위험해질 상황인데.”

“아, 진짜! 돌겠네.”

이시스는 테이블에 머리를 처박았다. 샤렌의 말대로 빼도 박도 못하는 상황인 것이다.

그때였다.

플로랑스의 입구에 얼굴이 하얗고 커다란 눈을 가진 미인이 들어섰다.

“에? 저 여자가 여긴 왜?”

여자를 제일 먼저 발견한 것은 드리튼이었다.

샤렌이 드리튼의 시선을 쫓아 고개를 돌렸다.

“프리실라?”

카페에 들어선 프리실라는 다소 상기된 표정으로 빠른 걸음을 옮겼다. 샤렌 일행 쪽을 향해서였다.

막 자리에서 일어나 그녀를 반기려는 샤렌에게 프리실라

가 다급하면서도 낮은 목소리로 말했다.

"샤를로엔님, 꼭 드릴 말씀이 있어서 찾아왔어요."

"일단 자리에 앉으시는 게……?"

"아뇨. 전 됐어요.. 제가 여기에 와 있는 게 알려지면 좋지 않은 상황이라서……."

프리실라는 카페의 입구를 한차례 살폈다.

그녀가 주위의 시선을 살피는 모습에 샤렌 일행은 절로 긴장했다. 누군가의 눈을 의식하는 모습임을 한눈에 알 수 있었기 때문이다.

"방금 전 요첸이 여러분께 맡긴 임무에 관한 이야기예요."

"당신도 그 임무에 대해 알고 있었군요."

샤렌의 말에 프리실라는 살짝 고개를 끄덕인 후 입을 연다. 여전히 상기되어 있었고 긴장된 표정인 채다.

"네. 사실 제가 알 수 있는 종류의 일이 아닌데 우연히 알게 됐어요. 중요한 건 제가 알고 모르고의 문제가 아니에요. 여러분은 절대로 그 임무를 맡으시면 안 돼요!"

"네? 저흰 이미 임무를 맡았는데요!"

너무나 뜬금없는 프리실라의 발언에 이시스가 불쑥 끼어들었다.

프리실라가 하얀 얼굴을 찌푸렸다. 벌써 수락했을 거라고는 미처 몰랐던 것이다.

'생각할 시간조차 주지 않았다는 건가?

그녀는 아랫입술을 살짝 깨물고 있다가 곧 결론을 내렸다.

"그럼… 다른 사정이나 핑계를 만드세요. 당분간 에슬란을 떠나 계시든가요. 어쨌든 그 임무를 수행하시면 안 돼요!"

"왜 그런 말씀을 하시는 거죠?"

샤렌이 프리실라를 올려다보며 부드러운 음성으로 물었다.

"그 임무는 사실 여러분…께서 감당하실 수 있을 만한 게 아니에요."

프리실라는 중간에 잠시 멈칫했다가 말을 이었다. 원래 하려던 말을 살짝 바꾼 것이다. 요첸이 표면에 나섰다지만 저항군의 수장은 그녀의 부친이다. 자신의 부친이 '여러분에게 죽으러 가라는 임무를 내렸다' 고는 말할 수 없었던 것이다.

"우리가 감당할 수 있는 일이 아니라고요?"

"그래요. 여러분은 혹시 '순정의 하온' 이 어떤 물건인지 아시나요?"

샤렌과 드리튼, 이시스는 서로 눈짓을 교환했다. 서로에게 묻는 것이다.

하지만 아는 사람은 없었다.

"역시 요첸이 말하지 않았군요."

프리실라는 자신의 예측이 틀리지 않았음을 확인했다.

"짧게 설명할게요. 순정의 하온은 마법의 위력을 수 배로 증폭시키는 보구(寶具)랄 수 있어요."

"한낱 구슬 따위가 마법의 위력을 증가시킨다고요?"

이시스가 납득하지 못한다는 표정으로 물었다.

"순정의 하온은 그냥 구슬이 아니에요. 마법으로 만들어진 틀에 막대한 양의 하온을 가둬둔 거죠."

부연 설명을 피하기 위한 프리실라의 짧은 설명이었다.

"하온이라는 게 대체……?"

이시스는 여전히 이해가 안 가는 듯 고개를 갸웃거렸다. 그는 하온이라는 게 대체 뭔지조차 모르는 것이다.

"마법과 하온의 상관관계를 설명하자면 너무 길어요. 일단 하온은 마법을 사용하기 위한 에너지이고, 같은 주문으로 마법을 사용해도 순정의 하온을 사용하면 그 위력이 배가 된다고만 생각하시면 돼요. 어차피 트라시아의 교육을 통해 형성된 고정관념과 상식이 있는 한, 마법 자체를 이해하긴 쉽지 않은 문제니까요."

프리실라는 그렇게 이시스를 납득시키고는 말을 이어갔다.

"순정의 하온을 저희 측에서 입수할 수만 있다면 막대한 이득일 거예요. 마법을 주력으로 삼는 저항군이니까요."

그녀의 설명에 이번에는 이시스도 고개를 끄덕였다. 당장 마법의 위력이 수배로 늘어난다 하니 저항군 측 전력이 크게 향상될 것임은 어렵지 않게 이해할 수 있는 것이다.

"이는 정말로 트라시아가 순정의 하온을 발견했다면 저항군 측에 유출되는 것을 용납지 않는다는 뜻이에요. 기본적으로 국방연구원은 군부의 산하기관. 따라서 연구원의 보안은 군부의 소관이에요.”

프리실라의 말에 샤렌의 미간에 살짝 주름이 잡혔다. 연구원을 지키는 게 치안대나 경비원 따위가 아닌 군인이라는 사실을 몰랐던 것이다.

“게다가 국방연구원과 트라시아 12군은 5분도 채 안 걸리는 거리에 있어요. 침입이나 도난의 위험이 통고되면 곧바로 군이 동원된다는 이야기죠. 애초부터 이 일은 여러분이 감당하실 수 있는 종류가 아닌 거예요.”

프리실라의 이야기를 들은 샤렌의 어금니가 악다물려진다.

그녀의 말 중에서 중요한 정보 몇 가지를 파악한 것이다.

저항군 측은 순정의 하온이 실제로 트라시아의 수중에 있는지 알지 못하고 있다.

또한 순정의 하온이 보관된 곳이 군부의 철통같은 보호 하에 있음을 일부러 감췄다.

순정의 하온이 가진 엄청난 가치조차 설명하지 않았다.

이런 정황으로 미루어 샤렌은 저항군 측의 저의가 무엇인지 명확히 결론을 지었다.

애초부터 선뜻 자신들을 믿고 임무를 맡긴다는 것 자체가 이해가 안 가는 처사였다. 미심쩍었던 중이라 프리실라의 설명 중에 쉽사리 결론을 내린 것이다.

'그런 식으로 나왔다 이거지?'

샤렌은 잠시 붉은 두 눈을 빛내다가 곧 어금니에 들어간 힘을 뺐다.

그리고는 몸을 일으켰다.

자신보다 키가 작은 프리실라를 부드럽게 내려다보며 샤렌이 말을 시작한다.

"프리실라, 저희를 걱정해 주시는 그 마음은 잘 알겠어요. 하지만 임무가 위험하다고 해서 피한다면 조국 해방의 날은 결코 오지 않을 거예요."

"하지만 이번 일은 아예 성공할 확률이 없다고요. 불가능한 임무란 말이에요."

샤렌은 검지를 들어 프리실라의 입술에 가볍게 가져다 댔다.

"프리실라, 당신처럼 아름답고 연약한 숙녀가 저 강대한 트라시아를 상대로 독립투쟁을 한다는 사실도 불가능한 일이지요."

"……!"

"독립에 대한 열망은 불가능을 가능으로 바꾸고 그렇게 모인 하나하나의 기적들이 종국에는 해방을 가져다 줄 거예요. 그러니 더 이상 우리를 말리지 말아요."

"샤를로엔님!"

프리실라의 커다란 눈이 흔들린다. 이토록 애국심에 불타는 분을 왜 아버지와 요첸은 의심하는지, 왜 이들을 죽음으로 몰아넣고자 하는 건지 그녀는 이해할 수가 없었다.

"만약 우리가 이번 임무에 실패한다면……."

샤렌은 잠시 뜸을 들였다가 입을 연다.

"당신은 한 가지만 기억해 주세요. 먼 훗날 해방된 조국의 하늘 아래에서 단 한 번만 우리를 생각해 주세요. 비록 무모했지만 조국을 사랑하는 마음만큼은 진실했던 세 청년이 있었다고 말이죠."

부드러운 듯 강인한 샤렌의 말에 급기야 프리실라의 눈에서 투명하고 반짝이는 눈물이 흐르기 시작했다.

어깨를 들먹이는 그녀는 작은 목소리를 토해냈다.

"죄송해요……. 정말 죄송해요……."

부친을 대신한 사과다.

이미 앞뒤 상황을 파악한 샤렌이 그 의미를 모를 리 없다.

하지만 그는 모른 척 프리실라의 어깨에 손을 살포시 얹는다.

"어쩌면 지금이 마지막 기회일지도 모르니 이 말만은 할게요. 언젠가 해방된 조국의 하늘을 당신과 함께 볼 수 있기를 염원했습니다. 비록 그 하늘을 볼 수는 없겠지만, 지금 보여 주는 당신의 이 아름다운 눈으로 대신할게요. 전 결코 당신을 잊지 않을 겁니다."

"샤렌님!"

프리실라는 결국 샤렌의 가슴을 파고든다.

주체할 수 없이 흐르는 그녀의 눈물이 샤렌의 가슴을 적신다.

그녀를 감싸 안고 등을 살짝 두드리는 샤렌.

부드러운 동작과 달리 허공을 응시하는 샤렌의 눈은 사나운 빛을 낸다. 홍염이 일렁인다.

그의 눈은 말하고 있었다.

결코 이대로 당하고 있지 않겠다고!

뭐?

입만 살았지 바람둥이에 사기꾼일 뿐이라고?

처음 이야기 시작할 때 내가 말했잖아.

그 양반이 원래 그랬다고 말이야.

정말이지, 당시만 해도 아무도 상상치 못했을걸?

술집 여자랑 뒹굴고, 미인이라면 사족을 못 쓰면서 침이나 질질 흘리던 인간이 저렇게 되리라고는 말이야.

흐흐……!

너도 그 생각은 들지?

확실히 배워두면 유용하긴 할 거야. 그 여자 후리는 수법 말이야.

그러니까 내 얘기를 잘 들어.

잘 듣고 나면 너도 어지간한 여자는 다 손에 넣을 수 있을지도 모르잖아?

뭐?

그런 말발은 배워서 되는 게 아니라고?

에라이, 멍청한 놈아!

이 정도나 이야기를 들어놓고 아직도 모르겠냐?

얼핏 들었을 때야 그 양반의 매끄러운 혓바닥이 큰 역할을 하는 것 같지만 사실은 그렇지 않다는 걸 몰라?

중요한 것은 여자가 무엇을 원하는지 파악하는 거라는 걸 알아챘어야지.

그다음을 꼽자면 적당한 타이밍에 치고 들어가는 거고.

물론 현란한 말솜씨가 더해지면 좋겠지만, 그게 아니더라도 여자의 마음을 훔쳐 낼 방법이 내가 한 얘기 속에 다 있잖아.

응?

아직은 잘 모르겠다고?

그럼 좀 더 들어봐.

계속 듣다 보면 여자들이 어떤 생각을 하는지, 무엇을 원하는지, 어떻게 마음이 움직이는지… 따위를 알 수 있게 될 거야.

사실 여자가 어떤 존재인지만 알아도 일단 반은 먹고 들어가는 거라니까!

에고! 네놈 때문에 이야기가 옆으로 한참 샜잖아.

내가 어디까지 이야기했더라?

아!

그 임무!

이래도 죽고, 저래도 죽을 상황이라 억지로 임무를 떠맡은 데까지 이야기를 했었지.

그러니까 그다음에 어떻게 됐냐면 말이야…….

뭐?

그때까지 감춰온 검술 실력으로 임무에 성공했을 게 뻔하다고?

거참, 이놈 참 답답하네.

여태 내 얘길 뭐로 들었어?

몇 번을 말하지만 그 양반은 여자 문제 빼놓고는 별달리 내세울 게 하나도 없었다니까.

애초부터 검술 같은 건 기본도 안 익혔다고 분명히 말했잖아.

이게 무슨 시중에 나돌아 다니는 싸구려 소설인 줄 알아?

위기 상황만 되면…사실은 감춰뒀던 능력입네 하며 난데없는 실력 발휘를 하게?

그럼 어떻게 된 거냐고?

<u>ㅎㅎㅎㅎ……!</u>

너 그거 아냐?

도둑놈 눈에는 훔칠 물건만 보이고, 제화공 눈에는 남의 신발만 보이며, 의상 디자이너 눈에는 사람들이 입고 다니는 옷만 보인다는 거 말이야.

저항군 측에서 전해준 자료를 검토하면서 그 양반은 오직 한 가지만 봤더라고.

그래도 모르겠냐?

에그, 눈치없는 놈!

그래 가지고 밥이나 먹고살겠냐?

험한 세상 먹고살려면 지금부터 자격증이라도 따둬라.

여하튼 그게 뭔지 지금부터 이야기할 테니까 이제부터라도 대충대충

흘리지 말고 잘 들어!

Chapter 9

1

레스토랑 투마레.

레비크 외곽 지역인 뉴테키에서 가장 고급스러운 곳이다. 비싼 가격만큼 제대로 된 요리를 내놓는 것으로 유명했다. 인근에 위치한 트라시아 제12군의 간부와 국방연구원의 임원들이 자주 찾는 곳이기도 했다.

"저 여자야."

드리튼이 국방연구원 직원으로 보이는 두 명과 식사를 하고 있는 여인을 턱짓으로 가리켰다.

샤렌의 붉은 눈이 날카로운 빛을 발했다.

"호오? 그 물건에 대한 연구를 전담할 정도의 뛰어난 과학자라기에 답답하게 생긴 공부벌레를 생각했는데… 직접 보니 엄청난 미인이잖아!"

그녀는 올해 초 급작스레 트라시아의 수도에 있는 국방연구원 본원(本院)에서 레비크의 국방연구원으로 발령을 받았다. 저항군 측에서 제공한 서류에 의하면 그녀가 순정의 하온을 전담 연구할 가능성이 가장 높은 인물이었다.

"뭐? 저렇게 독하고 사납게 생긴 여자가 미인이라고? 너 죽을 때가 다가오니 눈이 어떻게 됐냐?"

이시스가 어처구니없다는 표정을 지었다.

샤렌이 피식 웃음을 터뜨린다.

"너희는 그래서 멀었다는 거야."

"멀긴 뭐가 멀어?"

"잘 봐. 저 여자는 원래 지나칠 정도로 이목구비가 뚜렷한 것뿐이야. 깊은 눈에 짙은 쌍꺼풀, 라인이 명확한 코, 얼굴 살이 없어서 광대뼈가 살짝 드러나 있고 턱 선도 선명하잖아?"

"그렇긴 하지만 전체적으로 사납게 생겼다는 건 맞는 말 같은데?"

드리튼도 이시스의 말에 동의하고 나섰다. 이사벨이라는 여자는 언뜻 봐도 이야기 속에나 등장하는 마귀할멈과 같은 생김이었던 것이다.

"너도 그렇게 생각하지? 화장을 덕지덕지 쳐 발랐는데도 저 모양인데, 만약 맨얼굴을 본다면……?"

이시스는 생각만 해도 끔찍하다는 듯 몸까지 부르르 떨었다.

"그게 아니지. 잘못된 화장법에 어울리지 않은 유행을 쫓아서 그렇게 보이는 거야."

"응?"

"머리카락 하나 삐져나오지 않게 단단히 묶은 다음 틀어 올린 머리 보이지? 안 그래도 살짝 올라간 눈인데 저렇게 머리를 바싹 잡아 올리니까 눈매까지 당겨져서 더 사납게 보이는 거야. 원래 깊은 눈에 어두운색 아이섀도를 발랐으니 움푹 들어가 보이는 거고. 아이라이너와 마스카라도 너무 두껍고 짙게 발랐네. 저런 식이면 곤란한데 말이야. 눈매가 너무 강조되거든."

샤렌의 설명에 드리튼과 이시스는 연신 샤렌과 여자를 번갈아 쳐다봤다. 샤렌의 설명을 듣고 그가 말한 부분을 살펴보는 것이다.

"또 얼굴이 갸름하고 광대뼈로 인한 굴곡이 있는데 짙은 볼터치까지 했으니 오히려 울퉁불퉁한 것처럼 보이게 돼. 어울리지 않는 색조 화장 자체가 안 그래도 화려한 느낌의 생김새를 지나치게 만들기도 하고 말이야. 저런 식이면 천박한 느낌마저 들게 되지."

"그러니까… 원래는 미인인데 예뻐 보이려 한 화장이 외려 얼굴을 망친다는 거야?"

"응. 보니까 유행을 쫓아 쓴 저 안경도 한몫하네. 끝이 뾰족하게 올라가 있어서 인상을 더 사납고 독한 느낌으로 만들 잖아."

샤렌의 설명에 드리튼은 순간 멍해졌다.

"너 대체 언제 여자들 화장법까지 연구한 거야?"

"연구라기보다는 화장에 속지 않으려고 주의 깊게 봐왔던 것뿐이야."

샤렌은 타깃으로 삼은 여자가 예상했던 것보다 훨씬 미인 이라는 사실이 마냥 흡족한 듯 웃음을 흘렸다.

그 모습을 보며 이시스가 인상을 썼다.

"지금 웃음이 나오냐? 저 여자가 미인이든 아니든 그게 문 제가 아니잖아. 저 여자가 바로 황립 과학 아카데미 졸업과 동시에 조교수로 임용되었고, 스물다섯 살에 발표한 바라카 저장이론에 관한 논문으로 백합 훈장과 작위를 받은 이사벨 미타라고. 황제가 직접 트라시아의 '빛나는 보석'이라고 칭 한 여자. 그러니까… 저 이사벨은 이오나 네이와 더불어 대륙 에서 가장 유명한 여자 중 열 손가락 안에 꼽히는 대단하신 분이라고!"

"흐음……! 그렇게나 대단한 여자가 레비크에 왔는데 왜 우린 지금까지 모르고 있었을까? 진작 알았으면 좋았을 텐데 말이야."

샤렌이 늦게 알게 된 게 아깝다는 듯 입맛을 다셨다.

그 모습에 이시스가 제 손으로 이마를 짚었다. 머리가 지끈거려 오는 것이다.

"야, 인마! 내 말뜻 모르겠냐? 군부가 경비를 선 국방연구원을 정면으로 뚫고 들어가는 거나, 이사벨이라는 여자를 유혹하는 거나, 둘 다 어렵긴 마찬가지라고! 저 여자가 이오나네이 레벨이라는 말을 듣고도 모르겠냐?"

저항군이 제공한 서류 검토를 마친 샤렌이 방법을 찾았다고 해서 따라오긴 했지만 여전히 그 방법의 성공 가능성을 신뢰하지 않는 이시스였다. 샤렌이 '찍은' 상대가 엄청나도 너무나 엄청났기 때문이다.

"레벨은 같을지 몰라도… 상대하기는 이쪽이 훨씬 쉬워 보이는데?"

여전히 여유만만한 샤렌이었다.

"뭔가… 짚이는 게 있는 거야?"

자신은 알아채지 못했지만 샤렌은 이사벨이 미인이라는 걸 한눈에 파악했다. 미인에게만 발휘되는 그 특별한 능력을 통해 뭔가를 알아낸 게 있나 싶은 드리튼이었다.

"현재 28세. 독신에 연애 경력 전무! 부와 명예를 한 손에 거머쥔 트라시아의 보물……. 이런 걸 들으면 뭐가 떠오르냐?"

"그만큼 독하게 연구만 한다는 뜻이겠지. 남자 따위에는 관심조차 없이 말이야."

이시스가 불퉁거렸다.

"아니지 남자에 관심없는 여자가 유행 따라 꾸미고 화장을 저렇게 하겠냐? 너 같은 선입견 때문에 저 여자가 지금 외로워하고 있는 거라고."

"혼기를 놓쳤기에 당연히 외로움을 탄다……. 이건 너무 유리하게만 생각하는 거 아냐?"

드리튼이 샤렌의 말에 의혹을 제기했다. 상황이 상황인만큼 헛된 기대에 모험을 해서는 곤란했기 때문이다.

드리튼의 말에 샤렌이 검지를 세워 들었다.

그리고는 좌우로 흔들기 시작했다.

"저 여자, 아까부터 연신 테이블을 치우는 거 보이지? 컵에 맺혔다가 흐르는 물을 닦고, 냅킨과 포크, 나이프를 계속 정리하는 거 말이야."

"음? 그러고 보니 그러네."

드리튼이 이사벨이 앉은 테이블 쪽을 확인했다. 아까 전에 볼 때는 몰랐는데 샤렌의 말을 듣고 보니 이사벨은 지나칠 정도로 자주 테이블을 정리하는 중이었다.

이시스는 양손으로 머리를 감싸며 테이블에 머리를 처박았다.

"으아! 안 그래도 힘든 판인데 '깔끔' 까지 떨면 더 힘들다는 뜻이잖아!"

"후훗! 단순히 '깔끔' 한 게 아니지. 보통의 경우 여자가 말

이야, 식사 중에 지나칠 정도로 테이블을 치우고 정리하는 것
은 관심을 받고 싶다는 표현이란 말이야. 관심 부족에 대한
아쉬움이 무의식중에 테이블을 치우게 만드는 거야.”

“에? 그런 거였어?”

드리튼은 여자의 행동에 그런 의미가 있는지 미처 알지 못
했다.

“그리고 지금 저 여자가 입술을 잘근잘근 씹는 거 보이지?
욕구불만이 있다는 표현이야. 저 나이에 이룰 수 있는 건 다
얻은 여자가 왜 저런 욕구불만에 시달릴까?”

“남자 때문에 욕구불만이 생겼다? 그렇다고 해도 저 정도
의 여자가 남자 하나 없다는 건 콧대가 높아서 그런 게 분명
해. 저 정도나 되는 여자의 눈에 차는 남자가 있을 리 없으니
까 말이야.”

이시스가 재빨리 끼어들었다.

샤렌이 고개를 흔들었다.

“저 나이에 그녀 정도의 위치에 오르면 단지 천재적인 두
뇌만으로는 부족했을 거야. 부단한 노력이 뒷받침되었겠지.
남자 따위에게 관심을 둘 시간조차 없었을걸? 어쨌든 스스로
가 외롭다는 것을 느꼈을 그때는 이미 엄청난 명성을 날리고
있었을 거야. 나이는 이미 꽉 찬 상태에서 말이야.”

맞는 말이다.

트라시아 정도의 대제국에는 소위 천재라는 사람들이 넘

쳐 난다. 그중에서도 단연 발군의 지위에 오른 사람들은 재능 이상의 노력이 있었다고 봐야 했다.

"그 후에 만나게 될 남자는 뻔하지. 트라시아의 보석이라는 칭호에 걸맞은 지위나 명성, 혹은 돈을 가진 남자들이었을 거야. 그녀의 진가를 알지 못하는 그자들이 어떻게 나왔을지는 뻔해. 이사벨이 트라시아가 배출한 '천재 과학자'라는 데만 온통 관심을 뒀을 거라고."

"그게 뭐 어때서? 그만큼 인정해 주면 좋은 거 아냐?"

"성공한 여자 중 상당수가 느끼는 압박감이 있어. 여자로서의 자신이 아니라 배경으로 평가되는 건 아닌가 하는 걱정을 하는 거지."

"아! 여자로서의 자신에게 매력을 느껴주길 바라는 거구나."

드리튼이 샤렌의 말을 제대로 알아들었다.

"응. 그녀가 억지로 유행을 쫓고 어울리지도 않는 화장을 하는 이유도 거기에 있을 거야. 여자인 자기 자신에게 관심을 가져 주길 바라는 거라고 생각해."

샤렌의 설명을 듣다 보니 나름 일리가 있었다.

슬슬 기대감이 생기기 시작했지만 문제는 거기서 끝이 아니었다.

이시스는 자신이 염려하는 바를 꺼내들었다.

"100번을 양보해서 저 여자가 남자가 절실히 필요한 상태고, 그래서 네가 쉽게 접근했다고 쳐. 그렇다고 해서 저 정도나 되는 지성을 가진 여자가 연구원에서 물건을 꺼내다가 네게 바치겠냐고."

"그럴 리가 없지."

샤렌은 당연하다는 듯 대답했다.

"거봐. 그런데 왜 엉뚱하게 이런 시간 낭비를 하냐고?"

이시스의 노골적인 힐난이었다.

"재밌는 사실을 하나 알려주지."

"뭔데?"

드리튼이 눈을 빛냈다. 계속해 시큰둥하고 비관적인 이시스와 달리 그는 샤렌이 가진 자신감에 뭔가 근거가 있다고 기대를 하게 된 것이다.

"눈이 깊고 눈동자가 촉촉하게 젖어 있는 여자, 입술이 도톰하고 주름이 많은 여자, 눈매가 살짝 치켜 올라가고 살짝 감긴 듯한 느낌을 주는 여자, 가슴이 풍만하고 허리선과 힙에 이르는 곡선이 가파른 여자, 이런 여자들은……."

"……?"

"두 가지 특징을 가진다는 통설이 있어. 첫째, 남들에게 자신을 드러내길 은근히 즐긴다는 거. 둘째, 신체적 자극에 취약하다는 거. 내가 겪어본 바에 의하면 그다지 틀린 말은 아닌 거 같아. 그리고 저 이사벨이라는 여자는 내가 말한 모든 특징을 전부 가지고 있지."

"그러니까 저 여자가 쉽게 흥분하고 반응하는 스타일이라는 거야?"

"그럴 가능성이 높다는 이야기야. 그리고 정말로 그런 스타일이라면 우린 임무를 성공할 가능성이 커. 일단 몇 가지 사전 작업이 필요하지만 말이야."

"사전 작업이라고?"

"그래. 너희 말대로 아무리 급해도 이사벨이라는 여자, 거물은 거물이니까. 평범한 방법으로는 꽤 시간이 걸릴 거라고. 그러니까 작업이 필요해. 너희의 연기력이 중요하겠지."

"연기력?"

"그래. 목숨이 걸렸다고 생각하고 제대로 연기를 해보라고."

샤렌은 의자의 등받이에 몸을 기대며 자신감 넘치는 특유의 미소를 지어 보인다.

그런 샤렌에게서는 정말로 이번 임무에 성공할 수 있다는 확신이 엿보였다.

2

"하아! 이거 제법 긴장되네."

가발을 뒤집어쓰고 길이가 긴 가짜 수염을 붙인 드리튼이 심호흡을 했다. 뛰는 가슴을 진정시키기 위함이다. 평소라면 여자들 앞에서의 연기는 반장난 삼아 할 수 있다.

하지만 이번에는 실패하면 목숨이 날아갈 판.

절로 긴장이 되는 것이다.

"떨 거 없어. 평소대로만 하면 되니까."

샤렌이 차분히 말했다.

그는 머리를 짙은 밤색으로 염색했고, 면도를 제대로 하지 않아 짧은 수염이 얼굴을 뒤덮었다.

눈은 충혈되었고, 얼굴도 많이 핼쑥해 보였다.

며칠 새 어딘가 몸이 좋지 않은, 병색이 완연한 모습으로 변한 것이다.

이 같은 모습을 위해 샤렌은 근 지난 나흘간 거의 물만 먹었고 잠도 자지 않았다. 피부가 까칠해지고 눈 밑에 그림자까지 진 것은 그 때문이었다.

"엄청나게 똑똑한 여자잖아. 아무리 네가 여자 앞에서 연기를 잘한다 해도 들통날 가능성이 높지 않겠어?"

드리튼이 염려하는 부분은 바로 이 점이었다.

이사벨은 대륙을 통틀어서 손꼽히는 천재 중 하나다. 작은 허점 하나로 모든 걸 간파할 능력이 있다는 소리였다.

샤렌은 한쪽 입술 끝을 말아 올렸다.

"후훗! 머리 좋고 공부 잘한다고 해서 남자를 잘 아는 건 아니야. 게다가 똑똑한 여자일수록 섣부르게 자신의 안목을 믿어버리지. 단 한 번만 제대로 먹히면 돼."

"한 번? 그다음에는……?"

"그다음에는 뭔가 미심쩍은 게 있어도 스스로의 논리로 앞서 가진 확신을 합리화시키고 말걸. 자신이 틀렸다는 사실을 인정하기 싫으니까 말이야."

"호오! 그럴 수도 있겠구나. 똑똑한 사람들이 자기 함정에 잘 빠진다는 것도 그런 이유인 건가?"

"남자들이 어떤지는 나도 모르지. 단지 지나치게 똑똑한 여자들은 그런다는 거야. 그만큼 자존심이 강하니까 말이야."

샤렌은 자신이 아는 바를 명확히 여자에게만 국한시켰다.

'하아! 소름 끼치도록 놀랄 능력을 보이곤 해서 혹시 지금껏 내가 천재 친구를 몰라본 건 아닐까 싶었다가도 이럴 때 보면 확실히 천재가 아니라는 생각이 드네.'

드리튼은 보일 듯 말 듯 고개를 저으며 생각했다.

조금만 사고의 영역을 확장하면 샤렌의 놀라운 관찰, 분석력은 여자뿐 아니라 인간 자체를 파악하는 데 엄청나게 유용할 것처럼 보였다.

그런데 이 멍청한 자식은 스스로 자신의 능력의 효용과 활용 폭을 제한해 버리는 것이다.

이는 곧 샤렌이 천재가 될 수 없다는 증거이기도 했다.

샤렌에 대한 생각을 정리한 드리튼이 입을 연다.

"그 단 한 방이 이런 어설픈 상황극으로 될까?"

"후훗! 당연하지. 왜 되도 않는 거짓말을 해도 내 말을 여자들이 쉽게 믿는지 비법을 알려줄까?"

"그게 뭔데?"

"거짓말을 할 때는 반드시 상대의 눈을 직시한다. 이것 때문이지."

"참나! 그걸 모르는 사람이 어딨어?"

누구나 아는 사실을 대단한 비법이라도 되는 양 말하는 샤렌을 보며 드리튼은 어처구니없어 했다.

"후후훗! 어이, 친구! 내가 지금 네 눈을 봐볼게. 어떤 느낌인지 봐봐!"

말을 마친 샤렌은 몸을 기울여 드리튼에 다가갔다.

그리고 드리튼의 눈을 보기 시작한다.

"어……?"

샤렌의 눈을 마주 보던 드리튼이 고개를 갸웃거린다.

그 모습에 샤렌이 웃는다.

"봤지, 내 눈동자가 좌우로 흔들리는 거?"

"응. 내 눈을 직시한다면서? 근데 왜 눈이 흔들려?"

"흔히 사람들이 가까이에서 상대의 눈을 본다고 할 때 이런 현상이 나타나는 거야. 눈을 본다고 의식하면 저도 모르게 상대의 양쪽 눈을 보게 되지. 그러다 보니 자신의 눈동자가 빠르게 좌우로 움직이게 되는 거고. 결국 진실을 말하기 위해서 눈을 본다고 하지만 실제로는 끊임없이 흔들리는 눈동자만 상대에게 보이는 셈이지."

"아! 그럼 원래 가까이에서는 흔들림 없이 상대의 눈을 바라보는 게 불가능한 거야?"

"아니지. 방법이 없다면 상대의 눈을 직시하라는 말이 나왔겠어? 다만 진짜 방법을 아는 사람이 드물었기에 사람들이 제대로 진심을 전달하지 못할 뿐인 거야. 잘 봐봐!"

샤렌은 다시 한 번 고개를 내밀어 드리튼의 눈을 봤다.

이번에는 흔들림 없이 고정된 채 자신의 눈을 보고 있음이 느껴졌다.

"어? 이번엔 어떻게 한 거야?"

드리튼이 물었다.

"한쪽 눈만을 보는 거야. 그럼 눈이 흔들리지 않지."

"오호라! 그런 쉬운 방법이 있었네."

드리튼이 무릎을 탁, 쳤다.

"진실처럼 보이기 위해서 눈을 봐야 하는 비법은 이게 다가 아니야."

"응? 뭐가 또 있어?"

"흔히 상대에게 공손한 느낌을 주려면 듣는 사람의 양쪽 눈과 턱을 잇는 가상의 삼각형 내에 시선을 줘야 한다는 이야기는 알고 있지?"

"뭐… 상거래를 할 때 그래야 한다는 이야기는 나도 자주 들었지."

상인의 가문에서 자라온 드리튼이 모를 리 없는 이야기였다.

"그게… 눈이 서로 마주치면 공격적인 느낌을 받게 되어서 그런 거거든. 여자의 경우, 그런 시선을 받으면 부담스러워하거나 두려움에 오히려 폐쇄적으로 변할 수도 있어. 진실을 전하기는커녕 외려 의심을 키우게 할 수도 있다는 거지."

"엥? 대체 눈을 바라보라는 거야, 말라는 거야?"

"한쪽 눈만을 봐야 한다는 건 이미 말했잖아. 그러니까 한쪽 눈을 볼 때 반드시 올바른 쪽의 눈을 보라는 거지."

"올바른 쪽? 그게 무슨 말이야?"

"자기 자신도 모르게 보호하려고 하는 방향이라는 게 있거든. 그 방향 쪽으로의 접근을 여자들은 경계한다고. 그게 신체적 접근이든 시선이든 말이야."

"그러니까 두 눈 중 잘못된 쪽을 보면 경각심이 들게 되고 올바른 쪽을 보면 진실로 받아들인단 거야?"

"그렇지! 바로 그거야!"

샤렌이 고개를 끄덕이며 만족스러운 표정을 지었다.

"그게 왼쪽이야, 오른쪽이야?"

"물론 여자마다 다르지."

"윽! 그럼 어느 쪽이 올바른 쪽인지 어떻게 알아?"

"자세히 관찰하면 여러 가지 방법으로 알 수가 있어. 눈을 깜빡이는 모습이라든가, 평소 자주 취하는 포즈 같은 데서 다양하게 알아낼 수는 있지만 가장 쉬운 건 역시 지갑이나 핸드백을 통해서지.”

“지갑이나 핸드백?”

“자신이 경계하는 방향을 무의식중에 핸드백이나 지갑으로 막게 되거든. 왼쪽에 핸드백을 매거나 지갑을 들면, 혹은 자리에 앉을 때 왼쪽에 지갑이나 핸드백을 둔다면 그 여자는 왼쪽을 경계하는 거야. 그럴 때는 오른쪽 눈을 직시해야 하는 거고 말이야.”

“아……!”

드리튼은 간단하면서도 뭔가 심오한 이 비법에 크게 감탄했다. 조금 전 별수없는 녀석이라고 생각했던 샤렌에게 다시 한 번 존경심이 솟구치기 시작했다. 여자들을 상대하면서 이런 부분까지 알아냈다는 건 평범하다고 깎아내리기엔 무리가 있었던 것이다.

“이 방향에 관한 건 응용할 부분도 많아. 옆에 앉기를 시도할 때나 어깨에 팔을 걸칠 때, 혹은 손을 잡을 때도 항상 경각심이 약한 쪽을 노리면 쉽거든.”

“우와! 정말이지, 넌 대단한 놈이야! 여자 하나를 상대하며 그 많은 것들을 생각하다니……!”

“여자 하나라니? 한 여자를 품에 안기까지의 과정은 하나의 작품을 완성시키는 거라고. 흔히 연극을 종합예술이

라고 말하지만 여자를 유혹하는 거에 비하면 아무것도 아
니지. 여자를 관객으로 둔 이 예술은 비단 시각, 청각뿐만
아니라 후각, 촉각까지 총동원해 감동을 이끌어내야 하거
든."

여자 유혹하기에 대한 찬양론이 시작되자 샤렌의 언성이
조금 고조되었다.

"그뿐이냐? 여자를 상대로 하는 그 치열한 심리전은 대검
호(大劍豪)들의 격전에 못지않다고! 빠르게 몰아치고, 여유있
게 늦추고, 파고들 빈틈을 만들고, 날카롭게 치고 들고…….
승부의 묘미가 넘쳐 나지."

열정적으로 여자 유혹하기를 말하는 샤렌을 보며 드리튼
은 머릿속에서 또 한 번 샤렌에 대한 생각을 수정해야만 했
다.

방금 전 샤렌이 설명한 경각심을 갖는 방향이 있다든가, 그
것을 이용해 상대가 진실처럼 받아들이게 하는 방법 등은 비
단 여자들에게만 국한된 것이 아닐 가능성이 컸다.

다시 말해, 사람의 심리적 취약점을 파고들어 원하는 대로
반응을 유도할 수 있는 비책이 될 수도 있는 것이다.

'그건… 원한다면 남녀를 불문하고 사람의 감정을 제멋대
로 뒤흔들 수 있다는 뜻이잖아?'

물론 설명만 듣는다고 당장 써먹을 수 있는 방법은 아닐 것
이다.

한눈에 상대를 파악하고 분석하는 능력과 완벽에 가까운 연기력, 감각적으로 타이밍을 잡아내는 등의 노하우가 필요할 터.

그런 모든 것을 샤렌은 이미 가지고 있었다.

한데 이런 엄청난 이론과 능력을 오직 여자에게 거짓말을 하는 데만 이용하는 샤렌인 것이다. 말을 하며 저토록 열을 내는 것을 보면 분명했다.

'역시 그냥 여자에 대한 집착만 강한 바보라는 건가?

그때였다.

"왔다. 준비해!"

샤렌의 말에 드리튼의 얼굴이 살짝 굳었다. 지금껏 샤렌의 이야기에 빠져 잊고 있던 긴장감이 다시 살아나는 것이다.

"조금 전 내가 해준 이야기 잘 생각해 봐. 임무에 성공하고 난 다음에는 여러모로 쓸모가 많을 테니까 말이야."

상기된 표정의 드리튼을 보고 샤렌이 한 말이었다. 그 말에 드리튼의 긴장이 완화되었다. 호흡이 편안해지는 것을 느끼던 드리튼의 머릿속에 한 가지 생각이 스쳐 지나갔다.

'설마 이 자식, 내 긴장을 풀어주기 위해 일부러 그런 얘기를 해준 건가?

시치미를 뚝 뗀 채 침묵 속에서 고독한 눈빛만을 흘리고 있는 샤렌에게서 읽어낼 수 있는 것은 아무것도 없었다. 어느새 샤렌은 자신이 맡은 역할에 완벽히 몰입해 있는 것이다.

그사이 레스토랑 투마레에 들어온 타깃, 이사벨은 평소 즐겨 앉는 자리에 앉았다. 샤렌의 등 쪽에 있는 테이블이었다.

드리튼의 조사에 의하면 이사벨은 월요일에서 금요일까지 이곳 투마레에서 저녁 식사를 한다. 뉴테키 지역에서 가장 비싼 레스토랑이지만 그만큼 제대로 된 음식을 내놓는 곳으로 유명하기 때문이다.

이사벨이 동료들과 함께하는 식사는 점심뿐.

저녁은 매일 혼자인 그녀였다.

단골인 이사벨을 발견한 지배인이 반갑게 달려왔다.

그녀는 지배인의 추천 음식에 대해 주의 깊게 듣고는 몇 가지 음식을 주문했다. 메뉴는 펼쳐 보지도 않는다. 아마도 메뉴 전체를 외운 듯싶었다.

이사벨의 주문이 끝났을 때쯤, 레스토랑의 문이 열리고 한 사람이 들어왔다.

들어온 사람은 가발, 가짜 콧수염, 그리고 번쩍이는 금테 안경을 쓴 이시스였다.

그는 뭔가에 쫓기듯 잰걸음을 옮겨 샤렌과 드리튼이 앉아 있는 테이블로 곧장 향했다.

"먼저 나와 계셨군요, '칼스타인' 님."

이시스는 사무적이고 딱딱한 어조로 샤렌에게 먼저 인사를 했다.

샤렌은 그저 살짝 고개를 끄덕일 뿐이었다.

"오랜만이네요. 비랄 씨."

드리튼에게도 목례를 한 이시스가 자리에 앉았다.

순간 세 사람 사이에 비장한 교감이 형성된다. 이제 본격적으로 작전이 시작되었다. 반드시 성공하고 말겠다는 각오가 오가는 것이다.

막이 오른 작전의 첫 시작은 드리튼의 대사였다.

"바스겔 씨께서 설마 레비크까지 오실 줄은 몰랐습니다."

정중하긴 하지만 딱딱한 말투였다. 어딘가 못마땅한지 목소리의 크기마저 컸다.

"상황이 상황이니까요."

딱딱한 어조는 이시스 역시 마찬가지였다. 억지로 입가를 당겨 웃고는 있지만 조금도 친근함이 묻어나지 않는 표정이다. 가면을 쓴 듯 웃음을 걸고 있는 것이다.

'제법인데?

드리튼은 이시스의 연기에 만족했다. 그의 어색한 미소는 연기를 못해서가 아니다. 마음과 달리 억지로 웃음을 내비친……. 제대로 된 장사치의 역할을 해내고 있는 것이다.

이시스가 다소 사납게 치켜뜬 눈으로 샤렌을 바라봤다.

"듣자 하니 아직 작품을 시작도 못하셨다더군요. 대체 이러실 수 있는 겁니까? 벌써 세 번이나 기한을 연기하셨습니다, 칼스타인님!"

"아니, 지금 칼스타인님을 재촉하시는 겁니까?"

묻기는 샤렌에게 물었는데 발끈하는 것은 드리튼이었다.

"이게 어떻게 재촉이 될 수 있습니까? 약속하신 날짜에서 벌써 2년이나 지났는데 아직 시작조차 못하셨다니… 찾아뵙고 한 말씀 드릴 수도 있는 거 아닙니까?"

이시스는 조금도 물러서지 않았다. 공손한 어조는 유지했지만 언성은 높아졌다. 자신도 화가 난 상태지만 억지로 참고 있는 기색이 역력했다.

"대체 예술을 뭘로 보고 그러시는 겁니까? 작품이 공장에서 양철 냄비를 찍어내듯 나온다고…….."

발끈해 이시스에게 덤벼드는 드리튼을 샤렌이 손을 들어 만류했다. 미리 연습한 대로 정확한 타이밍에서였다.

그는 느릿하게 테이블 쪽으로 몸을 내밀며 이시스를 봤다.

퀭한 상태에서도 붉게 반짝이는 샤렌의 눈을 보자 이시스는 살짝 시선을 돌리고 헛기침을 했다.

"바스켈 씨."

물먹은 솜처럼 묵직한 음성이다. 탁하고, 피곤했지만 그 무게감으로 인해 주의를 집중시키는 힘을 지니고 있었다.

"흠, 흠! 네, 말씀하십시오, 칼스타인님."

"제게는 이번 작품이 마지막이 될 가능성이 커져 버렸습니다. 시간이 너무 흘렀기 때문이죠."

"알고 있으니까 그런 거금을… 흠, 흠! 아니, 지금껏 기다린 게 아니겠습니까? 하지만 제 입장도 좀 고려해 주십시오. 비엔노뿐만 아니라 온 대륙의 미술 애호가들이 칼스타인님의 다음 작품을 목 놓아 기다리고 있습니다. 계속 작품 완성을 연기하셨기 때문에 말을 전한 제가 거짓말쟁이라 손가락질을 받고 있는 상황입니다."

곤혹스러운 표정 속에서도 이시스는 비엔노라는 말에 슬쩍 힘을 주었다.

베오타의 수도인 비엔노는 예술가들에게 있어서 성역과도 같은 곳이다. 건축, 음악, 회화, 조각, 세공 등등의 각 분야의 예술가와 애호가들이 몰려들어 작품을 남겼기에 비엔노는 도시 전체가 거대한 예술품의 집약이라 여겨진다.

이 때문에 베오타는 건국 이래 단 한 번도 외세의 침공을 받지 않았다. 베오타의 침략 기도에는 인류의 소중한 유산을 훼손한다는 비난이 쏟아지기 때문이었다.

그런 비엔노의 예술 애호가들이 애타게 기다린다는 것은 곧 한 분야에서 거장으로 인정받았음을 뜻하는 말이었다. 이시스가 유독 비엔노를 강조한 것은 이처럼 쉽게 유추될 내용을 이사벨이 잘 들을 수 있도록 하기 위해서였다.

"그 부분에 대해서는 사과를 드립니다. 하지만 비랄 씨도 잘 아시듯 저는 거짓 그림을 그리지 못합니다. 모델을 찾지 못한 지금, 그림을 시작할 수 없는 건 당연한 일이지요."

샤렌의 설명은 어딘가 모를 고집스러운 부분이 묻어났다. 자신이 원하지 않는 것은 절대 할 수 없다는 식의 어조에는 다소의 오만한 느낌까지도 들게 했다.

"지난 2년간 대륙의 주요 도시는 전부 다니셨잖습니까? 그러니까 이제는 좀 다른 각도에서 모델을 찾아보시는 게 어떻겠습니까? 사실 지적인 아름다움을 가진 분들은 꽤 되지 않습니까?"

이시스의 말에 샤렌의 표정이 굳어진다. 붉은 눈이 일렁이기 시작한다.

"아카데미에서 주워들은 것을 머릿속에 담아둔 정도의 모델로는 만족할 수 없습니다. 지금까지의 작품에서도 그런 여자들은 수도 없이 그려왔죠. 제가 원하는 건 냉철한 이성과 뜨거운 열정이 조화된 이미지입니다. 이는 그저 많이 배우고 많이 공부했다고 해서 되는 게 아니지요."

샤렌에게서는 타협할 수 있는 의지가 보이지 않았다.

하지만 이시스도 쉽게는 물러서지 않는다. 그가 맡은 역할인 바스켈은 칼스타인이라는 인물을 존중해 물러서기에는 너무나 오랜 시간을 기다려 온 것이다.

"그러니까… 대체 언제까지 그런 분을 찾으시겠단 말씀이십니까? 제가 보기엔 자격이 충분한 모델도 전부 마다하시던데요?"

"제가 냉철한 이성과 뜨거운 열정이라고 했지만… 그게 전부가 아닙니다. 저는 이번에야말로 반쪽짜리 모델이 아닌 온 건한 모델을 화폭에 담아내고 싶은 겁니다. 지성과 열정을 담아내는 그릇으로의 육체가 아니라, 지성과 열정으로 함께 빛날 수 있는 육체가 필요합니다."

"하아! 그러니까 결국 아름다운 외모까지 겸비해야 한다는 말씀이지 않습니까? 세상에 칼스타인님께서 찾으시는 그런 여성이 존재한다고 생각하십니까? 대개 아름다운 여인들은 머리가 텅 빈, 그러니까 지적 소양이 부족하기 마련 아닙니까? 굳이 어렵사리 공부하지 않아도 그 외모만으로도 세상 쉽게 살아갈 수 있으니 말입니다."

"난 그런 편견을 깨고 싶습니다. 세상에는 독립적인 여성들이 분명히 있습니다. 외모를 무기로 남자들에게 기댈 생각을 하지 않는 여성도 많습니다. 실제로 많이 만나기도 했고요. 다만 내가 기대한 바에서 조금씩 부족했을 뿐이지요."

"그럼 대체 어떻게 하시겠다는 겁니까? 이대로 한없이 모델만 찾아 떠도시겠다는 겁니까?"

"이곳 레비크에서도 모델을 찾지 못하면 대륙 남쪽으로 내려갈 생각입니다."

결연한 표정의 샤렌이었다.

"네?"

이시스는 뛸 듯이 놀라는 표정을 지었다.

Rhapsody Of Cardival

대륙의 남쪽은 종교도 다르고 문화도 다르다. 기본적인 상거래 외의 교류도 극히 제한적이다. 수차례에 걸친 종교 전쟁으로 인해 대륙 북부인에 대한 감정도 좋지 않다.

이는 곧 대륙 남부행(行)이 일반인에게는 크게 위험하다는 뜻이었다.

이시스는 애써 놀란 심정을 가라앉히며 차분히 물었다. 칼스타인을 자극하지 않기 위해 노력한다는 식이었다. 자칫 자신에게 엄청난 거금을 남겨줄 화가를 잃을 수도 있기 때문이다.

"아니, 대체 위험을 무릅쓰면서까지 그런 모델에 집착하시는 이유가 뭡니까?"

샤렌은 잠시 시간을 두었다가 입을 연다.

"저는 그동안 제 화폭에 모델의 전부를 담아내기 위해 노력해 왔습니다."

"이미 칼스타인님께서 모델이 가진 내적 아름다움을 이끌어내는 거야 유명하지 않습니까? 대륙 최고의 초상화가로 꼽히는 이유이기도 하고요."

더 이상 노력하지 않더라도 지금으로서 충분하다는 뉘앙스를 풍기는 이시스였다.

"하지만 이번에는 제 자신까지도 담아보려 합니다. 모델을 바라볼 때의 제 감정까지 그림에 담고 싶은 거지요."

"그, 그 말은……?"

"제가 찾는 모델은 제 이상형이랄 수 있습니다. 제게는 그와 같은 여인이 세상에서 가장 아름다운 거지요. 따라서 저는 제 이상형인 모델을 세상에서 가장 아름다운 그림으로 보존하고 싶습니다. 그녀를 바라보며 느끼는 제 감정까지 담아낸다면 반드시 세상에서 가장 아름다운 작품이 나오리라 믿습니다."

열정적으로 자신이 바라는 바를 말하는 샤렌.

그의 붉은 눈은 이제 열망을 넘어서 광기까지 엿보인다. 한 작품에 대한 집착과 욕심이 두 눈에서 타오르고 있는 것이다.

"그, 그럴 수만 있자면 필시 역사에 남을 명작이 나오긴 하겠군요."

이시스의 눈동자가 재빨리 굴러간다. 작품의 완성이 한없이 늦춰질 가능성도 있었지만, 말한 대로의 작품이 나올 수만 있다면 그 가치가 얼마나 될지 계산하는 모습이었다.

"바스겔 씨, 힘드신 건 알지만 조금만 더 기다려 주십시오. 이번에야말로 제 모든 것을 담아 작품을 완성해 낼 테니 말입니다."

피곤해 보이고 충혈된 눈에서 강렬한 빛이 쏟아진다. 확고한 의지와 신념이 드러난다.

"하아……!"

이시스가 긴 한숨을 내쉬었다.

"제가 어떻게 감히 칼스타인님의 예술혼을 꺾겠습니까?"

계산을 끝낸 장사치가 입에 발린 말로 예술가를 달랜다. 이시스는 그 역할을 제대로 해내는 중이었다.

"다만 남쪽으로 가시는 건 다시 한 번 생각해 보십시오. 그건… 너무나 위험하니까요."

칼스타인이라는 인물에 대한 염려.

지금까지의 투자와 인내의 시간이 날아가 버릴 게 아쉬울 터인데 노련한 장사치는 마치 칼스타인이라는 인간 자체를 위하는 느낌을 풍긴다.

샤렌이 지적한 이번 대사의 핵심이었다. 이시스는 충실히 샤렌이 의도한 바를 따랐다. 그 역시 이 연기에 자신의 목숨이 걸렸음을 알기에 필사적일 수밖에 없었다.

"염려 감사합니다, 바스겔 씨."

샤렌은 어딘가 슬퍼 보이는 미소를 짓는다. 퀭한 눈에서 일렁이던, 광기를 염려해야 할 것만 같던 강렬한 눈빛은 어느새 사라졌다.

한 모금의 오틴 차를 들이켠 그가 몸을 일으킨다.

"잠시 실례 좀 하겠습니다."

화장실에 다녀온다는 이야기다.

자리에서 일어난 샤렌이 몸을 돌린다.

저도 모르게 이쪽의 대화에 귀를 기울이던 이사벨의 시선이 재빨리 다른 곳으로 돌아간다. 남의 이야기를 엿듣는 건 실례인 것이다.

샤렌의 날카로운 시선이 그것을 놓칠 리가 없었다. 내심 쾌재를 부를 상황이지만 샤렌은 흔들리지 않는다. 그는 지금 스스로도 자신이 칼스타인이라 믿고 있는 것이다.

오히려 똑바른 자세로 앉아 있는 이사벨을 보고 샤렌은 크게 놀라 버린다.

동공이 확대되고 몸이 뻣뻣하게 굳는다.

가볍게 손끝을 떨며 벌어진 입술 사이로 콱 메인 목소리를 흘린다.

"비, 비랄……!"

떨리는 샤렌의 목소리에 드리튼이 벌떡 몸을 일으킨다. 크게 놀란 그가 묻는다.

"칼스타인님! 괜찮으십니까?"

샤렌의 부릅떠진 눈, 창백한 안색에 시선을 고정한 드리튼의 질문이었다. 그의 얼굴에는 염려와 걱정이 가득했다.

샤렌이 고개를 젓는다. 답답하다는 표정이다.

여전히 떨고 있는 손을 그가 들어 올린다. 정면에 마주한 테이블 쪽이다.

드리튼이 샤렌의 손끝을 따라 고개를 돌린다.

한 여자가 있다.

"서, 설마……?"

대륙이 인정한 초상화의 대가 칼스타인의 의중을 짐작한 비랄으로서 드리튼이 기대에 찬 한마디를 토해낸다.

"대체 무슨 일입니까?"

자신에게 엄청난 이익을 가져다줄 칼스타인에게 무슨 일이 생겼나 염려되어 몸을 일으키던 바스겔 역의 이시스가 물었다.

마치 어린아이의 그것처럼 순수한 감동이 샤렌의 눈과 얼굴에 가득 차오른다. 격정을 억누르며 그가 말한다.

"바스겔 씨, 드디어 기나긴 여행을 마칠 때가 온 것 같습니다."

"……!"

Chapter 10

1

이사벨은 긴 손가락으로 안경을 밀어 올렸다.

정중하게 양해를 구한 세 사람이 테이블에 앉는 것을 허용해 준 그녀다.

하지만 안경 뒤의 눈은 날카롭게 빛나고 있었다.

샤렌이 그녀의 시선을 읽는다. 경각심으로 날카롭다.

'역시 똑똑한 여자군.'

가까이에서 이사벨을 본 샤렌의 생각이었다.

그녀는 분명히 자신들이 나눈 대화를 들었다. 세상에서 가장 아름다운 여자, 그리고 대화가의 이상형이 결국 자신이라는 걸 충분히 짐작하고 있을 것이다.

그럼에도 마냥 기뻐하지 않는다. 그녀는 스스로가 여자로서의 매력이 부족하다 여기고 있었다.

따라서 난데없이 추켜세워지는 지금의 상황을 의심하는 것이다.

'이성이야 그렇게 의심을 종용하겠지. 하지만 오래 버티진 못할걸?'

자신들의 대화에 나온 모델이 자신이고 싶을 것이다. 여자라면 당연히 그런 욕망을 가진다. 냉철한 이성이 억누른다 해도 욕망 자체가 사라지진 않는다.

"비싼 돈을 내고 초상화를 그리고 싶은 생각은 없어요."

이사벨이 차갑게 말했다.

의심의 정체가 드러났다. 한껏 띄워주고 초상화를 그리게 한 다음 거금을 받아내는 사기가 아닐까 하는 것이다.

과연 그럴 만했다.

본인 스스로가 아름답지 않다고 생각할 테니, 누군가의 이상형이 되고 또 세상에서 가장 아름다운 모델이 바로 자신이라는 사실이 선뜻 믿어지지 않는 것이다.

"숙녀 분께서 돈을 내실 이유는 전혀 없습니다. 필요하시다면 저희 측에서 모델료를 지급해 드릴 수도 있습니다."

애가 닳은 이시스가 나섰다. 이사벨이 부정적으로 나오니 불안이 극에 달했던 것이다.

"바스겔 씨, 저는 모델에게 대가를 제공한 적이 없습니다."

샤렌이 이시스에게 쏘아붙였다. 말을 하며 눈짓을 보낸다. 나서지 말라는 뜻이었다. 그런 행동에 어색할 것은 없었다. 뭐든 돈으로 해결하려는 장사치의 소견에 대한 예술가의 질책으로 보이는 상황인 것이다.

"본의 아니게 그쪽 이야기를 대략 듣게 되었어요. 목소리가 커서 그런 것이니 어쩔 수 없는 일이었죠."

이사벨은 자신의 실례된 행동을 솔직히 인정하고 나섰다.

"정말로 제가 당신들이 찾는 그런 여자라고 생각하는 건가요?"

드리튼과 이시스의 시선이 샤렌에게 집중된다. 그녀가 저렇게 밝히고 나올 줄은 몰랐다. 예기치 못한 이 상황에 샤렌이 어떤 화려한 언변으로 맞설지 기대하는 것이다.

하지만 샤렌의 입에서 나온 말은 전혀 엉뚱한 것이었다.

"혹시 기적을 믿습니까?"

샤렌의 말에 경악을 하는 드리튼과 이시스였다.

'뭐라는 거야?'

'샤렌, 왜 그런 뜬금없는 소리를?'

두 사람은 목숨이 걸린 연기에 최선을 다해왔다. 충분한 밑밥을 뿌렸고 본격적인 설득의 시간이 찾아왔다.

한데 다 구워진 빵에 진흙을 처발라도 정도껏이지 이게 웬 허튼소리란 말인가.

"전 과학자예요. 근거 없는 기적 따위는 믿지 않아요."

이시스와 드리튼의 얼굴에 그림자가 드리워진다. 예상했던 대로다. 트라시아를 대표하는 과학자가 기적 따위를 믿을 리가 없는 것이다. 차갑기만 한 그녀의 표정이 드리튼과 이시스에게는 사형선고처럼 다가왔다.

"과학자이셨군요. 그렇다면 기적을 믿기 힘들겠죠. 하지만 세상에는 분명 기적이라는 게 존재한답니다."

샤렌이 또 엉뚱한 소리를 했다.

드리튼은 영문을 알 수 없는 샤렌의 말에 당황해했고, 이시스는 당장이라도 샤렌의 멱살을 쥐고 흔들고 싶은 충동을 억눌렀다. 평소에는 그렇게 말도 잘하던 놈이 왜 저렇게 나오는지 이해할 수가 없는 두 사람이었다.

하지만 샤렌의 생각은 둘과 전혀 달랐다.

이사벨은 천재형의 과학자다. 그녀라면 화려한 언변 속에서도 논리적 핵심만을 간추릴 능력이 있다.

그러니 천재인 이사벨의 이성이 발휘될 기회를 줘서는 안 된다는 게 샤렌의 생각이었다. 논리적 설득으로는 그녀를 이길 수 없다고 이미 결론을 내려둔 것이다.

그는 언제나 그렇듯 여자의 감성을 공략하는 데 집중하고자 했다. 냉철한 이성이 발휘되기 전 감성을 움직여야만 한다.

자신이 찾는 모델에 대한 이야기는 그녀가 이미 알고 있다. 차갑게 감정적 동요를 억누른다지만, 정말로 자신이 아름답다는 사실을 믿고 싶어하는 욕망만큼은 분명히 있을 것이다.

그런 상황에서 반복해 같은 이야기를 하는 것은 어리석은 행동이다. 그녀에게 다시 한 번 냉철한 이성으로 상황을 분석할 기회를 제공하는 것이기 때문이다. 믿고 싶어하는 마음을 그대로 둔 채 상황을 이끌어가는 것이 유리했다.

그래서 샤렌은 아예 모델 제안의 수락 여부에 관한 것이 아닌 기적 이야기를 꺼내든 것이다.

기적 따위를 믿을 리 없는 것은 이미 안다.

하지만 과학자들은 기본적으로 호기심이 많다.

그녀는 뛰어난 과학자인만큼 더욱 그럴 것이다.

그걸 이용해야만 한다.

샤렌의 속셈은 거기에 있었다.

미간을 찌푸린 이사벨에게 샤렌이 빙긋이 웃으며 말한다.

"제가 당신께 '아름다운 기적' 을 보여드리죠."

기적은 없다는 것을 스스로 입증하려는 이사벨의 승부욕을 자극하는 샤렌이다.

그뿐이 아니었다. '아름다운 기적' 이라 표현한 데는 또 다른 의도가 있었다.

이사벨의 내면에는 누군가에게 자신이 정말 아름답게 여겨지는 감성적 욕구와 스스로 그렇지 못하다는 이성적 판단이 함께하고 있을 것이다.

만약 자신이 세상에서 가장 아름다운 모델이라면 그것 자체가 기적에 가까운 일이라 생각할 터.

　'아름다운 기적' 이라 말한 것은 그녀가 기적에 가까운 일이라 생각하는 상황을 무의식중에 연상하게끔 함으로써 더욱 결과를 확인하고자 하게끔 하려는 미끼였다.

　'천재든 과학자든 여자는 누구나 아름답게 보이고 싶어하니까… 당신은 피해갈 수 없어!'

　샤렌은 여성 특유의 욕망에 대해 잘 알고 있는 만큼 이사벨이 말려들 수밖에 없다고 확신했다. 기적을 부정하지만 기적을 바라는 상황 속에 있기 때문이다.

　그런 샤렌의 기대는 어긋나지 않았다.

　"대체 무슨 기적을 보여준다는 거죠?"

　안경 너머의 두 눈을 빛내며 이사벨이 물어온 것이다.

　'걸렸어!'

　내심의 미소를 드러내지 않고 샤렌은 더없이 진지한 표정을 유지한다.

　"저를 따라오시죠. 당신께 직접 기적을 보여드릴 테니까요."

　샤렌은 자리에서 일어서며 말했다.

　그는 이사벨이 자신을 따라오리라고 믿는지 아예 몸을 돌려 걸음을 옮기기 시작했다. '싫으세요?' 라든가 '안 될까요?' 식의 질문은 아예 고려도 안 했다. 여자에게 던져진 부정적인 질문은 부정적인 결론으로 이어질 확률이 높기 때문이다.

그런 샤렌을 보는 드리튼과 이시스는 어이가 없는 표정이었다. 대책없는 당당함이 문제가 아니었다. 샤렌을 쫓아 이사벨이 몸을 일으켰기 때문이다.

문제는 뜬금없는 기적 이야기였다. 모델 문제는 완전히 뒷전인 상황이 되어버린 것이다.

'니가 신이냐, 맘대로 기적을 일으키게?'

절망적으로 샤렌의 뒷모습을 보며 이시스가 속으로 외친 말이었다.

2

이사벨은 들끓는 노기를 억누르느라 최선을 다해야만 했다.

유명한 초상화가라는 초췌한 남자는 자신을 헤어살롱에 데려왔다. 화가 난 건 그 때문이다.

본래 트라시아의 여인들은 자신의 얼굴을 남에게 맡기지 않는다.

머리야 어쩔 수 없다지만 화장은 다르다.

정성을 들여 화장을 하는 것은 여성만의 특권이자 미덕이었다. 그런 이상 다른 사람의 손에 맡겨서는 안 된다. 여자의 얼굴이기에 더욱 그런 것이다.

트라시아에서 화장을 다른 사람 손에 맡기는 건 술집 여자와 배우들뿐이었다.

이사벨이 억지로 화를 삭인 것은 이곳에 도착하기 전에 한 남자의 말 때문이었다.

"기적은 인내를 필요로 합니다. 지금부터는 제가 시키는 대로만 해주세요. 그러면 당신은 아름다운 기적을 보실 수 있을 것입니다."

그 말을 할 때 남자의 시선은 이상하게도 이사벨의 마음을 움직였다. 단순히 확신에 찬 듯한 느낌 때문만은 아니었다. 이성의 경계를 날카롭게 파고들어 와 마음을 뒤흔들었던 것이다.

이사벨은 저도 모르게 고개를 끄덕이고 말았다.

그 때문에 이렇다 할 화조차 내지 못한 채 헤어살롱에 끌려왔고, 화장대 앞에 앉고 말았다.

남자는 화장을 담당하는 여자에게 내추럴이 어떻고 하며 한참을 설명해 자신의 화장을 제멋대로 고치게 했다.

오랜 시간과 정성을 기울였던 화장은 전부 지워졌다.

천박한 여인들을 상대로 해왔기 때문인지 화장을 담당한 여자의 솜씨는 형편없었다. 이사벨이 알고 있는 화장의 정석을 제대로 지키는 것이 하나도 없는 것이다.

하이라이트를 넣어서 부각을 시켜줘야 하는 T존에는 손도 대지 않고 새도우를 이용해 깊이를 줘야 하는 부분은 외려 밝게 가고 있었다.

눈썹과 눈 사이의 거리가 있기에 두껍게 손을 댔던 눈썹 라인도 방치된 그대로다.

아이라인도 거의 보이지 않을 정도다.

기초적인 방법조차 지키지 않은 화장이 끝났을 때, 이사벨은 어처구니가 없었다.

다 되었다고 말하는 여자의 뺨을 때리고 싶을 정도였다.

트라시아의 성인 여성, 특히 고귀한 신분을 가진 여성에게 맨얼굴을 드러내 보이는 것은 수치스러운 일이다. 작위를 받은 이사벨의 경우에 맨얼굴을 보이는 것은 옷을 다 벗고 다니는 것에 다르지 않다.

한데 끝난 화장이라는 게 거의 맨얼굴과 다름없었다.

뿐만 아니었다. 들어갈 데 안 들어갈 데가 반대로 되어 있으니 얼굴이 평판처럼 밋밋해 보인다. 화려한 색조가 배제되어 마치 환자처럼 보이기까지 했다.

이런 엉터리 화장으로 자신을 망쳐 놓았다는 생각에 이사벨은 화가 나지 않을 수 없었다.

막 폭발하려는 시점에 밖으로 나갔던 남자가 돌아와 드레스를 내밀었다. 그 의외의 상황이 아니었다면 이사벨은 결코 자신의 화장을 한 여자를 내버려 두지 않았으리라.

"이 옷으로 갈아입으세요."

남자의 붉은 눈이 따스한 빛을 발한다.

또 한 번 이사벨은 자신이 흔들리고 있음을 깨닫는다. 왠지 그의 말을 들어줘야 할 것만 같다.

"대체 이게 무슨 짓인 거죠?"

"기적을 행하는 거죠. 조금만 더 참으세요. 중도에 포기할 수는 없잖아요?"

남자의 말에 이사벨은 마지못해 드레스를 받아 들었다. 애초 시키는 대로 하겠다고 덜컥 말해 버린 자신의 실수를 후회하면서…….

받아 든 드레스를 살펴보니 어처구니가 없는 디자인이었다. 대륙의 최신 유행은 풍성한 레이스로 장식된 스타일이다. 겹쳐진 레이스가 많으면 많을수록, 장식이 화려하면 화려할수록 세련되고 멋진 스타일이 나오는 것이다.

한데 남자가 건넨 검정색의 드레스는 단순했다.

그 단순함이 지나쳐 과연 디자인이라는 게 존재하는지조차 의심스러울 정도였다. 은은한 광택이 흐르는 소재 자체는 저급해 보이지 않았지만 일체의 장식이 배재되어 있었던 것이다.

입어보니 몸에 딱 맞는다. 마치 자로 잰 듯 한 치의 넉넉함도 부족함도 없다.

남자의 눈썰미만큼은 감탄스러운 바가 있었다.

하지만 그 초라한 디자인은 도대체가 눈에 들어오질 않았다.

못마땅한 표정으로 옷을 입고 나오자 이번에는 다른 여자가 다가와 머리에 손을 댄다.

단정하게 정리되었던 머리가 멋대로 헝클어진다.

단단히 조이지도 않고 대충 틀어 올린 탓에 머리카락이 여기저기 흘러내려 왔다.

마치 자다 일어난 것과 같은 모습이었다.

그 모습에까지 이르렀을 때 남자는 고개를 끄덕인다. 하얀 치아가 드러나는 매력적인 미소를 내비친다.

아름답다.

이사벨은 그렇게 생각했다. 어떻게 남자가 저리도 아름다운 미소를 지을 수 있을까 하는 의문이 들 정도였다.

초췌하고 병색마저 엿보이는 남자의 외모와는 동떨어진 느낌이다. 이사벨은 무의식중에도 느낀다.

저 미소!

자신을 향한 것이다. 자신만을 위한 미소임을 안다. 그렇기에 아름답다고 느껴지는 것이다.

그가 자신에게 손을 내밀어 밖으로 안내를 했다.

이 모습으로 밖에 나돌아 다녀 내게 수치를 주는 것이 기적이냐고 외쳐야 할 순간이건만, 이사벨은 저도 모르게 문을 열어 드레스 룸 밖으로 나와 버리고 말았다. 자신에게 던져진 남자의 미소 때문이었다.

"흡!"

"허억!"

헤어살롱의 로비에서 기다리던 남자의 일행 둘이 이사벨을 바라보며 묘한 소리를 냈다.

‘거, 거짓말!’

‘말도 안 돼!’

절규에 가까운 두 사람의 내적 외침을 듣지 못하는 이사벨은 그제야 자신의 몰골이 얼마나 엉망인지 기억해 냈다. 화가라는 남자의 미소에 홀려 흉한 꼴을 보이고 만 것이다.

수치심을 이기지 못해 얼굴을 가리고 드레스 룸 안으로 뛰어들어 가려는 순간.

칼스타인이라는 남자가 묻는다.

“어떻습니까? 이 숙녀 분의 모습이?”

동행해 온 두 사람에게 던져진 질문이었다.

두 사람은 넋을 잃은 표정으로 말한다.

“어, 엄청나군요. 정말 아름답습니다!”

“세상에나! 이렇게나 아름다운 분이신 줄 정말 몰랐네요. 정말 대단합니다.”

감탄 속에서도 두 사람은 불신을 이겨내지 못한다.

이사벨의 바뀐 모습은 변화 정도가 아니다.

아예 변태(變態)를 했다고 봐야 했다.

화장을 바꾸고, 헤어스타일에 변화를 주고 옷 갈아입는다고 사람이 저렇게 바뀔 수 있다는 사실을 두 사람은 미처 알지 못했다.

애초 드리튼과 이시스는 이사벨이 아름답다는 샤렌의 말을 있는 그대로 받아들이지 못했다. 목숨이 걸린 임무인만큼 애써 그렇게 생각하는 게 마음 편하게 여겨질 것이라는 정도가 전부였던 것이다.

한데 지금의 이사벨을 보면 전혀 그렇지 않았다. 저 정도의 미모는 트라시아, 아니, 대륙을 통틀어서도 흔치 않다. 우아함과 고상함의 극치인 모습이다.

그러면서도 위압감은 들지 않는다.

아니, 도발적으로 남자를 끌어당기는 매력을 발산한다. 그녀가 한번만 자신을 향해 웃어주면 당장이라도 옷을 다 벗어던지고 뛰어들고픈 모습이다.

표독스럽고 강하기만 했던 이사벨의 모습은 완전히 사라지고 저 이오나 네이와 비교해도 손색이 없을 법한 엄청난 미인이 눈앞에 서 있는 것이다.

한편 전혀 예상치 못했던 두 사람의 말에 이사벨 또한 어안이 벙벙해진다. 저 사람들이 제정신인 건가 싶기도 하고 입에 발린 거짓말을 하는 건 아닌가 싶기도 했다.

하지만 곧 그녀는 자신을 향해 쏟아지는 시선의 무게를 느낀다.

여자인 그녀는 알 수 있다.

지금껏 칼스타인이라는 사람에게서만 받아온 여자로서의 지대한 관심이 저 둘에게서도 느껴진다. 풀린 눈, 벌어진 입이 드러내는 표정에는 감탄과 동경, 그리고 마음이 동하는 이성을 향한 강한 열망이 느껴진다.

'저 사람들, 지금의 내가 아름답다고 느끼는 건가? 이런 모습이……?'

힐끗 거울을 살핀다.

엉망인 모습이다.

헝클어져 보이는 머리에 맨송맨송한 화장, 그리고 초라할 만큼 단순한 드레스를 입고 있다.

한데 왜 두 사람은 저런 표정을 짓고 있는 건지 이사벨은 이해할 수 없었다. 최신 유행을 좇고, 정성껏 화장을 했을 때는 단 한 번도 받아보지 못한 시선이 왜 이 모양일 때 오는 건지 알 수가 없는 것이다.

칼스타인이 다가온다.

"실례가 많았습니다. 지금의 모습이 많이 어색하신 듯하군요."

"네? 아… 네."

평소의 이사벨이라면 상상조차 할 수 없는 모습이다. 그녀가 말을 더듬은 것이다.

"일단 나가시죠. 이제 기적을 행할 시간입니다."

지금의 이사벨에게 있어서 칼스타인의 말은 마치 신탁(神託)을 통해 전해진 신의 말씀과 같았다.

그녀는 지금 혼란스럽기 그지없었다. 두 남자의 반응뿐 아니라 헤어살롱의 직원들조차—무려 여자인데도—자신에게 넋을 잃은 시선을 바라보는 중이다.

저들의 반응은 이사벨에게 있어서 충격적인 것.

그녀는 칼스타인이라는 남자의 말에 저항할 능력을 이미 상실하고 만 것이다.

홀린 듯한 표정으로 이사벨은 칼스타인의 권유에 따라 헤어살롱을 나섰다.

샤렌은 입가에 미소가 가득하다.

정확히 예상했던 대로였다.

그녀는 지나칠 정도로 뚜렷한 이목구비를 가졌다. 화장을 통해 감추거나 강조해야 할 부분이 거의 없다.

이마와 코를 잇는 T존에 하이라이트를 주면 그 부분이 솟구쳐 보인다. 섀도우로 코 옆의 라인까지 잡아주면 더욱 그렇다.

하지만 이사벨에게는 역효과다. 안 그래도 그녀는 충분히 선명한 라인을 가지고 있기 때문이다.

눈썹을 두껍게 칠하지 않은 것도 이유가 있다. 완벽에 가까운 그녀의 이미지는 다소 위압적이고, 지나칠 정도로 도도하게 보일 수 있다.

눈썹과 눈 사이의 거리가 먼 것은 남자들에게 어필할 때 큰 장점이 될 수 있다. 순종적이고 섹시한 이미지로 다가서는 것이다. 눈썹을 짙게 해 눈 사이와의 거리를 좁히지 않은 것은 그 때문이었다.

깊이가 있는 눈 부분은 외려 밝게 처리해 달라고 했다. 눈이 너무 깊으면 지나치게 강해 보이기 때문이다.

아이라이너도 같은 이유에서 적당히 그리게 했다. 선명하게는 보이되 강조되지 않도록 한 것이다.

광대뼈가 있는 부분도 마찬가지. 섹시한 느낌을 주는 이상의 색조를 완전히 배제해 버렸다.

헤어스타일도 화장과 같은 맥락에서 주문했다. 풍성한 볼륨감을 주어 섹시한 면모는 강조했고, 흘러내린 머리카락을 통해 조금은 날카로워 보일 수 있는 눈매에서 시선을 분산시켰다. 흘러내린 머리카락 하나 없는 지나치게 단정한 머리를 피한 것에는 대개의 남자가 완벽한 여자보다 빈틈이 있는 여자를 선호하기 때문이기도 했다.

심플하면서 라인을 강조한 드레스도 그녀를 위한 것이다. 풍만한 몸매를 가진 그녀에게 레이스는 치명적이다. 겹쳐진 레이스로 인해 풍성한 몸매가 오히려 뚱뚱하고 둔해 보이는 효과를 만들어내기 때문이다.

대부분의 남자들은 여성의 가슴 굴곡에 취약하다.

그렇기에 어깨를 드러내고 가슴의 굴곡이 살짝 보일 정도의 디자인을 선택해 그녀의 풍만한 가슴 선을 부각시켰다.

잘록한 허리 라인과 발달한 힙도 착 감기는 드레스로 인해 잘 드러난다. 장식이 배제된 만큼 그녀의 몸 자체가 가진 선이 더욱 강조되는 것이다.

허벅지 부분까지 갈라져 올라간 트임 선은 완벽을 위한 마무리였다. 우아함 속에 섹시하고 도발적인 느낌을 만들어내 완벽을 기했던 것이다.

효과는 기대 이상이었다.

이사벨은 샤렌의 기대에 충실히 부응했던 것이다.

그녀를 밖으로 안내하며 칼스타인 역의 샤렌이 드리튼과 이시스에게 엄지를 내밀어 보인다.

승리의 신호였다.

이사벨의 놀라운 변신, 그야말로 기적이라고밖에 표현할 수 없는 장면 속에서 드리튼은 생각했다.

'샤렌, 아카데미의 낙제생 따위가 대륙 최고의 천재를 속여 버린 건가?

스쳐 간 감탄.

그리고 또 다른 의문이 떠오른다.

'근데 기적의 체험은 또 뭐지? 지금 이것만으로도 충분하지 않나?

3

그것은 진정한 기적의 체험이었다.

길에 나선 이사벨은 알 수 있었다. 도로의 모든 시선이 자신에게 집중되고 있다.

가슴이 두근거린다.

수많은 사람들이 모인 강연장에서 연설을 할 때도 떨지 않던 그녀지만 얼굴까지 상기된다. 느껴지는 시선의 종류가 다르기 때문이다.

한 번 자신에게 머문 남자들의 시선은 떠날 줄 모른다.

심지어는 여자들까지 자신을 보고 입을 벌린다.

가던 길을 멈추는 남자들이 태반이었고, 고개뿐만 아니라 아예 몸을 돌려 바라보는 남자도 있었다.

자신과 시선이 마주칠라 싶으면 한껏 멋을 부린 미소를 지어 보이기도 하고 괜스레 모자를 벗어 예를 갖추기도 한다.

태어나 지금껏 한 번도 경험해 보지 못한 벅찬 순간이 계속되고 있다. 그토록 바라마지 않았던 관심이 차고도 넘칠 정도로 자신에게 쏟아지는 중이었다.

"……!"

맞은편에 낯익은 얼굴이 보인다.

성격 좋고 외모도 뛰어나 국방연구원에서 여자들의 인기를 독차지하고 있는 베르탄 토리였다. 이사벨도 그를 보며 얼굴을 붉힌 적이 몇 번 있었다.

하지만 정작 베르탄 토리에게 있어서 자신은 직장 상사일 뿐이었다. 어려워하고 조심스러워할 뿐, 단 한 번도 자신에게 이성을 바라볼 때의 시선을 준 적이 없다.

그런 베르탄이 이사벨을 발견했다.

걸음을 멈춘다.

눈동자가 흔들리고 입이 벌어진다.

이사벨은 알 수 있었다.

그는 자신을 알아보지 못하고 있다. 태어나 처음 보는 여자로 생각하고 있는 것이다.

게다가 저 베르탄 토리가 자신의 외모에 관심을 두고 있다.

아니, 그 정도가 아니다.

넋을 잃고, 혼이 빠진 모습을 보인다.

반했다.

지금의 이 모습에 베르탄 토리가 반하고 만 것이다.

그것을 이사벨은 충분히 느낄 수 있었다.

그녀는 베르탄에게서 시선을 거뒀다.

무신경하고 냉랭하게.

평소 자신이 당했던 그대로를 돌려주는 것이다.

묘한 쾌감이 전신을 자극한다. 냉철하기 짝이 없는 이성의 소유자인 그녀였지만 지금은 다르다. 벅차오르는 가슴, 떨리는 심정을 형언키조차 힘들다. 어쩐지 눈물이 흐를 것만 같다.

그때 칼스타인이 말한다.

"진정한 아름다움이 드러났을 때, 그것을 바라보는 사람들은 기적을 체험하지요."

"……!"

이사벨의 고혹적인 눈이 샤렌에게 향한다.

이 사람, 자신이 알지 못했던 아름다움을 봤다. 그것을 '기적'이라는 이름하에 꺼내들었다.

확 바뀌어 버린 자신의 모습 속에서 이루어진 기적이다.

하지만 그는 말한다.

지금의 이 모습이 원래 자신의 것이라고.

그가 이렇게 바꾼 것이 아니라 자신이 가지고 있던 진정한 모습이라 말하고 있다.

그리고 기적을 체험하는 사람은 자신이 아니라 '자신을 보는' 사람이라고 했다. 자신은 진정한 아름다움을 가졌고, 그 자신을 보는 사람이야말로 기적을 체험하는 것이라 강조한 것이다.

그래서!

이사벨은 웃었다.

웃을 수밖에 없었다. 기쁜 마음을 감출 이유를 찾지 못했다. 아니, 설령 그 어떤 이성적 논리가 막는다 해도 지금은 웃고 싶었다. 이 남자에게 웃음을 보이고픈 것이다.

샤렌도 마주 웃는다. 이사벨의 웃음 때문이다.

그가 생각한다.

'남자는 좋게 봐주길 바라며 웃고, 여자는 좋게 봤기에 웃는 거란 말이지.'

Chapter 11

1

“**당**신의 이 아름다운 모습을 세월에 흘려보내는 건 죄악입니다.”

이 한마디로 결정이 났다.

이사벨은 망설임 없이 칼스타인이라는 초상화가의 제안을 받아들였다.

그녀는 이제 알게 되었다. 자신이 누구 못지않은 아름다움을 가졌다는 사실을…….

그 아름다움을 보존할 방법이 있다.

캔버스에 담아 순간을 영원으로 기록하는 것.

여자로서 거절할 수 없는 유혹이었다.

한 치의 어긋남도 없이 이사벨은 샤렌의 뜻대로 모델이 되기로 결정을 내렸다.

하지만 샤렌에게 있어 그녀의 모델 수락은 목적한 바의 끝이 아니었다. 그의 계획은 이제 시작일 뿐인 것이다. 그녀에게 접근할 계기를 만들고 어느 정도 호감을 사는 데 성공했다.

그러나 목표는 어디까지나 순정의 하온.

원하는 물건을 손에 넣기 위해서는 좀 더 강하게 그녀의 이성을 가리고 마음을 뒤흔들어야만 했다.

샤렌이 이사벨에게 말했다.

"당신에 대해 보다 많은 것을 알수록 더 많은 것을 붓에 담을 수 있을 것입니다."

지금의 자리는 그렇게 만들어졌다. 작품을 시작하기 전 식사와 담소를 나누며 이사벨에 대해 더 많이 알고자 한다는 핑계였다. 교감이 깊을수록 완성도 높은 작품을 만들 수 있다는 것이다.

식사가 끝나고 벌써 한 시간이 지났다.

그 시간이 흐르는 동안 드리튼은 죽을 맛이었다.

변신을 넘어서 아예 다른 사람이 되어버린 이사벨.

그녀와 식사하는 것까지는 흥거웠다. 거기서 끝이라면 드리튼도 즐거운 시간이었다고 말할 수 있었을 것이다.

한데 문제는 샤렌이었다. 이 어리석은 놈이 저 이사벨에게 과학과 관련이 있는 화제를 꺼내든 것이다.

전문 분야에 관한 이야기.

자신의 분야에서 독보적 존재인 이사벨이 할 말은 많고도 많았다. 그녀는 머릿속에 들어 있는 방대한 지식을 거침없이 쏟아냈다.

듣고 있는 사람들이 과학자들이 아닌 것을 감안해 쉽게 설명한다지만, 생판 문외한인 드리튼에게는 그녀의 말이 '언어'로 다가오지 않았다. 언어가 아닌 다른 뭔가가 귀로 와장창 쏟아져 들어왔다가 나가는 느낌이었다. 머리가 멍해질 뿐 아니라 이제는 지끈거리는 두통까지 느껴졌다.

"아, 그렇군요."

드리튼은 이를 악물고 버티는 반면, 샤렌은 이사벨의 설명을 잘도 듣는 중이었다. 그는 이사벨에게 시선을 고정시킨 채 연신 고개를 끄덕였다.

'저 자식이 알아들을 리가 없는데……?

아카데미 시절, 자신에 비해 한참이나 모자란 성적이었던 샤렌이다. 머리가 어질어질해질 정도의 설명을 이해할 리 만무한 것이다.

그런데도 샤렌은 마치 재밌는 이야기를 듣는 것마냥 흥미로운 표정으로 이사벨의 이야기를 경청하는 중이었다.

중간 중간에 탄성을 지르기도 하고 만족스러운 웃음을 짓기도 했다.

그리고…….

"그럼 저장된 바라카를 하나의 에너지원으로 사용하는 것도 가능한가요?"

지금처럼 질문도 던져 댔다.

'이제 그만 좀 해, 이 자식아!'

드리튼은 하마터면 소리를 지를 뻔했다. 안 그래도 지루한 이야기가 계속되건만 샤렌은 끊임없이 이사벨의 말을 이용해 질문을 던지는 것이다.

이사벨은 고혹적인 눈을 반짝이며 다시 설명에 들어간다. 다소 상기된 표정의 그녀는 이미 많은 말을 했음에도 조금도 힘든 기색이 엿보이지 않았다. 오히려 즐기고 있는 것만 같았다.

"아뇨. 사실 그게 쉽지 않아요. 저장과 활용은 또 다른 문제니까요. 바라카를 하나의 에너지로 여기는 것 자체가 성국 홀라덴에서 발끈할 일이지만, 활용에 있어서도……."

드리튼에게는 폭포수처럼 쏟아져 나오는 이사벨의 설명이 일종의 청각적 고문처럼 느껴졌다.

이쯤 되자 아무리 아름다운 이사벨이지만 입을 틀어막고 싶을 정도였다. 이야기를 들으며 졸지 않는 것만이 그의 최선이었다.

이사벨의 강연(?)은 그 후로도 한 시간이나 계속되었다.

그녀가 설명을 마치고 샤렌이 더 이상 질문을 하지 않았을 때, 드리튼은 만세라도 부르고 싶었다.

"칼스타인님은 예술가이신데도 과학적 지식이 풍부하군요."

감탄한 표정으로 이사벨이 이렇게 말하자, 드리튼은 경악을 금치 못했다.

낙제를 돈으로 막았던 샤렌이 아니던가!

그런 샤렌에게 과학적 지식이 풍부하다니?

게다가 지금껏 질문 몇 개와 연신 고개를 끄덕인 게 전부인 샤렌이다.

한데 왜 갑자기 이사벨이 저런 말을 하는지 드리튼은 이해할 수가 없었다.

"천만에요. 전 과학에는 문외한이나 다름없습니다."

"아니에요. 이렇게 즐거운 대화는 참 오랜만이었어요."

이사벨의 말에 드리튼은 또 한 번 기가 막힌다는 느낌을 받았다.

'대화? 이게? 혼자 몇 시간을 떠들고서는 대화는 무슨 얼어죽을 놈의 대화야?'

어쨌든 드리튼에게 있어서 힘들기만 했던 식사는 그렇게 정리가 되었다.

그 과정 속에서 드리튼은 이상한 점을 느꼈다. 식사 이전에도 종종 웃음을 흘리던 이사벨이었다.

그런데 레스토랑에서 나올 때쯤이 되자 지나칠 정도로 웃음이 잦아졌다. 샤렌과 눈이 마주칠 때마다 입가에 미소가 걸리는 것이다.

'뭐, 뭐야? 대체 또 무슨 마법을 부린 거냐, 샤렌?

드리튼은 자기도 모르는 사이, 샤렌이 또 어떤 수작을 부려 저와 같은 변화를 일으켰는지 궁금해졌다.

이사벨을 집까지 에스코트해 준 후에야 드리튼은 호기심을 풀 기회를 맞이했다.

"샤렌, 대체 이게 어떻게 된 거야?"

"뭐가?"

"니가 과학에 대해 뭘 안다고 이사벨이 저러는 거야? 너도 나처럼 설명을 듣기만 했잖아."

드리튼의 질문에 샤렌이 싱긋 웃었다.

"너랑은 달랐지."

"뭐가 달라?"

드리튼이 인정할 수 없다는 표정으로 말했다.

"난 끊임없이 그녀와 눈을 맞추고, 고개를 끄덕이고, 탄성을 내지르며 호응했잖아. 나도 뭔 소린지 모를 질문도 하고 말이야."

드리튼의 추측대로 역시 샤렌은 알지도 못하면서 되도 않는 질문을 했던 게 맞았다.

"그런데 왜 이사벨이 너랑 대화를 한 게 되냐고? 저 여자는 자기 혼자 실컷 떠드는 걸 대화를 나눈 거라 생각하는 거야?"

“이사벨의 성격에 문제가 있는 게 아니야. 여자는 말이지, 상대가 보이는 반응 자체도 대화의 교환으로 인식하는 경우가 많아. 내가 계속해서 관심을 보이는 척했으니 이사벨은 내 반응을 보면서 대화가 진행되고 있다고 느낀 거지.”

“듣기만 했는데도?”

“응. 적절히 질문을 섞어주면 더 효과가 좋지. 이 사람이 내 말에 관심을 갖고 있다고 생각해 만족하고, 또 질문을 한다는 것 자체가 뭔가를 알아듣고 있다고 여기니까 말이야. 여자들은 자신이 하고 싶은 말을 하고, 상대가 연신 긍정적인 반응을 보이면 많은 대화를 나눴다고 생각한다니까.”

드리튼은 잠시 말을 멈췄다. 샤렌의 말을 곱씹는 것이다. 지금 들은 내용은 여자를 상대하는 데 있어서 유용하기 이를 데 없는 정보가 분명했다.

잠시 후 드리튼이 다시 입을 연다.

“좋아. 그건 그렇다 치고, 왜 이사벨이 갑자기 널 보고 계속 웃어대는 건대? 그거 분명 네게 호의를 표하는 거 맞지? 대화가 진행되는 동안 무슨 수작이라도 부린 거야?”

“애초에 그걸 위해 마련된 자리니까.”

샤렌은 당연한 결과라는 듯 말했다.

“그걸 위해……?”

“어제 기적 어쩌고 하면서 그녀를 뒤흔들었잖아. 이미 어느 정도는 내게 호감을 느꼈을 거라는 건 너도 알지?”

"충분히 알지."

샤렌과 함께하는 여자를 한두 번 봐온 드리튼이 아니었다. 이사벨의 눈빛을 통해 그녀가 샤렌에게 호감을 가졌다는 정도는 쉽게 파악할 수 있었다.

"하지만 이사벨 정도라면 좀 더 나에 대한 파악이 필요했을 거야. 이 사람과 감정을 키워도 될지 냉철히 판단을 하고 싶었을 거란 말이지. 유명한 예술가라고 했으니 사회적 지위는 어느 정도 먹고 들어갔겠지. 하지만 지적 수준은 어떤지, 대화는 통하는지, 이런 부분을 따지고자 했던 거지. 똑똑한 여자들은 말이 통하지 않는 남자를 싫어하거든."

"그런데 네 호응을 보면서 지적 수준도 높아 보이고, 대화도 잘 통한다고 착각을 해서 네게 급격히 마음을 기울인다는 거야?"

"아마도 그랬겠지? 이 정도면 자신과 애정을 나눌 자격이 된다고 결론을 내렸을 거야. 뭐… 어제 일의 효과가 아주 커서 가능했던 이야기지."

"그럼 이제 저 여자를 이용해서 순정의 하온을 구할 수 있게 된 거야?"

드리튼이 기대에 가득한 표정으로 물었다.

"이용이란 말은 좀 듣기 싫지 않아?"

샤렌은 그렇게 한번 드리튼의 말을 짚고는 말을 이어갔다.

"그리고 당장 목적을 이루기엔 시기상조야. 하지만… 머지 않아 가능할 거야. 우선은 보다 확실한 '한 방' 이 필요해."

샤렌은 붉은 두 눈을 빛내며 말했다.

'타오르고 있어, 이 자식! 바보가 불타면 천재도 못 당한다… 라는 건가? 아니면 정말로 이 방면에 있어서 이 자식을 당해낼 여자가 없다는 건지도…….'

샤렌의 모습을 보며 드리튼은 생각했다.

2

작업실은 텅 비어 있는 창고와 같았다. 이젤 몇 개와 캔버스 몇 개만이 달랑 있을 뿐이었다.

어디서 그림 몇 개라도 구해다 놔야 하는 게 아니냐는 드리튼과 이시스의 염려를 샤렌은 일축했다.

그는 이사벨은 똑똑한 여자이니만큼 스스로 답변을 만들어낼 것이라 했다. 호의가 넘치고 마음이 기운 상태에서 그녀가 찾아낸 답변은 모두 긍정적이니 걱정할 필요가 없다는 것이다.

과연 작업실 내에 들어와 모델의 역할을 수행하는 이사벨은 아무런 의혹도 제기하지 않았다.

샤렌은 스케치를 위해 연필을 들고 있었다.

이사벨은 샤렌이 준비해 둔 의상을 입고, 그가 제안한 포즈대로 앉아 있었다. 비스듬히 앉은 그녀의 시선은 샤렌이 아닌

허공을 향하는 중이었다. 정면을 바라보는 진부한 초상화는
그리기 싫다는 샤렌의 말 때문이었다.

한참의 시간이 지난 후, 그녀가 입을 열었다.

"후우, 이거 생각보다 힘드네요."

"힘드시죠? 잠시… 쉬는 게 좋겠네요."

샤렌은 진지하기 이를 데 없는 표정으로 대답했다.

이사벨은 포즈를 풀고 샤렌에게 시선을 돌린다. 그에게 힘
들다 말한 것은 엄살이 아니었다. 한 자세를 오래도록 유지한
다는 것은 정말이지 생각보다 훨씬 고됐던 것이다. 허리와 목
에서 뻐근한 통증이 느껴질 정도였다.

내친김에 그녀는 몸을 일으켰다. 칼스타인이 자신을 어떻
게 그려 가는지 확인하고 싶은 것이다.

걸음을 옮겨 캔버스를 확인한 그녀의 얼굴에 의문이 떠오
른다.

캔버스는 거의 텅 빈 채였다. 구도를 잡기 위함인 듯 수직과
수평으로 선이 교차되어 있을 뿐, 다른 그림은 보이지 않았다.

그녀가 막 입을 열려 할 때, 칼스타인이 깊은 한숨과 함께
갈라지는 목소리를 낸다.

"내 실수였어요!"

"뭐가 실수라는 거죠?"

"당신과 교감을 나누려고 했던 것 말이에요."

샤렌의 말에 이사벨의 얼굴이 굳어진다. 묘한 불안감과 수

치심에 홍조까지 피어오른다.

"저와 이야기를 하다 보니 당신이 찾던 모델이 아니라는 생각이 든 건가요?"

다소 차갑게 느껴지는 이사벨의 말이었다.

샤렌이 일어섰다.

그리고는 이사벨의 얼굴을 똑바로 마주한다. 퀭하지만 반짝이는 그의 두 눈이 끊임없이 흔들린다. 후회와 절망감이 가득한 얼굴이다.

"어느 정도의 교감이 형성된 다음… 당신을 바라보며 내가 느끼는 감정을 캔버스에 담을 수 있다면 후회없는 작품이 나올 거라 생각했어요. 한데… 그럴 수가 없군요."

칼스타인의 대답은 이사벨이 예상했던 것과는 조금 다른 이야기인 듯싶었다.

느낌이 그랬다.

슬픈 듯, 안타까운 듯 계속 흔들리는 그는 어제까지 자신이 보았던 자신만만한 천재 화가가 아니었다.

이사벨은 표정을 누그러뜨리고는 입을 열었다.

"왜 그럴 수 없다는 거죠?"

"내가 오만했어요."

"오만……?"

이사벨의 의문에 잠시 머뭇거리던 칼스타인이 입을 연다.

"캔버스에 손을 댈 수가 없어요. 내가 진정으로 아름답다

고 생각하는 대상을 바라보며 내 감정까지도 담아낼 수 있다
는 생각, 그건 착각이었어요. 엄청난 착각, 아니, 망상에 불과
했던 거죠."

독백과도 같은 말이 끝났을 때, 칼스타인의 분위가 살짝 바
뀐다. 거친 파도에 휘말린 작은 배처럼 흔들리던 두 눈이 제
자리를 찾고, 정확히 이사벨의 시선과 마주했다.

그가 격앙된 어조로 말을 시작한다.

"당신을 볼 때마다 휘몰아치듯 다가오는 격정적인 느낌으
로 인해 스스로를 통제할 수가 없어요. 당신이라는 모델 앞에
서… 난 더 이상 화가가 아닌 거예요. 그저 동경했던 아름다
움 앞에 노출된 한 남자일 뿐인 거죠."

"……!"

이사벨과 샤렌의 표정이 한순간 뒤바뀌었다. 방금 전까지
마구 흔들리던 그의 표정이 그녀에게 옮아간 것이다.

"칼스타인……."

속삭이듯 그녀가 말한다.

샤렌은 그녀의 시선을 놓치지 않는다. 뜨거운 열정, 그 하
나의 감정으로 이사벨을 응시한다.

마주 선 둘 사이의 거리가 좁아진다.

너무나 자연스러운 공간의 축소가 행해지며 이사벨의 눈
꺼풀이 움직인다.

길고 짙은 속눈썹이 아래로 드리워지고 그녀가 눈을 완벽

히 감았을 때는 서로의 숨결까지 느껴진다.

따스하면서도 은밀한 느낌의 숨결의 교환.

그 끝에 다가올 부드럽고 달콤한 순간에 대한 기대가 한없이 고조된다.

서로가 서로를 인정하고 탐닉하고자 하는 열망에 휩싸인 두 사람.

그들에게는 코앞에 이른 거리마저도 천릿길만 같았다.

한껏 고조된 분위기 속에서 샤렌의 입술이 이사벨의 꽃잎 같은 입술을 덮으려는 순간이었다.

3

거친 파열음이 눈을 감은 이사벨의 귀를 파고들었다. 한껏 예민해져 있던 그녀는 소리의 진원을 쉽게 파악할 수 있었다.

그녀가 눈을 떴다.

어느새 거리를 벌려 고개를 돌린, 그리고 몸을 웅크려 밭은 기침을 쏟아내는 칼스타인이 보인다.

뭔가 섬뜩한 느낌이 가슴을 가르고 지나간다. 그 느낌이란 게 감정의 동요에서 비롯되었을 텐데 마치 진짜 통증처럼 너무나 선명했다. 불길한 예감이 실재하는 이기(利器:날카로운 병기)가 되어 심장을 가르고 만 느낌이다.

이사벨이 보기에 저것은 단순한 기침이 아니다. 그것을 알 수 있었다. 그가 토해내는 것은 폐부에서 나온 숨결이 아니라 고통이다. 고개 숙인 칼스타인의 얼굴이 보이진 않지만 그의 일그러진 표정이 선명히 보이는 것만 같다.

"괜찮아요, 칼스타인?"

이사벨이 어쩔 줄 몰라 하는 표정으로 물었다.

조금만 기침이 계속되면 모든 것을 토해낸 칼스타인이 쪼그라들어 버릴 것만 같다. 그냥 바라보고 있을 수만은 없었던 것이다.

밭은기침 속에서 칼스타인이 손을 들어 올린다. 괜찮다는 신호였다.

그리고는 곧 몸을 일으켜 세운다.

영원히 끝나지 않을 것만 같던 기침도 멎었다.

칼스타인은 입을 가렸던 손수건을 호주머니 속에 감춘다. 꽤나 서두르는 모양새다. 무엇을 감추는 듯한 동작이었다.

하지만 이사벨은 그의 손수건을 봤다. 선명한 붉은색의 꽃이 시야에 확 들어왔기 때문이다.

그것은 손수건의 장식을 위한 자수도 아니었고, 예쁘게 그려진 염색도 아니었다.

'피……!'

이사벨의 안색이 창백해진다.

호흡을 가라앉히기 위해 애를 쓰는 듯 보이는 샤렌은 그것을 놓치지 않는다.

　　바로 이 순간을 위해 며칠을 굶고 잠도 제대로 자지 않았다. 퀭한 눈과 창백한 안색을 유지하기 위함이다. 샤렌이 원한 건 지금처럼 병색이 완연한 얼굴이었던 것이다.

　　이사벨의 눈동자가 한쪽에서 움직이는 것을 샤렌은 확인했다.

　　기억을 더듬고 있다는 증거다.

　　그녀는 식당에서 나눈 자신과 친구들의 대화에서 이번 작품이 마지막이 될 것이라는 이야기를 들었다. 그 내용과 지금 그녀가 본 장면을 통해 정황을 파악할 수 있을 것이다.

　　'똑똑한 여자니까……!'

　　샤렌이 호흡을 완전히 가라앉혀 편안한 표정을 지었을 때, 이사벨이 묻는다.

　　"계속 그랬던 건가요……?"

　　아직까지 미련을 버리지 못한 이사벨이다.

　　샤렌이 미리 손수건에 묻혀둔 피의 양은 적지 않다. 기침과 함께 그 정도나 되는 피를 토했다면 가망이 없다는 뜻이다.

　　그럼에도 이사벨은 희망을 찾고자 하는 것이다. 아니, 이대로 샤렌을 놓치고 싶지 않은 것이다. 태어나 처음으로 자신의 진정한 모습을 바라봐 준 남자를 이렇게 보낼 수 없는 그녀였다.

　　"손수건을… 봤군요."

　　샤렌이 퀭한 눈을 슬쩍 옆으로 돌리며 말했다. 한쪽 입술 끝이 올라간다.

억지로 내비친 미소다.

더없는 쓸쓸함과 아픔이 묻어난다.

"언제부터 그런 거죠? 치료는 왜 안 받고 있어요?"

이사벨이 다급함을 드러냈다.

도저히 냉철함을 유지할 수 없는 상황이다.

그 어떤 천재라 해도 자신이 사랑하게 된 이에게 드리워진 죽음의 그림자를 보고 흔들리지 않을 수 없는 것이다.

그리고 그것은 샤렌이 바라 마지않는 상황이기도 했다.

"치료… 할 방법이 없어요."

"무슨 소리예요? 미리 포기를 하고 치료를 받지 않았다는 건가요?"

이사벨이 다그치듯 언성을 높였다.

"내 몸을 갉아먹는 건 병이 아니니까요."

"그게 무슨……?"

이해할 수 없는 표정의 이사벨에게 샤렌이 설명을 시작한다.

몇 년 전 막 초상화가로서 이름을 날리기 시작했을 때다.

한 여자가 초상화를 의뢰했다.

여자는 화려하기 이를 데 없는 외모의 소유자였다.

언제나 그렇듯 그녀가 가진 내면까지 캔버스에 담고자 했다. 진실된 그림을 그리고 싶었던 것이다.

그림이 완성되었을 때 여자는 극도로 분노했다.

완성된 그림에는 어둡고 탁한 색채만이 가득했다. 거친 터치로 채색된 캔버스 속 그녀는 화려한 외모에도 불구하고 눈곱만큼의 호감도 느껴지지 않았다. 외려 추악하다는 느낌까지 들 정도였다.

분노한 그녀는 수많은 폭언을 쏟아 부었다.

그리고는 무엇인가를 중얼거렸다. 자신으로서는 태어나 처음 들어보는 단어의 나열과도 같은 중얼거림이었다.

증상이 나타난 것은 그때부터였다. 몸에서 힘이 빠져나가고 기침이 심해져 갔다.

유명한 의사에게 검진을 받아도 원인을 찾지 못했다.

원인 모를 병으로 인해 죽어가고 있었던 것이다. 병세는 급격히 악화되어 갔다. 생을 포기해야 할 순간이 다가오고 있었던 것이다.

그러던 중 한 노인을 만났다. 지금의 크샤트린, 오래전에는 에슬란이라 불렸던 곳에서 왔다고 했다.

그가 말했다.

자신은 마법에 의한 '저주'를 받았노라고.

이 사악한 '저주'는 인체가 기본적으로 가진 하온을 소진시켜 결국에는 죽음에 이르게 한다고 했다. 하온이 정확히 무엇인지는 모르지만, 노인의 설명을 통해 모두 소진되면 죽음에 이른다는 사실을 알게 되었다.

노인은 손에서 빛을 내더니 그 빛을 전해줬다. 조금 더 생명을 연장시킬 수 있는 하온을 채웠노라고 했다.

노인에게 물었다. 당신과 같은 능력이 있는 사람이 또 있냐고.

노인은 대답했다. 저 에슬란에 가면 마법사를 만날 수 있을지도 모른다고.

그러나 마법의 원동력인 하온을 남에게 전해주기란 쉽지 않다고 했다.

이에 미련을 버렸다.

마지막 작품을 준비하기로 했다. 체내의 하온이라는 게 완전히 소진되어 죽기 전, 평생을 두고 가장 완벽한 작품을 그리고야 말겠다고 결심한 것이다.

"그렇게… 당신을 만나게 된 거죠."

샤렌은 되도 않는 스토리를 읊어댔다.

하지만 그는 확신했다. 이사벨은 자신의 이야기를 무조건 믿을 것이다.

갑작스레 찾아온 사랑이란 격한 감정의 동요다.

사랑하는 상대와 키스 직전까지 이르렀을 때는 감성적 동요가 배가될 수밖에 없다.

이사벨은 기쁨과 환희로 일관된 시간의 정점에서 사랑하는 남자가 죽어가고 있다는 사실을 알게 되었다. 그 충격의 크기는 형언조차 힘들 것이다.

극한 행복 속에서 불행의 나락으로 추락.

그랬기에 효과가 강력할 수밖에 없다.

그 안에서 냉철한 이성의 판단은 무리인 것이다.

이는 죽음이 가지는 힘이기도 했다. 병색이 완연해 보이는 상태에서 죽음을 준비하는 자가 거짓말을 할 이유가 없기 때문이다.

이사벨에게 있어서 지금은 논리적 판단을 내릴 때가 아니라 슬프고 가슴 아픈 사연을 듣고 받아들이는 때인 것이다.

그런 샤렌의 예상은 여지없이 들어맞았다. 이사벨의 아름다운 얼굴을 타고 흐르는 눈물이 그것을 증명했다.

"당신이 트라시아에 오게 된 건 모델을 찾는 것뿐만 아니라……."

샤렌이 쏩쓸히 웃으며 끼어든다.

"아직 완성치 못한 작품 때문에 미련을 가진 거지요. 혹시나 이곳에서 텅 비어가는 내 안의 하온을 채워줄 마법사를 만나게 될지도 모른다는 기대감이 없었다면 거짓말일 겁니다. 죽음을 준비하는 시간이란 그렇게 쉽지만은 않으니까요."

솔직하기 그지없는 대답이었다.

눈물은 억지로 참는다. 모성애는 자극하면서도 약해 보이지 않으려 노력하고 있음을 내보이는 것이다. 샤렌의 연기가 절정으로 치닫고 있었다.

이사벨이 두 눈을 빛낸다.

얼굴에는 결연한 표정이 가득하다.

"당신을 죽게 내버려 두지 않겠어요!"

'걸렸어!'

샤렌은 터져 나오는 웃음을 억누른다. 사전 작업의 마지막 순간이 결국 오고 만 것이다.

이제부터는 주인공이 바뀐다. 자신의 역할은 그녀를 쫓는 것뿐이다.

천재인 그녀가 해답을 찾아낼 터다.

그녀의 제안을 따라가면 임무는 어렵지 않게 완수할 수 있을 것이다.

"이사벨, 당신에게는 정말 미안하지만……."

이사벨이 샤렌의 말을 가로막는다.

"저는 지금 하온을 연구하고 있어요. 막대한 하온을 방출하는 에너지원, 순정의 하온이라는 물체에 대한 연구죠. 주위에서 행해지는 마법에 영향을 끼칠 정도의 하온을 방출하는 만큼 당신의 부족한 하온을 채워줄 수도 있을 거예요. 인체의 흡수에 대해서는 확신할 수 없지만 방법을 찾을 수 있을… 아니, 내가 꼭 찾아내고야 말겠어요."

"그, 그런 게 있단 말인가요?"

놀란 샤렌을 향해 이사벨이 두 눈을 빛내며 고개를 끄덕인다.

“하지만 당신은 국방연구원에서 일을 하잖아요. 외국인인 제가 그런 곳에 들어간다는 게…….”

“순정의 하온이 인체에 미치는 영향에 관한 연구! 그 핑계라면 가능해요. 당신이 앓고 있는 질병은 특수하니까 충분한 이유가 되죠. 하여튼 필요한 조치는 제가 알아서 할게요. 당신은… 당신은 그저 희망을 버리지만 말아요.”

천재라는 세평에 잘 어울리게 이사벨은 순간적으로 모든 해답을 찾아냈다. 과연 기대에 어긋나지 않는 ‘천재성’이었다.

샤렌은 감격에 겨운 표정으로 이사벨을 바라본다.

연기가 아니다.

그는 진심으로 기뻐하고 있었다.

아무리 사랑에 눈이 먼들 순정의 하온을 제 손으로 들고 올 리 없는 이사벨이었다.

애초 그의 목적은 안전하게 순정의 하온이 보관된 장소에 도착하는 것.

그래서 이렇게까지 복잡한 연기와 상황을 설정했다.

굶고, 밤을 새우는 일은 샤렌에게도 힘들고 곤혹스럽지 않을 수 없었다. 그 모진 고생 끝에 성공의 자락을 잡았으니 샤렌이 지금 느끼는 기쁨은 거짓이 아닌 것이다.

진실된 웃음 속에서 샤렌은 생각했다.

‘클라이맥스를 준비해야겠군!’

Chapter 12

1

"**자**, 여기!"

이시스가 붉은색 꽃 한 송이를 오크통이 가득 쌓여 있는 수레 위에 올렸다.

디아니스.

'선혈의 흔적' 이라 불리는 꽃이었다.

샤렌은 자신의 눈과 같은 색을 발하는 꽃을 잠시 바라봤다.

이어 디아니스와 순정의 하온 복제품을 들어 코트의 안쪽에 잘 갈무리했다.

"꼭 이렇게까지 해야 하는 거야?"

이시스가 못마땅한 표정으로 물었다.

"당연하지. 우리 살자고 애꿎은 여자를 죽일 수는 없잖아. 그건 절대로 용납할 수 없는 일이라고!"

노기 섞인 샤렌의 말에 이시스는 입을 다물었다.

저항군이 억지로 떠맡긴 임무를 성공적으로 이끌고 있는 건 샤렌이었다. 지금 그의 심기를 건드리는 것은 스스로의 목숨을 포기하는 것과 다름없었던 것이다.

"어차피 우리가 위험해질 일은 별로 없을 거야. 그러니 샤렌이 원하는 대로 하자."

드리튼이 이시스의 어깨를 두들겼다.

그 방법까지는 몰랐지만 샤렌이 이사벨을 위험에 내몰지 않으리라는 것은 미리부터 알고 있었다. 지금까지 여자를 만나고 헤어지는 과정을 지켜봐 왔기 때문이다.

샤렌은 무수한 여자를 만나왔다. 그 과정과 결과가 반복되는 가운데 단 한 번도 여자에게서 원망을 들은 적이 없다. 샤렌은 유혹할 때만큼이나 교묘하게 헤어지기 때문이다. 여자들은 샤렌과의 만남과 그와 나눈 사랑을 행복한 추억으로 간직한다.

유혹과 만남의 과정을 예술이라 믿는 바보이니만큼 헤어질 때도 아름다워야 한다고 주장하는 게 샤렌이다.

그런 고집을 이번이라 해서 포기할 리는 없었다.

"멍청하게 결과를 확인한다고 서 있지 말고 수레를 굴린 다음 무조건 뛰어! 알았지?"

Rhapsody Of Cardival

샤렌이 드리튼에게 당부했다.

"우린 걱정하지 마! 언덕에서 구르는 시간이 꽤 될 테니 우린 찾을 수는 없을 거야. 너나 조심해!"

드리튼이 염려 가득한 표정으로 샤렌에게 말했다.

그제야 이시스가 표정을 풀었다.

따지고 보면 가장 위험한 역할을 맡은 것은 샤렌이다. 국방 연구원에 들어간다는 것은 기름통을 짊어지고 불구덩이에 뛰어드는 것과 다름없기 때문이다. 그런 샤렌 앞에서 투정을 부린 게 미안해졌다.

"너… 진짜로 조심해, 인마!"

이시스가 다소 쑥스러워하며 입을 열었다.

샤렌은 싱긋 미소를 지었다. 조금의 긴장감도 찾아보기 힘든 밝은 미소였다.

"아차 하면 가는 거야. 그러니 정신 똑바로 차려!"

그 표정에 이시스가 재차 당부했다.

"걱정하지 말라니까. 걸려도 너희 이야기는 안 할 테니까."

장난기 가득한 표정으로 빙글거리는 샤렌이었다.

그 말에 이시스가 발끈한다.

"이 자식아! 누가 그딴 걸 걱정하는 줄 알아?"

버럭 소리를 지른 이시스는 잠시 상기된 얼굴로 말을 이어 간다.

“네가 걸리는 일이 생기면…….”

“생기면?”

“…절대로 너 혼자 죽게는 안 놔둬. 알아?”

발작적인, 그리고 외침에 가까운 발언이다. 이시스의 눈은 흔들리고 있었다.

거짓말이어서가 아니었다.

스스로의 진심을 고작 이 몇 마디 말에 담아낸 부끄러움에서 흔들리고 있음이다.

샤렌은 그 모든 것을 느낄 수 있었다. 장난기 어린 미소가 이시스의 진심에 의해 바뀌려 한다. 녀석의 우정 때문이다.

저 소심하고 겁 많은 놈이 필요 이상의 각오로 자신을 위해 소리를 질러댔다.

묵묵히 바라보는 드리튼도 말없는 동의를 표하고 있다. 자신도 결코 가만있지 않겠다고 침묵 속에서 외쳐 대고 있다.

쑥스러워하며 던져진 말이든 침묵 속의 외침이든 두 녀석 모두의 진심이 정말이지 새삼스레 마음에 와 닿는다.

하지만 샤렌은 안면의 근육에 억지로 힘을 불어넣는다. 감동 섞인 미소는 필요 이상의 제어로 인해 이도 저도 아니게 변해 버린다.

그것은 일그러진 표정일 뿐이었다.

샤렌은 ‘일그러진 표정’ 속에서 이시스의 멱살을 틀어쥔다. 거칠고 강한 힘이 이시스의 목을 조인다.

Rhapsody Of Cardval

"무, 무슨……?"

샤렌의 두 눈이 불타오른다. 홍염의 이글거림이 이시스에게 똑바로 전해진다.

"내가 가는 곳은 군부야! 재판도 심문도 기대하지 마! 걸리면 죽는 것뿐이야. 알아?"

"내가 몰라서 그러는… 크윽!"

샤렌은 이시스의 발언을 허용하지 않는다. 강하게 그의 목을 졸라 말을 막았다.

"시끄러! 저들에게 잡힌 나를 위해 뭔가를 한다면 그건 개죽음밖에 불러오지 않아. 내가 친구들을 개죽음으로 몰아넣고 좋아할 거라고 생각해? 그런 거냐, 이 자식아?"

"샤렌! 왜 이래? 이시스나 나는…….'"

드리튼이 샤렌의 팔을 잡으며 말린다.

샤렌은 이시스의 멱살을 놓으며 드리튼의 말을 자른다.

"잘 들어! 내가 걸려들면 나와 가까운 너희도 분명 수사 대상에 들어간다. 총독부가 아닌 군부의 수사야! 배경도, 돈도, 연줄도 안 먹힐 가능성이 커. 그러니 걸렸다 싶으면 이 나라를 떠나라. 트라시아가 아닌 곳으로 도망쳐! 알았어?"

"샤렌!"

드리튼이다.

샤렌은 그의 말을 외면한다.

"내 말대로 하지 않겠다면 이번 임무는 포기할 거야."

막무가내로 자신의 뜻만을 주장한다.

"야, 인마!"

이시스다.

이번에도 샤렌은 듣지 않는다.

"약속을 어긴다면 죽어서도 너흴 용서하지 않을 거다."

그렇게 으름장 아닌 으름장을 놓는 샤렌이다.

홍염이 일렁이는 두 눈이 친구 둘에게 향했다.

더 이상의 말은 필요없었다.

드리튼도 이시스도 샤렌의 눈이 말하는 이야기를 듣는다. 십수 년을 함께해 온 친구들이다. 시선이 오가는 동안, 몇 시간을 두고 해야 할 대화가 마쳐진다.

"간다!"

샤렌이 몸을 돌린다.

드리튼과 이시스가 그의 뒷모습을 바라본다. 임무를 수행하는 동안, 지금까지는 체감할 수 있는 별다른 위험이 없었다. 순탄대로를 걷듯 샤렌이 의도한 바대로 계획이 진행되었기 때문이다.

하지만 애초에 불가능이랄 수 있던 임무다.

감당키 힘든 위험이 내재되어 있었고, 지금 샤렌은 그 정점을 향해 걷고 있었다. 일체의 망설임도 없는 걸음이다.

왜 저리도 당당한 모습인지 둘은 알고 있다. 조금 전에는 눈으로 말하더니 이제는 등으로, 걸음걸이로 말하고 있는 것이다.

못마땅했다.

이시스는 지금의 샤렌이 매우 못마땅했다.

그래서 외친다.

"샤렌, 인마! 너 혼자 있는 폼, 없는 폼 다 잡겠다는 거냐?"

이시스의 목소리는 탁하게 갈라져 나왔다.

샤렌은 계속 걷는다.

"그런다고 누가 너보고 멋있다고 할 것 같아? 너 이 자식, 실패하면 내 손에 죽어! 군인들에게 죽기 전에 내가 먼저 죽여 버린다고!"

샤렌은 계속 걷는다.

그리고 손을 들어 흔든다.

여전히 뒤는 돌아보지 않는다.

그렇게 샤렌은 이번 임무의 클라이맥스를 향해 걸어간다.

이곳에 목숨을 내어놓고, 대신 친구들의 마음을 담아 걷고 있는 것이다.

2

생각보다는 복잡하지 않은 과정을 거쳐 순정의 하온이 보관되어 있는 연구실에 들어섰다. 샤렌은 그 모든 게 칼스타인을 위한 이사벨의 배려임을 짐작할 수 있었다.

단 하나의 문으로만 출입이 가능한 연구실은 정방형이었다. 벽을 따라 테이블이 가득했고, 테이블 위에는 샤렌으로서는 용도를 알 수 없는 물건들이 빼곡히 늘어서 있었다.

순정의 하온이 놓인 곳은 정방형의 중심인 곳이다.

금속으로 만들어진 원통형의 봉 위에 평평한 원형 판이 달려 있다. 판 위에는 벨벳 쿠션이 있고, 순정의 하온은 쿠션의 가운데에 놓여 있다.

딱딱하기 이를 데 없는 실험실 한가운데 보석을 전시해 놓은 것 같아 어색한 분위기를 만들어냈다.

하지만 샤렌에게 있어서는 더없이 다행이었다. 금고나 무슨 특수한 장치로 보호되고 있으면 일이 수십 배는 더 어려워졌을 것이기 때문이다.

'하긴 이 실험실 자체가 완벽한 금고니까…….'

하나의 출입구뿐인 공간이다.

창문도, 사람이 드나들 수 있는 크기의 환풍구도 없다. 반란군이 제공한 설계도에 의하면 이 연구실에는 어른 팔뚝만한 환풍구 수십 개가 환기를 돕게 되어 있었다. 탁한 공기가 느껴지지 않는 것은 그 때문일 것이다.

어쨌거나 이 실험실 자체는 출입문만 걸어 잠그면 그 누구도 들어오지 못할 만큼의 완벽한 금고였다. 그러니 순정의 하온을 별도로 보관할 필요가 없는 것이다.

그런 사무실 내부를 두리번거리던 샤렌이 입을 연다.

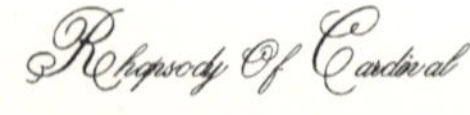

"당신과 같이 아름다운 분이 일하는 곳이라기엔 지나치게 삭막한 공간이군요. 하긴, 당신이 있으니 다른 장식이 필요 없는 건지도 모르겠네요."

달콤하기 이를 데 없는 샤렌의 말에 이사벨은 미소 지었다. 도발적이고 뇌쇄적인 아름다움을 폭발적으로 뿜어내는 그녀가 짓는 수줍은 미소였다.

이사벨은 계속해 자신을 향해서만 쏟아지는 샤렌의 시선을 감당하기 힘들다는 듯 말을 돌렸다.

"당신이 불편해할 것 같아 직원들은 일찍 퇴근시켰어요."

이사벨의 말에 샤렌은 고개를 살짝 숙여 감사의 표시를 했다.

실험 도구들 사이에 놓인 다섯 개의 책상과 다섯 개의 의자.

이사벨은 자신을 제외한 네 명의 연구원을 모두 집으로 돌려보냈으리라.

"이게 제가 말했던 그 물건이에요."

이사벨은 연구실 중심에 놓인 순정의 하온을 가리켰다.

샤렌은 그녀를 쫓아 순정의 하온이 놓여 있는 원통을 향했다.

그리고 얼굴을 가까이해 푸른 구슬을 살폈다.

마냥 신기한 표정을 지어 보였지만, 사실은 세밀하게 관찰 중이었다. 염려했던 두 번째 난항에 대한 대비였다.

샤렌이 우려한 것은 저항군 측에서 제공한 순정의 하온 모조품이 실물과 다를 경우였다. 순정의 하온이 금고 같은 데에 따로 보관되어 있을 때 일이 어려워지는 것 이상으로 모조품과 진품의 차이가 클 경우에도 일이 쉽게 풀리지 않을 것이다.

염려했던 것과 달리 모조품은 완벽했다. 육안만으로는 좀처럼 구분이 힘들었던 것이다. 샤렌으로서는 다행인 일이었다. 더불어 부담이 한결 줄었다.

"이 보석에 제 목숨이 달려 있는 거군요."

내심과 달리 어딘지 쓸쓸해 보이는 샤렌의 말이었다.

"칼스타인, 그건 보석 같은 게 아니에요. 마법의 신비로움에 대해서는 알고 있죠? 이건 그 신비의 집약과도 같은 물건이에요. 아니, 마법이 행할 수 있는 기적 중 최고랄 수 있죠."

"신기한 일이군요. 이런 구슬이 기적을 일으킬 수 있다니……!"

샤렌의 감탄이었다.

"기적은 아니지만… 정말 놀라운 물건이죠. 사실 순정의 하온, 그러니까 이 물건으로 인해 에너지의 축적과 저장, 활용에 있어서 현대 과학은 마법에 비해 뒤떨어져 있다고 인정할 수밖에 없을 것 같아요. 홀라덴의 사제들이나 트라시아의 대다수 과학자들이 듣게 되면 펄펄 뛸 일이겠지만요."

이사벨은 전공 분야가 나오자 또다시 많은 말을 쏟아내기 시작했다.

설명이 한없이 길어질지도 모르는 상황이다.

하지만 샤렌은 조급함을 드러내지 않았다. 너무 빨리 이곳을 벗어날 필요가 없는 것이다.

"이건 만져 봐도 되는 건가요?"

샤렌이 물었다.

이사벨은 싱긋 웃으며 고개를 끄덕였다.

"떨어뜨리거나 하지만 않으면 돼요."

샤렌은 조심스레 손을 내밀어 순정의 하온을 들었다. 그리고는 고개를 갸웃거렸다.

손에 전해진 느낌 때문이다. 모조품과 달리 순정의 하온 진품은 물컹물컹했다. 마치 고무로 만들어진 공을 손에 든 것만 같았다.

이사벨은 샤렌의 표정을 읽었다.

"순정의 하온은 상당히 불안정한 상태예요. 외부의 작은 충격조차 감당하기 힘들 정도로 말이죠."

"아!"

짧은 탄성을 내지른 샤렌은 재빨리 순정의 하온을 벨벳 쿠션 위에 내려놓았다. 행여 자신의 실수로 인해 순정의 하온이 파손될 것을 염려한 듯한 행동이었다.

빠른 동작 속에서 샤렌은 왜 순정의 하온 연구가 트라시아 본국이 아닌 이곳에서 행해지는지 이해할 수 있었다.

충격에 약하다는 것은 이송 중 문제가 생길 가능성이 높다는 뜻이다. 이송 자체의 충격쯤이야 완충재로 대비할 수 있을 것이다.

하지만 물건을 탐내는 자들이 있다면 상황이 다르다.

이 정도의 물건이라면 탐을 내는 자는 저항군뿐만이 아닐 터.

빼앗으려는 자와 지키려는 자의 무력 충돌 중에 이 물건이 안전하리라는 보장이 없는 것이다.

그런 위험을 감수하기보다는 지금처럼 완벽한 밀실에서 연구원들을 불러들여 연구를 진행하는 것이 훨씬 안전하리라.

"호호호! 그렇게까지 걱정할 정도는 아니에요. 손으로 감싸 쥐는 정도쯤은 견딜 수 있는 탄력을 가지고 있는 재질이에요. 이야기가 나왔으니 말인데, 솔직히 저는 이 물건에 저장된 에너지 자체보다 에너지를 담아둔 용기의 재질이 더 대단하다고 생각하고 있어요."

"이 구슬의 재질이 더 대단하다고요?"

샤렌은 지난번에도 그랬듯 이번에도 질문을 던지며 이사벨의 설명에 호응했다.

"네. 그저 밀폐된 용기가 아니니까요. 순정의 하온 용기는 마법의 효과에 변화를 줄 정도의 양으로 하온을 외부로 방출할 수 있어요. 그러고 나서 소진한 만큼 복구한다는 하온 특유의 성격을 반영해 다시금 하온을 흡수하죠. 마치 살아 있는 생물처럼 말이에요."

"흠, 그렇다면 이 방 안에는 하온이라는 에너지가 넘쳐 나고 있겠군요."

"맞아요. 일정 공간을 가득 채우고도 남을 양이죠. 하지만 보통 사람의 경우는 아무런 영향을 받지 않아요."

이사벨의 얼굴에 살짝 그림자가 드리워졌다. 칼스타인 역시 마법사가 아닌 보통 사람에 불과했다. 막대한 양의 하온에 노출된다고 해서 하염없이 소진되어 가는 그의 하온이 채워진다는 보장은 없었던 것이다.

"이사벨……."

샤렌의 부드러운 목소리가 이사벨을 불렀다.

"……?"

"그런 표정 짓지 말아요. 이곳에 나 같은 사람이 들어왔다는 것 자체가 당신이 얼마나 노력한 건지 알려주는 증거니까요. 당신의 그 마음만으로도 충분히 감사하고 있어요."

"아뇨. 마음만으로 끝내지 않을 거예요. 의학 쪽의 소양은 부족하지만 제 주변에는 뛰어난 의사들이 많아요. 그들과 함께 연구를 하다 보면 반드시 당신을 치료할 방법을 찾을 수 있어요. 그러니… 그러니 당신은 절대 포기해서는 안 돼요!"

간절한 그녀의 바람을 샤렌은 배신하지 않았다. 그녀가 원하는 대로 고개를 끄덕이는 그였다.

"포기하지 않아요. 적어도 당신의 그 아름다움을 화폭에 담아낼 때까지는 죽을 수 없는 몸이잖아요?"

농담 반, 진담 반의 질문이었다.

자신의 죽음을 농담의 소재로 삼는다는 것.

이사벨의 생각에는 쉬운 일이 아니었다. 체념과 포기가 없이는 불가능한 일이다. 칼스타인의 농담 섞인 발언은 그만큼 역설적이었다. 체념과 포기 속에서 죽을 수 없다고 말하고 있는 것이다.

그런 샤렌의 모습에 이사벨은 다급함을 느꼈다. 조금이라도 빨리 그가 겪고 있는 증상을 호전시킬 방법을 찾아야만 한다고 생각했다. 병마와 싸우는 데 있어서 체념과 포기는 최악인 것이다.

"절대 이번 작품이 마지막이 될 리 없어요. 일단… 순정의 하온에 손을 얹어보세요."

샤렌은 이사벨이 시키는 대로 했다. 젤리보다는 조금 딱딱한, 고무보다는 조금 부드러운 느낌의 푸른 구슬 위에 손을 얹은 것이다.

이사벨은 잠시 시간을 두었다가 샤렌과 순정의 하온을 번갈아 봤다.

"그렇게 손을 대고 있다가 작은 느낌이라도 느껴지는 게 있으면 말해줘요."

샤렌은 고개를 한 번 끄덕인 후 눈을 감았다. 감각을 집중하는 듯한 연기를 위해서다.

약간의 시간이 흐른 후 그는 눈을 뜬다.

"뭔가 힘이 생기는 느낌이에요. 어쩌면 구슬 때문이 아니라 당신의 마음 때문에 느낀 기분 탓인지 몰라도 말이죠."

미소를 머금은 샤렌의 얼굴을 보는 이사벨의 눈이 커진다.

“당신의 얼굴… 혈색이 돌아왔어요.”

창백하기만 했던 샤렌의 안색에 홍조가 피어올랐다.

그것은 너무도 확연한 변화였다.

순정의 하온과 접촉만으로 이 정도의 반응이 있을 거라고는 기대하지 않았던 이사벨이었기에 기쁨이 더할 나위 없이 컸다.

“정말이요?”

샤렌은 모른 척 묻는다. 이사벨의 반응은 당연한 일이었다. 그는 태연한 표정을 유지하며 계속 숨을 참고 있었다. 다시 말해 혈색이 회복된 게 아니라 숨을 참아 붉어졌을 뿐인 것이다.

“그럼요! 아마도 당신의 증상이 마법에서 비롯되었으니 순정의 하온이 뭔가 특효를 내는 것 같아요. 분명히! 분명히 당신은 치유될 수 있어요.”

기쁨에 겨운 표정의 이사벨은 두 손을 세워 모았다. 그녀의 진정한 염원이 절로 기도하는 듯한 포즈를 만들어낸 것이다.

“이사벨!”

샤렌은 이사벨의 기쁨에 호응하는 표정과 함께 그녀의 양손을 감싸 잡았다.

그의 두 눈에 맺힌 뜨거운 감정을 이사벨은 느낀다.

“칼스타인……!”

샤렌이 격한 감정을 억누르며 입을 연다.

"내가 살아남을 수만 있다면……."

속삭이는 듯한 샤렌의 목소리가 이사벨의 귀를 파고든다.

"그래서 행복할 수 있다면……."

이사벨의 손을 잡은 손에 힘이 들어간다. 샤렌이 자신의 몸 쪽으로 그녀를 당기는 것이다.

"그건 분명……."

코와 코가 맞닿기 직전의 거리다. 샤렌의 목소리는 더욱 작아진다.

하지만 이사벨은 단 한 마디도 놓치지 않는다.

"당신과 함께하기 때문일 거예요."

"……!"

이 순간이다.

지금 이 순간을 극도로 강조하기 위해 지난번 작업실에서의 키스를 미뤘다.

최초의 키스.

최고조에 달한 흥분과 열망.

샤렌에게는 그 순간이 필요했다.

그는 일체의 망설임 없이 이사벨의 입술 위에 자신의 입술을 포갰다.

흠칫했던 이사벨이 부릅떴던 눈을 감는다.

눈을 감자 온몸의 신경이 입술에 집중되는 것만 같았다.

부드럽고, 달콤하며, 황홀한 그 느낌에 이사벨은 모든 것을 내맡기고자 했다.

샤렌의 입술이 그녀의 입술을 빨아들이듯 머금었다.

타액을 매개로 마찰계수를 낮춘 입술과 입술이 매끄럽게 서로를 탐닉하기 시작한다.

천천히, 그리고 부드럽게 시작된 키스였다.

더없이 조심스러웠던 접촉은 시간이 지날수록 열기를 더해간다.

그에 따라 이사벨의 호흡이 거칠어지기 시작한다.

샤렌이 짐작한 대로였다. 그녀는 뜨거운 여자였다. 이 정도의 자극에도 민감하게 반응하는 것이다. 이사벨의 풍만한 가슴에서 느껴지는 기복이 샤렌에게까지 선명히 전해지고 있었다.

'하지만! 이 정도로는 안 돼!'

뜨거운 키스가 진행되고 있음에도 샤렌은 냉정히 상황을 판단했다.

첫 키스의 강렬함을 염두에 둔다 해도 자신이 원하는 바를 하기 위해서는 한참이나 부족하다.

대개 남자는 키스만으로도 이성을 무너뜨릴 정도의 성욕이 일어난다.

그래서 남자들은 착각한다.

자신의 뛰어난 키스 실력으로 여성을 흥분시킬 수 있다고!

하지만 사실은 다르다.

여자에게 있어서 키스에서 비롯된 육체적 자극은 생각보

다 크지 않다. 키스라는 행위가 가지는 '의미' 때문이지, 단순히 육체적 자극 때문에 감동하고 흥분하는 게 아닌 것이다.

물론 입술도 여성의 성감대 중 하나임은 분명하다.

그러나 극도의 흥분 상태에 이를 만큼 예민한 부위가 아닌 것이다. 차라리 귀 뒤쪽이나 목의 옆 부분 쪽이 흥분시키는 데에는 더 효과적이다.

하지만 첫 키스에 그와 같은 부위를 노릴 수는 없다.

여기는 그녀가 일하는 공간이다.

그렇기에 느껴지는 스릴로 더 흥분하는 것이겠지만 정도 이상을 넘어서면 외려 경각심을 불러일으킬 수 있다.

하지만 여기서 멈춰서는 안 된다. 샤렌이 하고자 하는 바를 실행하기 위해서는 이 정도로는 부족하기 때문이다.

이사벨이 완벽하게 이성을 잃은 상태에서 내부의 들끓는 욕망에 집중하게 해야만 했다.

샤렌은 당연히 그렇게 만들 방법을 알고 있었다.

'키스의 완성은 입술과 혀가 아니라 손이란 말이지!'

샤렌은 자신의 입술을 이용해 이사벨의 입술을 벌린다. 그 틈으로 자신의 혀를 밀어 넣는다.

이사벨이 낯선 감각에 집중하는 틈을 노려 샤렌은 잡고 있던 그녀의 손을 놓는다.

그리고 부드럽게 허리를 잡아간다.

쓸 듯이 움직이는 샤렌의 손은 옆구리에서 등까지 자연스럽게 움직인다.

힙 바로 위, 허리 부분의 공략이다. 인체에 있어서 전체적으로 둔감한 게 등이라지만 이 부분은 다르다.

적당한 압력으로 부드럽게 쓰다듬는 것이 요령이다.

한 손으로는 등허리 부분을 집중 공략하고, 나머지 한 손은 위쪽으로 향한다.

머뭇거려서는 안 된다.

스피디하게 등의 전반을 쓰다듬고 올라간 샤렌의 손은 이사벨의 목에까지 이른다.

살과 살이 닿고, 머리카락을 자극한다. 머리카락은 생각보다 민감한 성감대다.

샤렌은 깨지기 쉬운 도자기를 매만지듯 이사벨의 목과 머리카락을 자극한다.

나머지 한 손은 원을 그리듯 허리와 힙의 상단을 반복해 오간다.

그리고는 의도치 않은 듯 자연스럽게 블라우스 아래를 통해 옷 안쪽으로 손을 밀어 넣는다.

허리의 공략에서 비롯된 맨살의 접촉은 목 부위와는 또 다르다.

샤렌은 손바닥의 압력을 줄인다. 여자의 등에는 미세한 솜털이 있다. 등에 닿을 듯 말 듯한 느낌으로 그 솜털을 자극한다.

이사벨의 호흡은 더없이 거칠어진다.

샤렌의 손끝이 움직일 때마다 이리저리 몸을 비튼다. 주체할 수 없는 자극에 무방비로 노출되는 그녀다.

그녀의 얼굴이 석류처럼 붉어진다.

샤렌의 입술을 빨아 당기는 힘이 강해지다가 과감하게도 자신의 혀를 밀어 넣었다. 흥분이 고조되었다는 증거이다.

하지만 샤렌은 만족하지 않았다. 좀 더 결정적인 순간이 오길 기다렸다.

와중에도 샤렌의 손은 움직임을 멈추지 않았다.

끊임없이 이사벨의 매끄러운 피부를 더듬었다.

어느 한순간, 샤렌의 손이 허리를 타고 돌아 그녀의 몸 앞까지 진출한다.

탄력있는 복부를 지나 거침없이 위로 향했다.

풍만하기 이를 데 없는 가슴을 매만지고, 결정적인 포인트를 공략한다.

"하아……!"

이사벨의 거친 숨결이 입술 사이를 비집고 나온다.

그 뜨거운 열기를 감지한 샤렌은 이사벨의 머리카락을 매만지던 손을 움직인다.

자신의 등을 끌어안은 이사벨의 손끝에서 이는 경련을 느끼며 뒤쪽으로 손을 내민다.

샤렌의 손에 들린 것은 순정의 하온.

그는 물건을 재빨리 호주머니에 넣는다.

Rhapsody Of Cardinal

이어 물건의 모조품을 꺼내 들어 순정의 하온이 있던 자리에 놓았다.

뜨겁게 달아오른 이사벨은 짧은 순간 일어난 사건을 감지할 여력이 없었다. 눈을 감았을뿐더러 정신이 혼미해질 정도로 흥분해 있기 때문이다.

목적을 이룬 후에도 샤렌은 키스와 애무를 멈추지 않는다. 끝없이 달아오르는 그녀의 열망에 호응해 준다.

그러던 어느 한순간.

이사벨의 옷에서 손을 빼고는 양손으로 어깨를 잡는다.

곧 손에 힘을 주어 이사벨을 떼어낸다.

감겼던 이사벨의 눈이 떠진다. 사과처럼 붉어진 그녀의 얼굴에 아쉬움이, 미련이 걸린다. 상하로 오르내리는 가슴의 기복은 여전히 가라앉지 않은 상태였다.

"미, 미안해요. 여긴 당신이 일하는 곳인데 나도 모르게 그만……."

샤렌 역시 아쉬움을 감추지 않으며 사과했다.

이사벨은 고개를 좌우로 젓는다. 아니라고 말하고 싶었다.

하지만 뭔가를 말하기에는 심장의 박동이 지나치게 거칠었다. 그저 고개를 젓는 것만이 최선이었다.

"사실… 내 자신을 억눌러야 한다고 생각했어요. 죽음을 기다리는 처지에 당신을 넘봐서는 안 된다고……. 그거야말로 주제넘은 짓이라고……."

이사벨의 표정이 바뀐다. 그렇지 않다는 말이 표정에 먼저 드러나는 것이다.

샤렌은 그녀에게 말할 기회를 주지 않는다.

"그런데 살 수 있다고 생각하니까⋯ 이제 끝이 아니라고 생각하니까⋯ 그러니까⋯⋯."

샤렌은 일부러 말을 더듬었다. 격정을 이기지 못해, 미안한 마음에, 수줍음에 말을 잇지 못하는 것처럼 연기했다. 이럴 때는 현란한 말솜씨보다 더듬고 버거워하는 이쪽이 더 효과적이기 때문이다.

"칼스타인."

그제야 호흡을 가라앉힌 이사벨이 샤렌의 손을 잡았다.

이어서 샤렌을 올려다본다.

고혹적으로 빛나는 그녀의 눈이 말한다.

남아 있는 시간 따위는 중요치 않다고.

"사과는 필요없어요."

설령 당신이 내일 죽는다 해도 나는 오늘 밤 당신과 함께하겠다고.

말과 말 사이에 이사벨은 그렇게 눈으로 말하고 있었다.

그리고 결정적인 한마디.

"우린⋯ 사랑하는 사이니까요."

"이사벨⋯⋯!"

샤렌이 손에 힘을 준다.

Rhapsody Of Cardval

그리고 그녀를 이끈다. 문 쪽을 향해서였다.

아무리 모조품으로 대체를 했다지만 오래 머물러서 좋을 것이 없는 장소다.

갑작스레 키스를 멈춘 것도, 그녀의 감성을 공략하는 말을 한 것도 연관된 이유가 있었다. 이사벨의 시선이 모조품으로 향할 틈을 주지 않으려는 것이다.

이사벨은 칼스타인과 함께 있을 거라는 의지를 보이려는 듯 자연스레 앞장을 서서 걷는다.

문을 열고 이사벨이 나가고, 샤렌이 그 뒤를 쫓는다.

문을 닫기 직전,

샤렌이 호주머니에서 꺼내 든 꽃 한 송이를 방 안으로 던진다.

디아니스.

디오모네라 불리기도 하는 꽃이었다.

날아간 디아니스는 순정의 하온을 떠받치고 있던 원통 앞에 떨어진다.

동시에 철컥 소리를 내며 문이 닫힌다.

하온과 열락이 뒤섞여 뜨겁게 달아올랐던 공간이 차갑게 식어가기 시작했다.

Chapter 13

1

마차가 가스등이 밝히고 있는 한적한 도로를 달린다.

눈이 부시도록 아름다운 여인이 병색이 완연한 남자의 품에 안겨 있다.

남자는 조심스레 감싸 안은 여인의 어깨를 매만진다.

여인은 숨결로, 남자는 손길로, 그렇게 두 사람은 사랑의 대화를 나누는 중이었다.

여인은 행복에 겨운 표정이다. 잠시 후 있을 사랑의 확인에 대한 기대감도 여실히 드러난다. 마부를 재촉하고 싶은 마음을 애써 억누를 정도다.

행복에 겨운 두 남녀는 국방연구원을 나선 샤렌과 이사벨이었다.

두 사람이 이사벨의 집 근처에 이르렀을 때다.

콰아아앙!

공기를 뒤흔드는 폭발음은 뒤쪽에서 들려왔다.

샤렌이 먼저 고개를 돌리고, 이사벨이 곧 그를 뒤따라 고개를 돌린다.

자신들이 출발했던 방향 쪽이 환하다. 뭔가 폭발이 있었고, 그 불길이 치솟고 있는 것이다.

이사벨은 환해진 장소가 어디쯤인지 한눈에 알아챘다.

그녀의 안색이 창백해진다.

먼저 말을 꺼내든 것은 샤렌이다.

"저쪽은……?"

"연구원이에요!"

이사벨이 짧게 대답한다. 그녀의 표정에 다급함이 가득했다.

마차를 끄는 마부는 듣지 못할 작은 소리가 그녀의 매혹적인 입술 사이로 흘러나온다.

"순정의 하온!"

"……!"

이사벨의 목소리를 들은 샤렌도 얼굴을 굳혔다. 그는 어디까지나 순정의 하온이 가진 힘으로 목숨을 연장해야 하는 환자의 입장이기 때문이다.

"그 물건이 폭발한 건가요?"

"아뇨. 불안정하긴 하지만 폭발을 일으키는 물건이 아니에요."

걱정스런 샤렌의 질문에 이사벨이 고개를 저으며 대답했다.

사실 샤렌은 저 불길의 정체를 알고 있다.

드리튼과 이시스가 굴린, 기름통이 잔뜩 실린 그 수레에서 비롯된 폭발이자 화재였다. 샤렌은 두 친구에게 기름 먹인 천으로 심지를 만들어 불을 붙인 후 국방연구원 뒷산에서 굴리라고 했다.

결국 저 화재는 연구원 외벽에 부딪친 기름통이 만들어낸 것이었다.

폭발음과 불길은 분명히 많은 사람의 이목을 집중시킬 게 분명했다. 샤렌이 원하는 게 바로 그런 상황이었다.

사연을 모른 채 잠시 갈등하던 이사벨이 결심한 듯 말한다.

"칼스타인! 미안하지만 난 연구원으로 돌아가 봐야 할 것 같아요."

오늘 밤을 함께하기로 해놓고 이렇게 가야 한다는 게 안타까운 이사벨이었다.

하지만 하룻밤만을 생각할 수는 없었다. 순정의 하온에 무슨 문제라도 생겼다면 칼스타인에게는 반드시 죽어야 할 운명만 남아 있게 되는 것이다.

그렇게 되도록 내버려 둘 수는 없었다.

이사벨의 말에 샤렌이 눈을 휘둥그레 뜬다.

"저곳에요?"

"네."

이사벨은 칼스타인을 배려해 부정적인 추측을 거론치 않았다.

"폭발이 있었는데… 위험하지 않을까요?"

샤렌은 와중에도 이사벨을 걱정하는 모습을 보였다. 단순 화재에 불과하다. 스스로 불구덩이에 뛰어들지 않는 한, 그 어떤 위험도 없을 터였다.

"연구원은 저 정도 폭발에는 꿈쩍도 안 해요. 제가 도착할 때면 군에서 지원이 나왔을 거고요. 별다른 위험이 있을 리가 없어요."

"그럼 같이 가요! 당신 혼자 저곳으로 보내기엔……."

이사벨이 검지를 세워 샤렌의 입을 막는다.

그리고는 나머지 한 손으로 마차의 팔걸이를 잡았다.

끼이이익.

예기치 못한 소음과 함께 철제 팔걸이가 고무처럼 휘어졌다.

"……!"

샤렌의 두 눈이 휘둥그레졌다.

이것은 연기가 아니었다. 여자인 이사벨이 한 손으로 쇠를

휘는 모습에 놀라지 않을 수 없었던 것이다.

"바라카 연구가 제 전공이었다고… 말했잖아요."

이사벨이 싱긋 웃었다.

"내 몸 하나는 나 스스로 지킬 수 있어요. 이래 봬도 아카데미의 검술 수업에서도 수석을 놓치지 않았거든요. 꽤 오랜 시간 검을 잡은 적은 없지만 그래도 어지간한 기사들보다는 나을 걸요."

엄지손가락 굵기의 쇠파이프를 가볍게 휘어버릴 괴력의 소유자라면 스스로를 지키는 것은 어렵지 않을 일일 것이다. 거기에 정식으로 검술까지 배웠다면 두말할 나위 없었다.

"그, 그렇군요."

샤렌은 등줄기에 식은땀이 흐르는 것을 느끼며 대답했다.

아무리 관찰력에 자신이 있는 그였지만 내재된 에너지까지 측정할 수는 없는 터.

과학자인 이사벨이 바라카를 운용할 줄 안다는 것은 상상조차 못했다.

만약 이사벨이 식당에서 한참 동안 강연했을 때 모든 내용을 알아들었다면 대충이라도 짐작했을 것이다. 그녀의 저장 이론이란 특정한 용기에 바라카를 담는 게 아니라 인체에 축적하는 방법이었다.

홀라덴에서 그녀의 연구를 비난하는 것도 그 때문이었다. 오직 신의 축복으로만 운용이 가능한 바라카를 과학적인 방법으로 사용할 수 있다는 연구가 달가울 리 없었던 것이다.

'하아……! 아직까지 난 멀었구나. 이사벨의 힘을 짐작조차 못했으니……. 만약 일이 제대로 풀리지 않았다면 난리 날 뻔했던 거잖아.'

만약 실수가 있었다면 군부가 문제가 아니었다는 뜻이다.

바라카의 운용이 가능하다는 것은 이미 초인(超人)이라는 의미!

군에 발각되기 전에 이사벨이 아무렇게나 휘두른 주먹에 생을 마감할 수도 있었던 것이다.

하지만 충격도 자괴감도 잠시뿐이었다.

'이래서 여자란 재밌는 존재라니까. 알면 알수록 그 끝을 짐작할 수가 없잖아?'

샤렌은 아직도 자신이 부족하다는 사실을 새삼 깨달으며 외려 의욕을 불태웠다.

2

숨 막히는 포옹.

세 청년은 그렇게 한 덩어리로 엉켜 떨어질 줄을 몰랐다.

절대 불가능이라던 임무를 성공적으로 끝냈다. 순정의 하온은 손에 넣었고 거기에 더해 아무도 다친 사람이 없다.

말 그대로 대성공이었다.

잠시 후 떨어진 셋은 서로의 얼굴을 번갈아보며 마냥 웃었다. 달리 무슨 말을 할 필요가 없었다. 이 기쁨의 순간을 마냥 즐길 뿐이었다.

한참을 그렇게 웃다가 셋은 자리에 앉았다.

"쫓아오는 사람은 없었어?"

샤렌이 혹시나 하는 염려를 담아 물었다.

"네 말대로 수레를 밀고 나서 죽자고 뛰었어. 연속된 공격도 없었고, 불 끄느라 정신이 없었을 테니……. 추적할 생각이 들었을 때는 이미 늦었을 거야."

샤렌의 질문에 드리튼이 침착한 어조로 설명했다.

"아, 진짜! 난 달리는 중에도 다리에서 힘이 빠져 죽는 줄 알았다니까. 누군가 목덜미를 낚아챌 것만 같은 기분이 들어서 말이지."

이시스는 호들갑스럽게 떠들며 자신의 가슴을 쓸어내렸다.

"아무 일 없었으니 다행이지."

이시스가 고개를 끄덕이며 샤렌의 어깨를 두들긴다.

"그나저나, 너 정말 대단하다! 이제부턴 나도 널 존경하기로 했다. 저 이사벨 미타를 그렇게 감쪽같이 속이다니 말이야."

"속였다… 라……. 사실 전부 거짓말은 아니었는데."

샤렌이 시선을 허공으로 향하며 나지막이 중얼거렸다.

"응?"

"아니, 뭐… 그 정도나 되는 여자를 속이려면 나 스스로도
진심이라고 믿어야 하니까."

"아! 역시 고수는 다르군!"

이시스가 감탄 어린 시선을 샤렌에게 보냈고, 샤렌은 그런
시선을 외면했다.

"그럼 빨리 일을 끝내자. 저항군에 물건을 넘겨 버리고 뜨
거운 물에 몸이라도 담그자고."

아직까지 땀에 젖은 옷이 마르지 않은 이시스였다. 깔끔한
그에게 있어서 축축한 옷은 견디기 힘들었다.

"응? 무슨 소리야?"

샤렌은 여전히 퀭한 눈을 동그랗게 떴다.

"무슨 소리냐니? 그거 말이야. 갖고 있으면 위험하니까 빨
랑 저항군에 넘겨 버리고 일을 끝내자는 거지."

이시스의 말에 샤렌은 주머니에서 순정의 하온을 꺼내 들
었다.

"이거?"

"그래, 그거!"

이시스는 순정의 하온을 직접 보자 반색을 표했다. 저 물건
때문에 사선을 넘나들던 만큼 성취감이 큰 것이다.

“이거… 엄청 섬세한 물건이래. 상당히 불안정해서 작은 충격에도 부서져 버리는…….”

“야, 야! 그럼 그렇게 막 다루면 안 되지.”

이시스가 걱정스러운 목소리로 말했다.

“이 물건이 저항군에 넘어가면 그들에게 큰 도움이 되겠지?”

샤렌의 입매가 살짝 비틀렸다. 입술 끝을 당겨 웃기 직전의 표정이었다.

“당연히 그렇겠지.”

씨익.

이시스의 대답과 함께 결국 샤렌의 입매가 말려 올라갔다.

그의 표정을 살핀 드리튼은 뭔가 불길한 느낌을 받았다. 샤렌에게 뭔가 다른 꿍꿍이가 있을 때 저런 표정을 짓곤 했기 때문이다.

“샤렌!”

드리튼이 다급히 샤렌을 불렀을 때는 이미 늦었다.

말랑말랑한 순정의 하온을 들고 있는 샤렌의 손에서 힘줄이 꿈틀거린다. 순정의 하온을 쥔 손에 있는 대로 힘을 준 것이다.

연약한 외피에 가해지는 강한 악력.

그것만으로도 불안정한 상태인 순정의 하온이 버티기에는

무리가 있었다.

퍼억!

"으아아악!"

"흐흡!"

샤렌의 손 안에서 둥근 형체의 구슬이 일그러지다가 결국 터져 나가는 모습에 이시스는 비명을 질렀고, 드리튼은 헛바람을 들이켰다.

그와 달리 샤렌은 미소를 지었다. 마치 자신의 악력이 제법 된다는 사실에 만족하는 듯한 미소였다.

"너 이게 무슨 짓이야, 인마!"

이시스가 버럭 소리를 질렀다.

그사이 깨졌다기보다는 찢어진 느낌인 순정의 하온 외피 사이로 흘러나온 푸른 액체가 샤렌의 오른손에 퍼지고 있었다.

"대, 대체 뭐 하는 거야, 샤렌?"

드리튼도 두 눈을 부릅뜬 채 물었다.

샤렌은 더 짙은 미소를 입가에 머금은 채 손을 흔들었다. 손에 묻은 진득한 액체를 털어내려는 것이다.

하지만 점도가 상당히 높은지 푸른 액체는 단 한 방울도 샤렌의 손에서 떨어지지 않았다.

"에이, 하온이라는 게 이렇게 진득거리는 거였나?"

샤렌의 미간에 살짝 주름이 잡혔다.

"씻어야겠네."

목숨 걸고 구해온 물건을 망가뜨리고도 마치 손에 더러운 게 묻어 불쾌하다는 식인 샤렌이었다.

"야, 인마! 그게 어떻게 구한 물건인데 깨뜨리는 거냐고?"

당장 샤렌의 멱살을 잡을 듯한 기세인 이시스였다.

그 때문에 샤렌은 손을 씻는 걸 미뤘다.

샤렌은 진득한 느낌 때문에 찌푸렸던 미간을 펴며 다시금 웃는 표정을 지어 보였다.

"우린 몰랐잖아."

태연한 한마디였다.

"뭘 몰랐다는 거야, 인마!"

"이 물건이 불안정한 거였는지, 이렇게 작은 힘에도 망가지는 거였는지 애초 반란군 측에서 경고한 적이 없잖아?"

너무나 여유만만한 샤렌의 태도에 격한 분노에 휩싸였던 이시스의 기세도 조금 누그러졌다.

"그, 그래서?"

"어렵사리 물건을 훔쳐 냈는데 이동 중에 파손되었다. 이렇게 약한 물건인지 우린 전혀 몰랐다. 뭐, 이런 거지. 그리고 이 껍데기나 가져다주는 거야."

"……!"

외피를 손가락으로 잡고 흔드는 샤렌의 말이 옳았다.

요첸이라는 자는 분명 이 물건이 얼마나 중요한 건지조차 제대로 설명치 않았다. 말 그대로 가서 죽으라고 맡긴 임무였던 것이다.

그럼에도 불구하고 물건을 훔쳐 냈다. 훔쳐 낸 결과만으로도 충분히 저항군이 바라는 동료로서의 자격을 충족시킨 셈이다.

트라시아에 반(反)하는 행동을 보여줬으니까.

이미 훔쳐 냈다는 엄청난 성과를 보인 것이 물건을 전해주는 의미 이상이 되는 상황인 것이다.

다시 말해, 순정의 하온 껍질을 전해주는 것만으로도 목숨에 대한 더 이상의 위협은 사라진 것으로 봐야 했다.

흥분한 이시스라 해도 그 정도는 짐작할 수 있었다.

이시스가 생각을 정리하는 사이 드리튼이 턱을 매만지며 입을 연다.

"결국 이로써 트라시아도 저항군도 큰 손실을 입게 되겠군. 우리가 살기 위한 방법은 찾아내고 양쪽 모두에게 손해를 입게 한다… 이거로군."

드리튼은 샤렌의 내심을 얼추 짚어냈다.

"흐음……! 제법이네, 드리튼."

샤렌은 이 물건을 저항군에 넘길 그 장면을 생각하며 환하게 웃었다. 누군가 곤란해진다면 그건 필히 자신들이 아닐 터였다.

"얘기 알아들었으면 이제 공작의 저택으로 가보자. 아참!

우선 손부터 씻……."

샤렌은 자신의 손을 살피다가는 말을 멈췄다. 끈적하게 묻어 있던 푸른 액체가 이미 사라지고 없었던 것이다. 애초에 푸른 액체가 묻었던 사실이 없었다는 듯 깨끗했다. 끈끈한 느낌조차 말끔히 사라졌다.

'억지로 모아뒀던 에너지였으니 그냥 공기 중에 흩어진 모양이군.'

샤렌은 대수롭지 않게 생각했다. 어차피 망가뜨려 없애고자 했던 순정의 하온이었으니 손만 깨끗하면 되는 것이다.

"…을 필요없겠네."

말을 마치고는 순정의 하온을 저장했던 말랑한 외피를 호주머니에 넣는 샤렌이었다.

화실로 가장했던 공간을 나서는 샤렌도, 엉겁결에 뒤를 쫓는 두 친구도 알지 못했다. 샤렌의 손에 묻었던 푸른 액체가 허공으로 흩어진 게 아니라는 사실을…….

『카디날 랩소디』 2권에 계속…